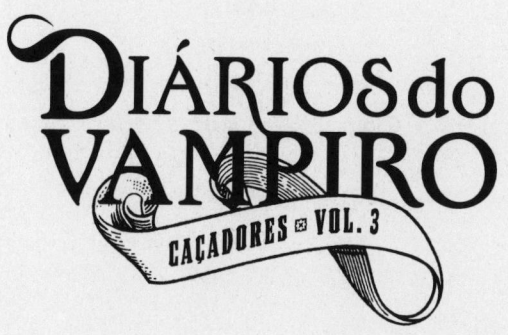

Obras da autora publicadas pela Galera Record

Série Diários do Vampiro

O despertar
O confronto
A fúria
Reunião sombria
O retorno — Anoitecer
O retorno — Almas sombrias
O retorno — Meia-Noite
Caçadores – Espectro
Caçadores – Canção da lua
Caçadores – Destino

Série Mundo das Sombras

Vampiro secreto
Filhas da escuridão
Submissão mortal

Série Círculo Secreto

A iniciação
A prisioneira
O poder

Série Diários de Stefan

Origens
Sede de sangue
Desejo

L.J. SMITH

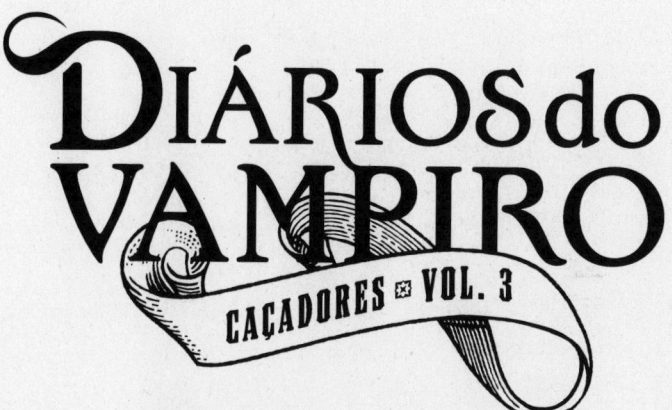

Destino

Tradução
Ryta Vinagre

3ª edição

— Galera —
RIO DE JANEIRO
2025

CIP-BRASIL. CATALOGAÇÃO-NA-FONTE
SINDICATO NACIONAL DOS EDITORES DE LIVROS, RJ

S649d
3ª ed.   Smith, L. J.
              Destino / L. J. Smith; tradução Ryta Vinagre. – 3ª ed. – Rio
         de Janeiro: Galera Record, 2025.
              (Diários do Vampiro: Caçadores; 3)

         Tradução de: Vampire Diaries: The Hunters: Destiny Rising
         Sequência de: Canção da Lua
         ISBN 978-85-01-10119-8

              1. Ficção americana. I. Vinagre, Ryta. II. Título. III. Série.

14-16915   CDD: 813
                                              CDU: 821.111(73)-3

Título original
Vampire Diaries: The Hunters: Destiny Rising

Copyright © 2012 by L. J. Smith

Publicado mediante acordo com a Rights People, London.
Texto revisado segundo o novo Acordo Ortográfico da Língua Portuguesa
Editoração eletrônica: Abreu's System
Todos os direitos reservados, Proibida a reprodução, no todo ou em parte,
através de quaisquer meios. Os direitos morais do autor foram assegurados.

Direitos exclusivos de publicação em língua portuguesa somente para o Brasil
adquiridos pela
EDITORA RECORD LTDA.
Rua Argentina 171 – Rio de Janeiro, RJ – 20921-380 – Tel.: 2585-2000
que se reserva a propriedade literária desta tradução.

Impresso no Brasil

ISBN 978-85-01-10119-8

Seja um leitor preferencial Record.
Cadastre-se e receba informações sobre nossos
lançamentos e nossas promoções.

Atendimento e venda direta ao leitor:
sac@record.com.br

1

Querido Diário,

Ontem à noite tive um sonho assustador.

Tudo era como algumas horas antes. Eu estava de volta à câmara subterrânea da Vitale Society e Ethan me mantinha cativa, a faca fria e firme em meu pescoço. Stefan e Damon nos olhavam, as expressões cautelosas, os corpos tensos, esperando o momento em que um deles conseguiria avançar e me salvar. Mas eu sabia que seria tarde demais. Sabia que, apesar da velocidade sobrenatural dos dois, Ethan cortaria minha garganta e eu morreria.

Havia tanta dor nos olhos de Stefan. Partia meu coração saber quanto sofrimento minha morte lhe traria. Odiava a ideia de morrer sem Stefan saber que eu o havia escolhido, apenas ele — que toda minha indecisão tinha ficado para trás.

Ethan puxou-me ainda mais para perto, o braço firme e inflexível como uma cinta de aço em meu peito. Eu sentia o gume frio da faca machucando minha pele.

Então, de repente, Ethan caiu e Meredith estava ali, o cabelo esparramado às costas, o rosto feroz e decidido como o de uma deusa vingativa, o bastão ainda erguido do golpe mortal que deferira no coração de Ethan.

Era para ter sido um momento de alegria e alívio. Na vida real, foi: o momento em que eu soube que viveria, quando estava prestes a me ver nos braços de Stefan.

Mas no sonho o rosto de Meredith era encoberto por um clarão da mais pura luz branca. Eu me sentia cada vez mais fria, meu corpo congelava, minhas emoções eram sufocadas por uma calma gélida. Minha humanidade escapava de mim e algo rígido, inexorável e... outra coisa... tomava seu lugar.

> *No calor da batalha, permiti-me esquecer do que James havia me dito: que meus pais me prometeram às Guardiãs, que meu destino era me tornar uma delas. E agora elas vieram reivindicar seus direitos.*
>
> *Acordei apavorada.*

Elena Gilbert parou de escrever e ergueu a caneta da página do diário, relutando em continuar. Registrar em palavras o que ela mais temia faria com que parecesse ainda mais real.

Olhou o quarto do alojamento, seu novo lar. Bonnie e Meredith tinham aparecido e ido embora enquanto Elena dormia. As cobertas de Bonnie estavam jogadas para trás e seu laptop não estava mais na mesa. O lado de Meredith do quarto, em geral aflitivamente organizado, mostrava indícios de como ela devia estar exausta: as roupas ensanguentadas que usara na luta contra Ethan e seus seguidores vampiros foram largadas no chão. Suas armas estavam espalhadas pela cama, a maioria empurrada de lado, como se a jovem caçadora de vampiros tivesse se enroscado entre elas para dormir.

Elena suspirou. Talvez Meredith compreendesse como Elena se sentia. Ela sabia o que era ter um destino escolhido para você, descobrir que suas próprias esperanças e sonhos, no fim, nada significavam.

Mas Meredith tinha aceitado seu destino. Agora nada era mais importante e não havia nada que ela mais amasse do que ser uma caçadora de monstros e manter os inocentes em segurança.

Elena não acreditava poder encontrar a mesma alegria em seu próprio destino.

> *Não quero ser uma Guardiã, escreveu ela, infeliz. Os Guardiões mataram meus pais. Não creio que um dia vá superar isto. Se não fosse por eles, meus generosos pais ainda estariam vivos e eu não estaria constantemente preocupada com a vida das pessoas que amo. Os Guardiões acreditam em uma só coisa: na ordem. Não na justiça. Não no amor.*
>
> *Eu jamais quis ser assim. Jamais quis ser um deles.*
>
> *Mas tenho opção? James fez parecer que me tornar uma Guardiã era algo que um dia aconteceria — algo que eu*

não poderia evitar. Os Poderes se manifestariam repentinamente e eu mudaria, então pronta para qualquer coisa horrível que viesse pela frente.

Elena esfregou o rosto com as costas da mão. Mesmo depois das horas de sono, os olhos ainda estavam irritados e cansados.

Ainda não contei a ninguém, escreveu ela. Meredith e Damon sabiam que eu tinha ficado aborrecida depois de ter visto James, mas desconheciam o que ele tinha me dito. Aconteceu tanta coisa na noite passada que eu não tive chance de contar a eles.

Preciso falar com Stefan sobre isso. Sei que, quando eu o fizer, tudo vai começar a... melhorar.

Mas estou com medo de contar para ele.

Depois que Stefan e eu terminamos, Damon me fez ver a decisão que precisava tomar. Um caminho levava à luz do dia, com a possibilidade de ser uma garota normal, com uma vida quase normal e quase humana com Stefan. O segundo ia para a noite, adotando o Poder, as aventuras e toda a euforia que as trevas podem proporcionar, com Damon.

Escolhi a luz, escolhi Stefan. Mas se estou destinada a me tornar uma Guardiã, será inevitável a trilha das trevas e do Poder? Será que me tornarei alguém que pode fazer o impensável — tomar a vida de pessoas tão amorosas e puras como meus pais? Que tipo de garota normal eu poderia ser como Guardiã?

Elena foi arrancada de seus pensamentos pelo barulho da chave na porta. Fechou o diário de capa de veludo e o enfiou rapidamente debaixo do colchão.

— Oi — disse ela quando Meredith entrou no quarto.

— Oi para você — disse Meredith, sorrindo.

A amiga morena não deve ter tido mais do que algumas horas de sono — foi caçar vampiros com Stefan e Damon depois que Elena foi dormir e saiu antes que Elena tivesse acordado —, mas parecia renovada e alegre; os olhos cinzentos brilhavam e as bochechas cor de oliva estavam levemente coradas.

Disfarçando de forma decidida a própria ansiedade, Elena sorriu.

— Passou o dia todo salvando o mundo, super-heroína? — perguntou Elena, implicando um pouco com ela.

Meredith ergueu uma sobrancelha delicada.

— Na realidade, acabei de chegar da sala de leitura da biblioteca. *Você* não tem nem um trabalho para fazer?

Elena sentiu os próprios olhos se arregalarem. Com tudo o que vinha acontecendo, de fato não andava pensando muito nas aulas. Estava gostando das matérias da faculdade e tinha sido uma aluna exemplar no ensino médio, mas ultimamente diferentes partes de sua vida assumiram o controle. T*inha* alguma coisa para fazer?

Mas o que isso importa? O pensamento era tenso e desanimador. *Se tenho que ser uma Guardiã, a faculdade não vai fazer nenhuma diferença.*

— Ei — disse Meredith, claramente interpretando mal a súbita expressão de desânimo de Elena. Estendeu a mão e tocou com os dedos frios e fortes o ombro da amiga. — Não se preocupe. Você vai superar tudo isso.

Elena engoliu em seco e concordou.

— Claro que sim — concordou ela, forçando um sorriso.

— Eu salvei o mundo um pouquinho ontem à noite com Damon e Stefan — disse Meredith, quase tímida. — Matamos quatro vampiros no bosque nos limites do campus. — Ela ergueu cuidadosamente o bastão de matadora de vampiros da cama e envolveu seu centro com a mão. — É muito bom — disse ela. — Fazer aquilo para que fui treinada. Para o que nasci.

Elena estremeceu um pouco: *para o que* eu *nasci*? Mas havia algo que precisava dizer a Meredith e não tinha dito na noite anterior.

— Você me salvou também — disse Elena simplesmente. — Obrigada.

A expressão de Meredith se animou.

— Disponha — disse ela levemente. — Precisamos de você por aqui... Você sabe disso. — Ela abriu o estreito estojo preto do bastão e o guardou. — Vou me encontrar com Stefan e Matt na biblioteca e ver se conseguimos tirar os corpos da sala secreta da Vitale. Bonnie disse que seu feitiço de ocultação não duraria muito tempo, e agora que está escuro precisamos nos desfazer deles.

Elena sentiu uma onda de ansiedade no peito.

— E se os outros vampiros tiverem voltado? Matt nos disse que achava que tinha mais de uma entrada.

Meredith deu de ombros.

— É por isso que estou levando o bastão — disse ela. — Não sobraram muitos vampiros de Ethan, e a maioria é nova. Stefan e eu podemos cuidar deles.

— Damon não vai com vocês? — Elena saiu da cama.

— Pensei que você e Stefan tivessem voltado — disse Meredith.

Ela olhou para Elena com uma expressão indagativa.

— Voltamos. — Elena sentiu o rosto esquentar. — Pelo menos eu penso que sim. Estou tentando não... Não fazer nada que atrapalhe tudo. Damon e eu somos amigos. Espero. Só pensei que você tivesse dito que Damon estava com você mais cedo, caçando vampiros.

Os ombros de Meredith relaxaram.

— Sim, ele estava conosco — disse ela com tristeza. — Ele gostou da luta, mas ficou cada vez mais calado com o passar da noite. Parecia meio... — hesitou. — Não sei, cansado, talvez. — Meredith deu de ombros, e a voz ficou mais suave. — Você conhece o Damon. Ele só consegue ser útil em seus próprios termos.

Pegando o casaco, Elena falou:

— Vou com você.

Ela queria ver Stefan, queria vê-lo sem Damon. Se iria tentar trilhar aquele caminho iluminado pela luz do dia com Stefan — sendo ou não Guardiã —, precisava levar seus segredos à luz e enfrentá-lo sem nada a esconder.

Quando Elena e Meredith chegaram à biblioteca, Stefan e Matt já estavam lá, esperando no lugar quase vazio com os dizeres SALA DE PESQUISA em estêncil na porta. Os olhos de Stefan e Elena se encontraram com um breve e sério sorriso, e ela de repente se sentiu tímida. Tinha o feito passar por muitas coisas nas últimas semanas e recentemente estiveram tão separados que era quase como se estivessem recomeçando.

Ao lado dele, Matt parecia péssimo. Abatido e pálido, a expressão sombria, ele segurava uma grande lanterna numa das mãos. Seus olhos estavam tristes e assombrados. Embora destruir os vampiros Vitale tenha sido uma vitória para os outros, aqueles eram amigos de Matt. Ele admirara Ethan enquanto achava que ele era humano. Elena se colocou discretamente ao lado dele e apertou seu braço, tentando tranquilizá-lo em silêncio. O braço de Matt se retesou, mas ele se aproximou um pouco mais.

— Então, vamos descer — disse Meredith animadamente.

Ela e Stefan enrolaram o pequeno tapete no meio da sala, revelando o alçapão, que ainda estava coberto com as ervas para o feitiço de bloqueio e proteção que Bonnie lançara apressadamente na noite anterior. Mas eles conseguiram abrir a porta com facilidade. Ao que parecia, o feitiço tinha se esgotado.

Enquanto os quatro desciam a escada, Elena olhou em volta com curiosidade. Na noite anterior, estavam em tal estado de pânico para salvar Stefan que ela não tinha realmente observado o ambiente. O primeiro lance de escada era bem comum, de madeira e um tanto frágil, e levava a um andar com filas e mais filas de estantes.

— Estantes de biblioteca — murmurou Meredith. — Camuflagem.

O segundo lance era parecido, mas quando Elena pisou no primeiro degrau, ele nem chegou a tremeu de leve sob seus pés, como no lance anterior. O corrimão era mais liso e, quando chegaram ao patamar, um longo corredor se estendia no escuro para os dois lados. Ali era mais frio e, ao hesitarem no patamar por um momento, Elena estremeceu. Por impulso, segurou a mão de Stefan ao descerem o terceiro lance. Ele não olhou para ela, os olhos concentrados na escada à frente, mas depois de alguns instantes seus dedos se entrelaçaram nos dela de forma tranquilizadora. A tensão deixou o corpo de Elena ao toque dele. *Vai ficar tudo bem*, pensou ela.

O terceiro trecho era sólido e feito de uma madeira pesada, escura e polida que cintilava sob a luz fraca. O corrimão era sinuoso e entalhado. Elena podia ver a cabeça de uma cobra, o corpo alongado de uma raposa correndo veloz e outras formas mais difíceis de distinguir ao passarem.

Quando chegaram ao topo do último lance de escada, estavam de frente para as portas duplas de entalhe complexo que levavam à sala de reuniões dos Vitale. O desenho seguia o mesmo tema que ela vislumbrara no corrimão: animais correndo, cobras retorcidas, símbolos místicos curvilíneos. No meio de cada porta havia uma letra *V* grande e estilizada.

As portas estavam fechadas com correntes, como eles as tinham deixado. Stefan estendeu a mão livre e puxou com facilidade a corrente, deixando-a cair ao lado com um estrondo. Meredith escancarou as portas.

O cheiro denso e acobreado de sangue os recebeu. A sala fedia a morte.

Matt segurava a lanterna com firmeza enquanto Meredith procurava o interruptor de luz. Por fim, a cena diante deles foi iluminada: de um lado, o altar, a tigela de sangue quebrada a pouca distância dali. Archotes apagados deixaram longas manchas de fumaça preta e gordurosa pelas paredes. Corpos de vampiros jaziam flácidos em poças de sangue pegajoso e meio seco, com os pescoços rasgados pelas presas de Damon e Stefan ou os troncos perfurados pelo bastão de Meredith. Elena olhou ansiosamente o rosto pálido de Matt. Ele não estava ali embaixo durante a luta; não vira o massacre. E ele *conhecia* aquelas pessoas, conheceu aquela sala quando foi decorada para uma celebração.

Percorrendo a sala com os olhos, Matt visivelmente engoliu em seco. Depois de um instante, franziu o cenho e perguntou, numa voz fraca:

— Onde está Ethan?

Os olhos de Elena foram rapidamente ao local diante do altar onde Ethan, líder dos vampiros Vitale, tinha colocado uma faca em seu pescoço. O lugar onde Meredith o matara com o bastão. Meredith soltou um leve arquejo, negando-se a acreditar.

O chão estava escuro do sangue de Ethan, mas não se via seu corpo em lugar nenhum.

2

Um sangue quente, doce de desejo, enchia a boca de Damon e inflamava seus sentidos. Ele afagava o cabelo dourado e macio da menina com uma das mãos enquanto apertava a boca com mais força contra o pescoço suave dela. Por baixo da pele, podia sentir seu sangue pulsando com a batida firme do coração. Ele sugou a essência para dentro de si em grandes goles, saciando sua sede.

Por que tinha parado de fazer aquilo?

Sabia por que, é claro: Elena. Sempre, no último ano, Elena.

É claro que de vez quando ainda usava o Poder para convencer as vítimas a ceder de boa vontade. Mas fazia isso com a desagradável consciência de que Elena reprovaria, subjugado pela imagem de seus olhos azuis, sérios e sagazes, o avaliando e descobrindo sua privação. Ele não era tão bom, não em comparação ao irmão caçula comedor de esquilos.

E quando pareceu que Stefan e Elena tinham terminado definitivamente o relacionamento, que ele poderia ser o homem que acabaria com sua princesa dourada, parou de beber sangue fresco. Em vez disso, bebia sangue frio, velho e insípido de doadores de hospital. Chegou a experimentar o sangue animal nojento de que vivia o irmão. O estômago de Damon se revirou com a lembrança, e ele tomou um longo e refrescante gole do glorioso sangue da garota.

Era isto que significava ser vampiro: era preciso tirar a vida, a vida humana, para manter sua vida sobrenatural. Qualquer outra coisa — o sangue morto em bolsas plásticas ou o sangue de animais — fazia de você apenas uma sombra de si mesmo, seus Poderes se esvaindo.

Damon não se esqueceria disso outra vez. Tinha se perdido, mas agora se encontrara.

A menina se mexeu em seus braços, soltando um ruído leve e questionador, e ele lhe enviou uma onda tranquilizadora de Poder, deixando-a mais uma vez dócil e relaxada. Qual era o nome dela?

Tonya? Tabby? Tally? De qualquer modo, ele não a machucaria. Não permanentemente. Já fazia um bom tempo que não *feria* aqueles de quem se alimentava — não muito, não quando estava em seu juízo perfeito. Não, a menina deixaria o bosque e voltaria para a sede de sua irmandade com nada pior do que um leve feitiço de vertigem e a vaga lembrança de passar a noite conversando com um homem fascinante cujo rosto não conseguia recordar muito bem.

Ela ficaria bem.

E se ele a escolheu por causa do cabelo dourado, os olhos azuis e a pele clara que lembravam Elena? Bem, não era da conta de ninguém, só de Damon.

Por fim ele a soltou, equilibrando-a gentilmente quando ela cambaleou. Ela era deliciosa — mas *nada parecido com o sangue de Elena, de maneira nenhuma tão suculento e inebriante* —, mas beber mais esta noite seria insensato.

Ela era uma menina bonita, certamente. Ele arrumou seu cabelo com cuidado nos ombros, escondendo as marcas no pescoço, e ela piscou para ele com os olhos arregalados e estupefatos.

Aqueles olhos estavam *errados*, droga. Deviam ser mais escuros, como lápis-lazúli, cercados de cílios grossos. E o cabelo, agora que ele olhava com mais atenção, era claramente tingido.

A menina sorriu para ele, hesitante e insegura.

— É melhor você voltar para seu quarto — disse Damon. Ele lhe enviou uma corrente de Poder controlador e continuou: — Você não se lembrará de que me conheceu. Não saberá o que aconteceu.

— É melhor eu voltar. — Ela repetiu o que ele tinha dito, mas sua voz era errada, o timbre errado, o tom errado, nada ali estava certo. Seu rosto se iluminou. — Meu namorado está me esperando — acrescentou.

Damon sentiu algo dentro dele estalar. Numa fração de segundo, puxou a garota rudemente de volta a ele. Sem o menor cuidado ou delicadeza, rasgou sua garganta, engolindo furiosamente o sangue quente e saboroso. Ele a estava castigando, percebeu, e sentia prazer naquilo.

Agora que não estava mais sob seu feitiço, ela gritava e se debatia, batendo os punhos nas costas de Damon, que a prendeu com um dos braços enquanto habilidosamente cravava e retirava as presas do pescoço dela para alargar a mordida, bebendo mais sangue, mais rápido. Os golpes da jovem ficaram mais fracos e ela desmaiou em seus braços.

Quando a menina desfaleceu, ele a largou, deixando-a cair no chão da floresta com um baque pesado.

Por um momento ele olhou as árvores escuras a sua volta, ouvindo o cricrilar constante dos grilos. A menina jazia imóvel a seus pés. Embora não *precisasse* respirar há mais de quinhentos anos, agora estava ofegante, quase zonzo.

Ele tocou os próprios lábios e olhou para a mão vermelha, o sangue pingando. Fazia muito tempo que não perdia o controle desse jeito. Centenas de anos, provavelmente. Ele olhou o corpo machucado a seus pés. A menina agora parecia tão pequena, a expressão serena e vazia, cílios escuros sobre o rosto pálido.

Damon não sabia se ela estava morta ou viva. Percebeu que não queria descobrir.

Ele se afastou alguns passos, sentindo uma estranha incerteza, depois se virou e correu veloz e silencioso pela escuridão do bosque, ouvindo apenas as batidas do próprio coração.

Damon sempre fez o que quis. Sentir-se mal com o que era *natural* para um vampiro, isso era para alguém como Stefan. Mas à medida que corria, uma sensação pouco característica na boca do estômago o importunava, algo que parecia mais do que uma leve culpa.

— Mas você *disse* que Ethan estava morto — disse Bonnie.

Ela sentiu Meredith se encolher ao lado dela e mordeu a língua. É claro que Meredith ficaria sensível com a possível sobrevivência de Ethan; ela o matara, ou pensou ter matado. A expressão de Meredith era dura e comedida, nada revelava.

— Eu devia ter cortado a cabeça para ter certeza — disse Meredith, passando a lanterna de um lado a outro para iluminar as paredes de pedra do túnel.

Bonnie assentiu, percebendo algo que devia ter imaginado: Meredith estava *furiosa*.

O telefonema de Meredith alertando Bonnie para o desaparecimento de Ethan chegou quando Bonnie e Zander estavam até tarde num jantar no centro acadêmico. Era um encontro meigo e tranquilo: hambúrgueres, Coca-Cola e Zander, que suavemente prendia debaixo da mesa seus pés entre os dele, muito maiores, enquanto roubava furtivamente sua batata frita.

E agora aqui estavam ela e Zander, procurando por vampiros nos túneis subterrâneos secretos sob o campus, com Meredith e Matt. Elena e Stefan faziam a mesma coisa no bosque em torno do campus. *Não era o mais romântico dos encontros de vamos-reatar*, pensou Bonnie resignada, dando de ombros. *Mas dizem que é bom os casais terem os mesmos hobbies.*

Matt, andando do outro lado de Meredith, parecia inflexivelmente decidido, com o queixo cerrado e os olhos fixos no longo túnel escuro. Bonnie teve pena dele. Toda a tensão dos outros parecia cem vezes pior em Matt.

— Você está conosco, Matt? — perguntou Meredith, aparentemente lendo os pensamentos de Bonnie.

Matt suspirou e massageou a nuca, como se os músculos estivessem tensos e rígidos.

— Sim, estou com vocês. — Ele parou e respirou fundo. — É que... — Ele se interrompeu e recomeçou: — É que talvez possamos ajudar alguns deles, não é? Stefan podia ensiná-los a ser um vampiro que não machuca as pessoas. Até Damon mudou, não mudou? E Chloe... — Seu rosto estava corado de emoção. — Nenhum deles merecia isso. Eles não sabiam no que estavam se metendo.

— Não — respondeu Meredith, tocando com delicadeza o cotovelo de Matt. — Eles não sabiam.

Bonnie sabia que Matt era amigo da aluna do segundo ano de rosto meigo, Chloe, mas começava a entender que ele sentia muito mais do que transparecia. Devia ser terrível saber que Meredith teve de enfiar o bastão no peito de alguém por quem ele se apaixonara, e, muito pior, saber que foi a coisa certa a ser feita.

Zander tinha uma expressão branda, e Bonnie percebeu que ele estava pensando a mesma coisa. Ele pegou sua mão, os dedos longos e fortes envolvendo os dela, e Bonnie se aconchegou nele.

Mas, quando faziam uma curva escura no túnel, Zander de repente soltou a mão de Bonnie e se colocou à frente dela, protegendo-a, enquanto Meredith erguia o bastão. Bonnie, um segundo atrasada em relação aos outros, só viu as duas figuras enlaçadas na parede quando já estavam se separando. Não, não enlaçadas como amantes, percebeu, mas um vampiro grudado em sua vítima. Matt enrijeceu o corpo, encarando-os, e soltou um leve e involuntário ruído de surpresa. Houve um súbito rangido e um brilho de dentes brancos no escuro enquanto a vampira, uma menina sequer mais alta do que a própria Bonnie, afastava violentamente sua vítima. Ele caiu no chão aos pés dela.

Bonnie contornou Zander, mantendo o olhar atento na vampira, que agora se encolhia na parede. Ela se retraiu involuntariamente diante do olhar bestial e feroz da vampira, que voltava os olhos escuros fixamente para ela, mas continuou até se ajoelhar ao lado da vítima e verificar sua pulsação. Estava regular, mas ele sangrava muito, e Bonnie tirou o casaco, pressionando-o no pescoço dele para estancar o sangramento. Suas mãos tremiam e ela se concentrou em firmá-las, em fazer o que era necessário. Por baixo das pálpebras do jovem, podia ver seus olhos se movendo rapidamente de um lado a outro, como se vivesse um pesadelo, mas ele permanecia inconsciente.

A menina — a *vampira*, Bonnie lembrou a si mesma — agora vigiava Meredith, o corpo tenso para a luta ou a fuga. Ela se encolheu quando Meredith se aproximou um passo, bloqueando sua passagem. Meredith ergueu o bastão ainda mais, apontando para o peito da garota.

— Espere — disse a menina com a voz rouca, estendendo as mãos. Olhou além de Meredith e pareceu ver Matt pela primeira vez.
— Matt — disse ela. — Me ajude. Por favor.

Ela o encarava, visivelmente se concentrando, e Bonnie percebeu com um sobressalto que a vampira tentava usar o Poder para fazer com que Matt obedecesse. Mas não estava funcionando — ela ainda não devia ter força suficiente —, e depois de um instante seus olhos rolaram para trás e ela caiu contra a parede.

— Beth, queremos lhe dar uma chance — disse Matt à vampira. — Sabe o que aconteceu com Ethan?

A menina balançou a cabeça de forma enfática, o cabelo comprido esvoaçando. Seu olhar vacilava entre Meredith e o túnel a suas costas, e ela furtivamente deu um passo para o lado. Meredith a seguiu, aproximando-se ainda mais, mirando o bastão no peito da vampira.

— Não podemos simplesmente matá-la — disse Matt a Meredith, com um leve desespero na voz. — Não se houver alternativa. — Meredith bufou de incredulidade e se aproximou ainda mais da vampira, Beth, como Matt a chamou, que arreganhou os dentes num rosnado silencioso.

— Espere um segundo. — Zander passou por cima do corpo inconsciente da vítima de Beth, roçando em Bonnie.

Antes que Bonnie realmente entendesse o que estava acontecendo, Zander afastou Beth de Meredith e a pressionou contra a parede do túnel.

— Ei! — disse Meredith com raiva, e franziu o cenho, confusa.

Zander olhava intensamente nos olhos de Beth, a expressão séria e calma. Ela o encarava, os olhos inquietos agora imóveis, a respiração pesada.

— Sabe onde Ethan está? — perguntou Zander num tom calmo e baixo, e parecia a Bonnie que alguma coisa, um golpe invisível de Poder, fluía entre eles.

Num segundo, o rosto cauteloso de Beth perdeu toda expressão.

— Está no esconderijo no final dos túneis — disse ela. Sua voz parecia semiadormecida, desligada do raciocínio.

— Tem outros vampiros com ele? — Zander mantinha os olhos fixos nos dela.

— Sim — disse Beth. — Todos vão ficar lá até o equinócio, quando os desejos de Ethan serão realizados.

Dois dias, pensou Bonnie. Os outros disseram que Ethan planejava ressuscitar Klaus, o vampiro Original. Ela estremeceu ao pensar nisso. Klaus era *apavorante*, uma das coisas mais assustadoras que ela viu na vida. Mas como poderiam fazer isso? Ethan não conseguiu o sangue de Stefan e Damon, não podia fazer o feitiço da ressurreição sem ele. Ou podia?

— Pergunte a ela como estão as defesas deles — disse Meredith, acompanhando o esquema.

— Eles estão bem protegidos? — perguntou Zander.

A cabeça de Beth se sacudiu, assentindo rigidamente, como se um titereiro invisível tivesse puxado as cordinhas.

— Ninguém pode encontrá-lo — disse ela na mesma voz monótona e sonolenta. — Ele está escondido e todos nós daríamos a vida para protegê-lo.

Meredith assentiu, claramente pesando as palavras de sua próxima pergunta, mas Matt se intrometeu.

— Podemos salvá-la? — perguntou ele, e a dor em sua voz fez Bonnie se encolher. — Talvez, se ela não estivesse tão faminta...

Zander concentrou-se ainda mais em Beth, e Bonnie sentiu novamente uma onda de Poder emanando dele.

— Quer machucar as pessoas, Beth? — perguntou ele em voz baixa.

Beth riu, um ruído sombrio e profundo, embora sua expressão continuasse branda. Esse riso foi a primeira emoção que demonstrou desde que, de algum modo, Zander a enfeitiçou para dizer a verdade.

— Não quero machucar... Quero matar — disse ela em um tom de quem estava realmente se divertindo. — Nunca me senti tão viva.

Zander recuou um passo com uma elegância animal e veloz. No mesmo instante, Meredith avançou, cravando o bastão no coração de Beth.

Depois do ruído dilacerante da madeira atravessando a carne, Beth caiu num silêncio que foi rompido pelo arquejar de Matt, um ruído dolorido e sobressaltado. Aos joelhos de Bonnie, a vítima de Beth se mexeu, a cabeça virando de um lado para o outro. Bonnie automaticamente o afagou de forma tranquilizadora com a mão que não pressionava o ferimento no pescoço.

— Está tudo bem — disse ela em voz baixa.

Meredith se voltou para Matt de forma desafiadora.

— Tive de fazer isso — disse ela.

Matt baixou a cabeça, arriando os ombros.

— Eu sei — respondeu. — Acredite em mim, eu sei. É só que... — Ele se remexia de um pé a outro. — Antes de isso acontecer, ela era uma garota legal.

— Eu lamento — disse Meredith em voz baixa, e Matt assentiu, ainda olhando para o chão. Depois se virou para Zander. — O que foi aquilo? Como conseguiu fazê-la falar?

Zander ficou um pouco vermelho.

— Hmmm. Bom. — Ele ergueu e baixou um ombro, meio sem graça. — É uma coisa que alguns de nós, lobisomens Originais, podemos fazer, se praticarmos. Podemos obrigar as pessoas a dizer a verdade. Não funciona com todo mundo, mas achei que valia a pena tentar.

Bonnie o encarava com uma expressão curiosa.

— Você não me contou isso.

Zander se ajoelhou e ficou de frente para ela, tendo entre os dois a vítima inconsciente de Beth. Seus olhos estavam bem abertos e pareciam sinceros.

— Desculpe. Sinceramente, não pensei nisso. É só uma das coisinhas estranhas que podemos fazer.

O sangramento do garoto inconsciente parecia ter se reduzido, e Bonnie se sentou nos calcanhares. Zander ergueu as sobrancelhas, esperançoso, e ela sorriu. *Precisava descobrir o que eram essas "coisinhas"*, pensou ela.

— Parece uma coisa que pode ser muito útil — disse ela, e viu a expressão de Zander relaxar num sorriso alegre e radiante.

Meredith limpou a garganta. Ainda olhava para Matt, a expressão repleta de compaixão, mas o tom de voz seco.

— Precisamos reunir a todos assim que possível. Se Ethan ainda vai tentar ressuscitar Klaus, temos de pensar num plano *agora*.

Klaus. A pedra abaixo dos joelhos de Bonnie de repente ficou congelante. Klaus representava trevas, violência e medo. Eles o derrotaram em Fell's Church apenas porque houve uma intervenção extraordinária: os fantasmas de Fell's Church se ergueram contra ele. Não era algo que conseguiriam recriar. O que poderiam fazer dessa vez? Bonnie fechou os olhos por um segundo, zonza. Conseguia imaginar nitidamente a escuridão se erguendo abaixo deles, densa e sufocante, ansiosa para consumi-los. Algo maligno estava por vir.

3

Elena entrelaçou os dedos na mão de Stefan, emocionando-se mesmo com este leve toque. Parecia fazer muito tempo desde que ficaram a sós, muito tempo desde que ela esteve perto o suficiente para tocar nele. Por toda a noite se viu encostando-se nele, roçando o polegar nos nós de seus dedos, passando o braço por sua cintura, correndo o dedo por sua clavícula: qualquer leve toque que pudesse ter. Qualquer coisa para sentir a simples e gratificante realidade de ter Stefan enfim ali com ela.

A noite estava agradavelmente quente, e havia um musgo macio sob seus pés. Uma brisa farfalhava as folhas das árvores do bosque ao redor e através dos galhos era possível ter o vislumbre de um céu estrelado. Tinha todos os elementos de um passeio romântico, não fosse o fato de estarem em busca de vampiros sedentos por sangue.

— Não sinto nada — disse Stefan. Sua mão na dela era um toque tranquilizador, mas os olhos verde-escuros tinham uma expressão distante, e Elena soube que ele estava usando seu Poder para rastrear a floresta. — Nem vampiros, nem alguém com dor ou medo, pelo que posso dizer. Não creio que tenha mais alguém por perto.

— Mas vamos continuar procurando. Só por precaução — insistiu Elena.

Stefan concordou com a cabeça. Havia limites para o Poder de busca de Stefan: alguém muito mais forte do que ele podia se esconder; alguém muito mais fraco podia não atrair sua atenção. E algumas criaturas, como os lobisomens, ele simplesmente não conseguia sentir.

— Eu sei que não devia estar pensando nisso, com tudo o que está acontecendo, mas só o que eu quero é ficar sozinha com você — confessou Elena em voz baixa. — As coisas estão acontecendo rápido demais. Se Ethan trouxer Klaus de volta... Parece que talvez não tenhamos muito tempo.

Stefan soltou a mão de Elena e tocou de leve seu rosto, os dedos roçando as bochechas e a curva da sobrancelha, um polegar afagando levemente seus lábios. Seus olhos se escureceram de paixão e ele sorriu. Depois a beijou, no início suavemente.

Oh, pensou Elena, depois, *sim*.

Como se estivesse esperando pela confirmação dela, os beijos de Stefan ficaram mais apaixonados. Sua mão se fechou gentilmente em seu cabelo, e eles recuaram até que Elena encostasse numa árvore. A casca era áspera em seus ombros expostos, mas ela não se importou; só beijou Stefan, feroz e intensamente.

Isto é o certo, pensou Elena. *É como voltar para casa*. Ela sentiu a concordância e a força do amor de Stefan. *Sim*, pensou ela, e *mais*.

Suas mentes se entrelaçaram e Elena relaxou na lenta espiral familiar dos pensamentos e emoções de Stefan. Havia amor ali — um amor sólido e constante — e também uma dor inabalável, como um hematoma, de pesar pelo tempo que perderam. Mais forte que tudo, havia uma alegre sensação de alívio. *Não sei como ia viver sem você*, pensou Stefan para ela. *Não poderia viver para sempre sabendo que você não era minha*.

Ao pensamento de *para sempre*, uma vibração de ansiedade disparou por Elena. Excetuando a morte por violência, *para sempre* era uma premissa para Stefan. Ele continuaria, sem envelhecer e lindo, sempre com 18 anos. E Elena? Ela envelheceria e morreria com o eternamente jovem Stefan a seu lado? Ela não duvidava de que ele ficaria com ela, independentemente de qualquer coisa.

Havia outras possibilidades. Já tinha sido vampira, e tinha sofrido, separando-se dos amigos humanos e da família, distante do mundo dos vivos. Elena sabia que Stefan não queria esta vida para ela. Mas era uma alternativa, embora nunca conversassem sobre isso.

Sua mente foi até certa garrafa enfiada no fundo de seu armário em casa e se voltou novamente. Tinha roubado um único frasco da água da vida eterna das Guardiãs quando ela e os amigos viajaram pela Dimensão das Trevas. Sua existência e a alternativa que lhe oferecia sempre rondava sua mente. Mas não estava preparada para tomar essa decisão, para dar um fim à vida mortal. Ainda.

Ainda estava amadurecendo, ainda estava mudando. Será que a pessoa que era agora era realmente quem queria ser pelo resto da vida? Elena tinha tantos defeitos, era tão inacabada. Beber a água da vida eterna, ou tornar-se vampira, fecharia portas que ela ainda não estava preparada para cerrar. Queria continuar *humana*. Sentia dor por dentro com isso: seria ela humana agora? *Poderia* ser humana, se tinha de se transformar numa Guardiã?

Tudo isso ela considerou num canto recolhido de sua mente enquanto a maior parte dela se concentrava nas sensações doces dos lábios e do corpo de Stefan e no raio constante de amor que passava entre os dois. Mas o suficiente de suas emoções deve ter sido transmitido a Stefan, porque ele reagiu. *O que você quiser, Elena*, pensou ele para ela, gentil e tranquilizador. *Eu estarei com você. Para sempre. Não importa o tempo que levar para você.*

Ela sabia que isso significava que Stefan compreenderia se ela decidisse ter uma vida natural, envelhecer e morrer. E haveria motivos para isso. Stefan e Damon perderam alguma coisa com a juventude eterna, sem jamais mudar. Sentiam que parte de sua humanidade desaparecera.

Mas como Elena poderia um dia enfrentar a realidade de abandonar Stefan? Não conseguia imaginar morrer novamente, morrer e deixá-lo para trás. Elena apertou as costas mais firmemente contra a casca áspera da árvore e beijou Stefan com mais intensidade, sentindo-se mais viva com o contraste quase doloroso das sensações.

Depois ela se afastou. Escondeu tanta coisa de Stefan desde que veio para a Dalcrest. Não ia trilhar esse caminho de novo, não ia amá-lo enquanto fechava partes de sua vida a ele.

— Tem uma coisa que preciso te dizer. Você precisa saber de tudo. Eu não posso... Não posso esconder nada de você, não agora. — Stefan franziu o cenho de forma indagadora, e ela baixou os olhos para a mão na camisa dele, cujo tecido ela torcia nervosamente. — James me disse uma coisa ontem, antes da luta — desabafou ela. — Não sou quem eu pensei que era, não exatamente. As Guardiãs escolheram meus pais... Elas *me fizeram*... E meus pais deviam me entregar quando eu tivesse 12 anos, para me tornar Guardiã. Eles se recusaram, e por isso morreram. Não foi um acidente. As Guardiãs os mataram. E agora, depois de saber disso, eu devo me tornar uma delas?

Stefan ficou perplexo por um instante, depois o rosto se encheu de compaixão.

— Oh, Elena. — Ele a puxou novamente para perto, agora tentando reconfortá-la.

Elena se permitiu relaxar recostada ao peito dele. Graças a Deus Stefan compreendia que a ideia de ela se tornar uma das Guardiãs, aquelas frias reguladoras da Ordem, não era motivo de comemoração, mesmo que isso lhe desse Poder.

— Eu vou ajudar você — disse Stefan. — Se você quiser tentar negociar sua saída dessa história, ou combater, ou passar por isso. O que você decidir.

— Eu sei — disse Elena, a voz abafada pelo ombro de Stefan.

De repente, ela sentiu o corpo de Stefan tenso contra o dela, e percebeu que ele olhava em volta.

— Stefan?

Ele olhava ao longe, por cima de sua cabeça, a boca cerrada e os olhos alertas.

— Desculpe, Elena — disse ele enquanto Elena se afastava e o olhava nos olhos. — Vamos ter de conversar sobre isso depois. Acabo de sentir uma coisa. Alguém está sentindo dor. E agora que o vento mudou, acho que sinto cheiro de sangue.

Elena reprimiu suas emoções, obrigando-se a uma racionalidade calma. Tudo isso, todos os seus próprios problemas e indagações podiam esperar. Eles tinham um trabalho a fazer.

— Onde? — perguntou.

Stefan segurou a mão de Elena e a levou mais para dentro da mata. As árvores bloqueavam mais estrelas ali, e ela tropeçou em raízes e pedras no escuro. Stefan a segurou, guiando-a pelo caminho.

Um instante depois, eles deram em outra clareira. Os olhos de Elena precisaram de um segundo para se adaptar, para enxergar a forma escura na direção da qual Stefan já avançava cautelosamente. Encolhido no chão, havia o corpo de um ser humano.

Eles se ajoelharam ao lado dele, e Stefan estendeu a mão, cuidadosamente virando a pessoa. O corpo caiu pesadamente de costas. *Uma menina*, percebeu Elena. Uma menina mais ou menos de sua idade, com o rosto lívido e vazio. O cabelo dourado brilhava à luz das estrelas. Tinha sangue no pescoço.

— Ela está morta? — perguntou Elena aos sussurros. A menina estava tão imóvel.

Stefan tocou o rosto da garota, depois passou os dedos cuidadosamente pelo pescoço, abaixo do filete de sangue, sem tocar o fluido vermelho e grosso.

— Morta, não — disse ele, e Elena soltou um suspiro de alívio. — Mas perdeu muito sangue.

— É melhor a levarmos de volta ao campus — disse Elena. — E vamos dizer aos outros que os vampiros estão caçando no bosque. Podemos voltar e encontrar quem fez isso.

Stefan olhava fixamente os ferimentos da garota, a boca estranhamente torcida numa expressão indecifrável.

— Elena, eu... Eu não acho que isto tenha sido obra dos vampiros de Ethan — disse ele, hesitante.

— O que quer dizer? — Elena estava confusa. Uma raiz machucava seus joelhos, e ela mudou de posição para ficar mais confortável, colocando a mão no chão frio. — Quem mais pode ter feito isso?

Stefan franziu o cenho e mais uma vez tocou gentilmente o pescoço da garota, ainda com o cuidado de não entrar em contato com o sangue.

— Olha essas marcas. O vampiro que fez isso estava furioso e foi descuidado, mas é experiente. A mordida é limpa e no lugar perfeito para obter a máxima quantidade de sangue sem matar a vítima. — Ele alisou com cuidado o cabelo da menina, como se quisesse reconfortá-la. Ele parecia sentir dor, os dentes estavam cerrados, os olhos estreitos. — Elena, foi Damon.

Tudo em Elena enrijeceu, e ela balançou a cabeça, o cabelo açoitando o ar.

— Não. Ele não abandonaria alguém no bosque para morrer.

Stefan tinha um ar distante e por instinto ela estendeu a mão para pegar seu braço, tentando reconfortá-lo. Ele fechou os olhos por um segundo e se curvou na direção dela.

— Depois de quinhentos anos, posso reconhecer a mordida de Damon — disse ele com tristeza. — Às vezes parece que ele mudou, mas Damon não muda. — O peso das palavras de Stefan parecia atingi-lo com a mesma força com que golpeava Elena, e ele curvou os ombros.

Por um instante, Elena não conseguia respirar, e engoliu em seco, sentindo-se zonza e nauseada. *Damon?* Imagens faiscaram por sua mente: os olhos escuros e insondáveis de Damon, quentes de fúria, aguçados de amargura. E às vezes mais brandos e mais calorosos quando ele olhava para ela ou para Stefan. Um núcleo duro de negação se formou em seu peito.

— Não. — Ela olhou para Stefan, repetindo com mais firmeza. — *Não*. Damon está caçando por nossa causa... Por minha causa. — Stefan assentiu quase imperceptivelmente. — Não vamos desistir dele. Ele mudou, ele fez muito por nós, por todos nós. Ele *se importa*, Stefan, e não podemos rejeitá-lo por isso. Ele não a matou. Não é tarde demais.

Stefan a ouviu atentamente e depois de um momento passou a mão pelo rosto, cansado, a expressão ficando resoluta.

— Temos de manter isso em segredo — disse ele. — Meredith e os outros não podem saber o que Damon fez.

Elena se lembrou da expressão de Meredith enquanto brandia seu bastão, e engoliu em seco. A caçadora em Meredith não hesitaria em matar Damon se acreditasse que ele era um perigo real para humanos inocentes.

— Tem razão — disse ela numa voz fraca. — Não podemos contar a ninguém.

Estendendo o braço por cima do corpo da menina inconsciente, Stefan pegou a mão de Elena mais uma vez. Ela o segurou com força, os olhos encontrando os dele numa súplica silenciosa. Trabalhariam juntos; *salvariam* Damon. Tudo ia ficar bem.

4

Elena não contou a ninguém sobre a menina que encontraram no bosque. Elena e Stefan sacudiram a garota e despejaram água fria em seu rosto, tentando despertá-la sem ter de levá-la ao hospital. O sangue se acumulava nas ataduras que eles colocaram nas feridas da menina — Damon tinha mordido fundo demais, dissera Stefan —, e finalmente Stefan deu-lhe sangue do próprio pulso, fazendo careta, para ajudar na cura. Não achava certo fazer isso, Elena sabia: a troca de sangue era íntima demais, o que para Stefan significava *amor*, mas que outra coisa podiam fazer? Não podiam deixar que ela morresse.

Quando a garota finalmente recuperou a consciência, Stefan a Influenciou a esquecer o que tinha acontecido, e ele e Elena a ajudaram a voltar à irmandade. Quando a deixaram, perto do amanhecer, ela estava corada e dando risadinhas, certa de que só tinha ficado fora até tarde demais, bebendo numa noite fabulosa.

De volta ao seu quarto de alojamento, Elena tentou dormir, mas estava agitada demais. Revirava-se debaixo dos lençóis de algodão limpos, lembrando-se da frustração nos olhos de Stefan ao dizer a ela, *Foi Damon*, e o lampejo de pânico reprimido que percebeu quando ele disse, *Temos de manter isso em segredo*.

Elena sabia que Damon ainda se alimentava de humanos, embora em geral conseguisse não pensar nisso. Mas ele não tinha causado nenhum dano real, não por um bom tempo. Ultimamente usava seu Poder para convencer meninas bonitas a dar seu sangue de boa vontade, depois as deixava sem nada além de uma vaga lembrança de uma noite passada com um homem encantador e misterioso com sotaque italiano. Se é que se lembravam de alguma coisa. Às vezes ficavam simplesmente com um buraco na memória.

E certamente isso estava errado. Elena sabia, mesmo que Damon não soubesse. As meninas não estavam em seu juízo perfeito. Ele se alimentava delas e elas jamais compreendiam de fato o que tinha acontecido. Elena tinha certeza de que, se acontecesse com ela, ou com Bonnie, ou com qualquer uma de quem gostasse, ela ficaria ultrajada e enojada. Mas ela conseguia ignorar os fatos quando o resultado final — Damon satisfeito e suas vítimas aparentemente incólumes — parecia tão favorável.

Mas dessa vez ele claramente não se preocupou em ter cuidado com a menina, ou ir com calma. Ela ficou sangrando sozinha na mata e, quando finalmente despertou, foi *aos gritos*. Elena estremeceu com a lembrança, nauseada de culpa.

Era esta a realidade que esteve ignorando? Talvez Damon estivesse atacando as pessoas o tempo todo e escondendo dela, e a ideia da vítima abobada, inconsciente e feliz fosse uma mentira. Ou talvez tenha havido uma mudança e a culpa era de Elena. Será que Damon fez isso por raiva, porque ela escolhera Stefan?

Elena tentou mais uma vez falar com Damon, mas quando o telefone tocou e caiu na caixa postal, ela apertou o botão para encerrar a chamada. Estava ligando para Damon sem parar, a manhã toda, e já deixara alguns recados, mas ele não atendia nem dava retorno.

— Era Stefan? — perguntou Bonnie, saindo do banheiro e secando os cabelos com uma toalha. Cachos ruivos se enroscavam selvagemente sobre o rosto, em todas as direções. — Ele está vindo para cá?

— Todo mundo deve chegar aqui a qualquer minuto — respondeu Elena, sem corrigir a suposição de Bonnie. Eles decidiram se encontrar hoje para planejar a defesa contra os vampiros Vitale e pensar em como impedi-los de ressuscitar Klaus.

E logo, todos (exceto Damon) estavam lá: Meredith sentada em sua cama, os olhos cinza atentos enquanto cuidadosamente afiava uma faca de caça; Matt, ainda pálido, recurvado na cadeira da escrivaninha de Elena; Bonnie e Zander aconchegados na cama de Bonnie, adoravelmente felizes com a empolgação do novo amor, apesar da gravidade da situação. Enquanto Elena olhava para eles, Zander murmurou alguma coisa no ouvido de Bonnie e ela ficou vermelha.

Stefan se juntou a Elena na cama, pegando sua mão. Mesmo depois de um ano, ela sentiu uma onda de excitação correr da ponta dos dedos diretamente ao coração. Ela o olhou por um momento, procurando algum sinal do aborrecimento que ele teve na noite anterior, uma pista se ele conseguira falar com Damon, mas não havia nada.

— Muito bem, pessoal — disse Meredith, passando o polegar pela lâmina afiada da faca. — Sabemos que Ethan está escondido...

— Espere aí — disse Elena. — Tem uma coisa que preciso contar a todos vocês. — Os olhos de Stefan se voltaram rapidamente aos dela, rígidos e brilhantes, e ela percebeu que estava enganada ao pensar que ele estava calmo. O segredo sobre Damon pesava sobre ele.

— Hmmmm. — Ela estava nervosa, o que não lhe era característico.

Lembrou-se de como todos se sentiram em relação às Guardiãs frias e didáticas que conheceram na Dimensão das Trevas, aquelas que lhe despojaram de seus Poderes (dolorosamente — ela não conseguia esquecer o quanto *doeu* quando elas cortaram suas Asas) e que se recusaram a trazer Damon de volta dos mortos. Mas ela empinou o queixo altivamente, obstinada, e continuou:

— Acabei de descobrir que sou uma Guardiã — disse sem rodeios.

Houve um silêncio.

Por fim, Zander o rompeu.

— Uma guardiã do quê? — perguntou ele, inseguro, olhando para Bonnie em busca de esclarecimento.

Bonnie, de testa franzida, fez um gesto grandioso e abrangente.

— De tudo, na verdade — disse ela vagamente. — Se Elena quis dizer uma Guardiã *Guardiã*. — Ela procurou a confirmação em Elena, que assentiu. — São essas mulheres terríveis... Pelo menos parecem mulheres... Que tem como função manter as coisas como devem ser no universo. Não entendo realmente como Elena pode ser uma delas. Elas não vivem aqui. Era uma coisa de uma dimensão alternativa. Não são realmente pessoas, eu acho. — Ela se virou para Elena, a expressão franca e confusa. — É *isso* que quer dizer, Elena?

Elena desviou o olhar e ficou encarando a parede. A pele de seu rosto parecia tensa demais e seus olhos ardiam.

— James, meu professor de história, conheceu meus pais quando ainda estavam na faculdade. Ele era bem íntimo deles — disse ela aos amigos, obrigando-se a se controlar. — Ele me contou que eles concordaram em ter uma filha que seria Guardiã na Terra. Ele disse que eu deveria ser treinada pelas Guardiãs quando tivesse 12 anos, mas meus pais não quiseram me entregar. — Sua voz estava um pouco trêmula e ela olhou fixamente para a gravura de Matisse que tinha pendurado acima da cama. Pressionando o ombro contra o de Stefan, encontrou conforto na solidez de seu corpo ao lado do dela e não olhou para ninguém.

E então Meredith foi para seu lado e sua mão estreita pegou a de Elena. Num instante, Bonnie também tinha se espremido na cama e fitava Elena com os olhos castanhos grandes e solidários.

— Estamos do seu lado, sabe disso, Elena — disse Meredith calmamente, e Bonnie concordou com a cabeça.

— Irmandade velociraptor, certo? — disse ela, e Elena abriu um leve sorriso com a piada interna das amigas. — Se as Guardiãs quiserem levar uma de nós, terão de levar todas. Mesmo que sejam bastante assustadoras. Nós vamos nos defender delas.

Elena soltou uma curta, e um tanto histérica, gargalhada.

— Obrigada — disse ela. — É sério. Mas não acho que exista um jeito de escapar disso. Nem eu sei o que significa exatamente ser uma Guardiã na Terra.

— Então é a primeira coisa que temos de descobrir — disse Meredith sensatamente. — Alaric vem me visitar neste fim de semana. Ele pode saber de alguma coisa, ou pelo menos descobrir qual é a história dos Guardiões Terrenos. — O mais ou menos noivo de Meredith, Alaric, estava fazendo doutorado em estudos paranormais, e os vários contatos que tinha às vezes eram bem úteis.

— Nós *vamos* pensar em alguma coisa, Elena — prometeu Bonnie.

Elena reprimiu as lágrimas. Bonnie e Meredith tinham se aproximado ainda mais, isolando-a de todos por um momento, embora Stefan ainda estivesse firme a seu lado. Ela sempre podia confiar que as três se uniriam quando uma delas estivesse ameaçada. Cuidavam umas das outras desde que a pior coisa com que tinham de se preocupar no ensino fundamental eram colegas implicantes e professores malvados.

Stefan a puxou para mais perto. De seus lugares, Matt e Zander a olhavam com expressões quase idênticas de empatia e preocupação. Meredith tinha razão: Elena não estava só. Ela soltou o ar e seus ombros relaxaram, liberando parte da infelicidade que estivera segurando desde que James lhe contara o segredo de seu nascimento.

— Que bom que Alaric vem para cá. É uma boa ideia pedir que ele descubra o que puder. Talvez James possa nos contar mais também — disse Elena. Ela colocou uma mecha do cabelo atrás da orelha, pensando. — Na verdade, é *bom* que ele possa nos dizer alguma coisa. Ele sabe disso desde que nasci. Teve vinte anos para descobrir qualquer coisa útil. — Então ela bateu palmas uma vez e tentou afastar todos os seus temores. — Mas por enquanto precisamos nos concentrar em Ethan e nos vampiros. — Elena sentiu sua antiga personalidade voltando à superfície, forte, vigorosa e pronta para fazer planos.

Stefan apertou o joelho de Elena quando levantou da cama.

— Esta noite é nossa última chance de deter Ethan — disse ele, parando no meio do quarto e olhando seriamente para todos. Seu rosto estava obscuro e intenso, os olhos verdes, agora escuros. — Amanhã é o equinócio, quando a separação entre os reinos dos vivos e dos mortos é mais fraca. É quando eles tentarão ressuscitar Klaus. Meredith, qual é a situação de nossas armas?

Meredith também se levantou e abriu o armário, pegando variados sacos de armas: seu bastão especial de caçadora com cravos de diversos materiais — prata, freixo e mínimas agulhas hipodérmicas — feitas para atingir todas as diferentes criaturas que um caçador possa vir a combater; um sortimento de facas de vários tamanhos, de uma longa adaga de prata a uma faca de bota, fina e prática, todas afiadas como navalhas; bastões, estrelas ninja, facões, maças e muitas outras coisas que Elena sequer podia adivinhar o nome.

— Uau — disse Zander, que virou de bruços na cama de Bonnie para olhar. Ele fitou Meredith com novo respeito e certo temor. — Você é um exército de uma mulher só.

Meredith ficou ligeiramente corada.

— Pode ser exagerado — disse ela —, mas gosto de estar preparada. — Ela pegou um baú de madeira no armário. — E tem isto. Alaric me ajudou a juntar tudo antes de as aulas começarem. — Ela abriu a caixa com um olhar de desculpas para Stefan, que se encolheu e deu um passo para trás, afastando-se do baú. Elena esticou o pescoço para ver. Parecia haver uma espécie de planta ali, enchendo a caixa até a borda.

Ah. A caixa estava apinhada de verbena. Devia haver o suficiente ali para incapacitar uma colônia inteira de vampiros, se conseguissem pensar num jeito de esfregá-la neles, ou obrigá-los a comer. No mínimo, todos poderiam se proteger de alguma Influência.

— Que bom — disse Stefan rapidamente, recuperando-se da reação instintiva à verbena. — Isto vem a calhar. Agora, Matt, o que pode nos dizer sobre os túneis subterrâneos?

Elena sentiu uma pequena pulsação de orgulho correr por ela quando Stefan se virou para Matt, rapidamente fazendo com que ele desenhasse num papel o que se lembrava e o que sabia do esconderijo dos Vitale e da rede de túneis. Stefan assentia e fazia perguntas, instigando gentilmente a memória de Matt, estimulando-o a contar até os menores detalhes. Os olhos de Matt se arregalavam e sua voz ganhava força à medida que as perguntas de Stefan continuavam, como se Matt começasse a ter uma noção ampliada da realidade.

Stefan mudara. Quando chegou a Fell's Church, era tão calado e distante, relutante em prestar atenção a qualquer humano que o cercasse. Ele se sentia, Elena sabia, um doente, como se não pudesse estar entre os mortais sem espalhar a morte e o desespero.

Agora ele tinha o caráter de um líder natural. Como se sentisse os olhos de Elena o fitando, Stefan olhou para ela, os lábios formando um leve e particular sorriso. Ela sabia que esta mudança em Stefan se devia a ela e a tudo que tinha acontecido no ano anterior. Certamente, o que quer que Damon tenha feito — mesmo que estivesse novamente se afundando na violência por causa de Elena —, aqui em Stefan havia algo de que ela pudesse se orgulhar sem complicações?.

— Não podemos fazer alguma coisa com toda essa verbena? — perguntou Bonnie de repente. — Tipo, queimá-la, ou dar um jeito de fazer um gás e encher os túneis com a fumaça? Se bloquearmos as outras saídas, todos os vampiros entrarão na casa. Podíamos cercá-los e incendiar a casa, ou pelo menos pegar todos eles de uma vez só.

— É uma boa ideia, Bonnie — disse Stefan.

Zander concordou com entusiasmo, e o rosto de Bonnie se iluminou de prazer. Era engraçado, pensou Elena, que todos estivessem acostumados a pensar em Bonnie como uma espécie de integrante mais nova do grupo, aquela que precisava ser protegida, quando na realidade não era verdade; ela não era assim havia um bom tempo.

— Que outros recursos temos? — perguntou Stefan pensativamente, andando de um lado a outro do quarto.

— Posso pedir aos rapazes para ajudar — sugeriu Zander. — Já estamos há algum tempo atrás dos vampiros Vitale. Não vamos estar tão fortes quanto estaríamos se estivéssemos na fase lunar certa, e nem todos podem fazer a transformação sem a lua cheia. Mas trabalhamos muito bem juntos... — Sua voz falhou. — Se você nos quiser... — acrescentou ele. — Sei que não fica à vontade com lobisomens e, para ser franco, não somos grandes fãs de vampiros. Sem querer ofender. — Ele olhou para Stefan e depois para Meredith, que ainda estava com a faca encostada na perna.

Meredith, é claro, era a que mais provavelmente faria objeções a trazer uma alcateia de lobisomens para seu grupo. Bonnie lhes garantira que o bando de Zander era diferente dos lobisomens com que já tinha tido contato — que eles eram bons, mais parecidos com cães de guarda do que animais selvagens. Mas Meredith foi criada para caçar monstros.

Agora ela assentia lentamente para Zander e dizia apenas:

— Toda ajuda que conseguirmos será bem-vinda.

Bonnie e Meredith se olharam através do quarto, e os lábios de Bonnie se ergueram num leve e satisfeito sorriso.

— E por falar em "toda ajuda que conseguirmos" — disse Meredith —, cadê o Damon? — Ela olhou de Elena para Stefan quando eles não responderam de imediato. — É numa hora dessas que realmente podemos usá-lo. Vocês deviam ligar para ele e colocá-lo no plano.

Sua expressão era simpática e decidida, e Elena percebeu que Meredith achou que eles hesitavam porque Elena quase namorou Damon quando ela e Stefan estiveram separados. *Se Meredith soubesse a verdade*, pensou ela. *Mas ela jamais pode saber. Stefan e eu precisamos manter Damon em segurança.*

— Quem sabe você pode ligar para ele, Elena? — perguntou Bonnie, hesitante.

Os olhares de Elena e Stefan se encontraram. A expressão de Stefan era mais uma vez vaga e controlada, e Elena não conseguiu ver o meno vestígio de rachadura em sua armadura enquanto ele respondia, tranquila e despreocupadamente:

— Não, eu ligo para Damon. Preciso falar com ele de qualquer forma.

Elena mordeu o lábio e concordou com a cabeça. Queria ela mesma ver Damon— estava *desesperada* para vê-lo, para saber o que havia de errado com ele, querendo consertar — mas ele não atendia a seus telefonemas. Talvez o que Damon precisasse dela agora fosse espaço. Ela esperava pelo menos que Stefan conseguisse falar com ele.

5

Quando Stefan bateu na porta do apartamento de Damon, ele atendeu quase imediatamente, fuzilou Stefan com os olhos e tentou bater a porta na cara dele.

— Para — disse Stefan, metendo o ombro na porta. — Você deve ter conseguido sentir que era eu.

— Eu sabia que você continuaria batendo ou acharia um jeito de entrar se eu não atendesse — disse Damon com ferocidade. — Então, estou atendendo. Agora *vai embora*.

Damon parecia arrasado. Mas nada conseguia eliminar a elegância de suas feições, embora estivessem contraídas e abatidas, e as maçãs do rosto, pálidas de tensão. Seus lábios também estavam pálidos, os olhos escuros injetados e o cabelo preto, em geral liso, desgrenhado. Stefan ignorou suas palavras e se aproximou ainda mais, tentando encarar o irmão.

— Damon. Encontrei a garota no bosque ontem à noite.

Qualquer um que não conhecesse Damon tão bem quanto Stefan — portanto, *qualquer um* que não fosse Stefan — teria deixado passar a fração de segundo de imobilidade antes de o rosto de Damon assumir uma expressão de frio desdém.

— Veio me pregar sermão, maninho? Não tenho tempo agora, mas quem sabe outro dia? Talvez na semana que vem?

Ele fitou Stefan, depois virou o rosto com desprezo. De repente, Stefan se sentiu novamente uma criança, em casa, todos aqueles séculos atrás, com o irmão mais velho atrevido, encantador, desprezível e enfurecedor o colocando em seu devido lugar.

— Ela ainda está viva — disse Stefan com firmeza. — Eu a levei para casa. Ela está bem.

Damon deu de ombros.

— Que gentileza a sua. Sempre o cavaleiro *parfait*.

Stefan levantou rapidamente a mão e segurou Damon pelo braço.

— Mas que droga, Damon — disse ele, frustrado —, para de brincadeira. Vim dizer que você precisa ter *cuidado*. Se tivesse matado aquela menina, poderiam ter pegado você.

Damon piscou para ele.

— É isso? — perguntou ele, a voz um pouquinho menos hostil. — Você quer que eu tenha cuidado? Não tem nenhum impulso incontrolável de me repreender, maninho? De me ameaçar, talvez?

Stefan suspirou e desmoronou no batente da porta, a urgência se esvaindo.

— E repreender você adiantaria alguma coisa, Damon? Ou ameaçá-lo? Nunca funcionou. Só não quero que mate ninguém. Você é meu irmão e precisamos um do outro.

A expressão de Damon enrijeceu novamente, e Stefan reconsiderou suas palavras. Às vezes falar com Damon era como andar num campo minado.

— *Eu* preciso de *você*, de qualquer modo — disse ele. — Você salvou a minha vida. O que, caso não tenha percebido, já aconteceu muitas vezes no último ano.

Damon se recostou do outro lado do batente da porta e examinou Stefan, de expressão pensativa, mas continuou em silêncio. Desejando saber o que Damon estava pensando, Stefan enviou uma onda indagativa de Poder para o irmão, tentando apreender seu estado de espírito, mas Damon meramente o olhou com escárnio, fechando-se para ele com facilidade.

Stefan baixou a cabeça e massageou a ponte do nariz com o polegar e o indicador. Será que sempre seria assim, pelos próximos longos séculos?

— Olha — disse ele. — Já tem muita coisa acontecendo com os outros vampiros no campus sem que você comece a caçar de novo. Ethan ainda está vivo e pretende trazer Klaus de volta amanhã à noite.

Damon franziu profundamente a testa por um momento, depois se suavizou. Seu rosto podia ter sido entalhado em pedra.

— Não podemos impedi-lo sem você — continuou Stefan, com a boca seca.

Os olhos negros como a noite de Damon não transmitiam nada, então ele abriu o mais breve e brilhante sorriso.

— Desculpe. Não estou interessado.

— O quê? — Stefan sentiu como se tivesse levado um chute na barriga. Esperava um Damon sarcástico e na defensiva. Mas depois de o irmão tê-lo salvado de Ethan, a última coisa que esperava era indiferença.

Damon deu de ombros, endireitando-se e ajeitando as roupas, espanando uma poeira imaginária da camisa preta.

— Para mim, chega — disse ele, num tom despreocupado. — Já não tem mais graça me meter nos assuntos de seus humanos de estimação. Se Ethan trouxer Klaus de volta, que lide com ele. Duvido que vá fazer algum bem a Ethan.

— Klaus se lembrará de que você o atacou — disse Stefan. — Virá atrás de você.

Arqueando uma sobrancelha, Damon sorriu novamente, expondo rápida e selvagemente os dentes brancos.

— Duvido que eu seja a prioridade dele, maninho — disse ele.

E era verdade, Stefan se lembrava. Naquela última e terrível batalha com Klaus, Damon tinha apunhalado o Antigo com freixo branco, impedindo-o de dar o golpe fatal em Stefan. Mas não foi *ele* o responsável pela morte de Klaus. Stefan tinha engendrado a luta contra Klaus e feito o que pôde para matá-lo. Mas no fim fracassou também. Foi Elena, levando um exército de mortos contra o vampiro Original, que o *matou*.

— Elena — disse Stefan, desesperado. — *Elena* precisa de você.

Ele tinha convicção de que isto funcionaria, que a armadura de Damon racharia. Damon *sempre* cumpria seus deveres com Elena. Mas desta vez o lábio de Damon se curvou num sorriso malicioso.

— Tenho certeza de que você vai conseguir resolver as coisas — respondeu levianamente, a voz fria. — Agora o bem-estar de Elena é sua responsabilidade, não minha.

— Damon...

— Não. — O irmão ergueu a mão, num alerta. — Já disse. Para mim, acabou. — E, com um movimento rápido, bateu a porta na cara de Stefan.

Stefan apoiou a testa na porta, sentindo-se derrotado.

— *Damon* — disse novamente. Sabia que podia ouvi-lo, mas do apartamento só houve silêncio. Lentamente, ele se afastou da porta. Seria melhor não pressionar Damon, não quando ele estava nesse humor.

Nesse humor, era capaz *qualquer coisa*.

— Que bom que você veio me ver, Elena — disse o professor Campbell. — Fiquei preocupado com você depois que... — Ele olhou discretamente em volta e baixou o volume, embora estivessem sozinhos na sala — Depois de nossa última conversa. — Ele a olhou com cautela, a expressão em geral inquisitiva e um tanto presunçosa abalada pela incerteza.

— Desculpe ter fugido daquele jeito, James. — Elena olhou a xícara de café com leite e açúcar que ele lhe dera. — É que... Quando você me disse que eu era uma Guardiã e me contou a verdade sobre o que houve com meus pais, precisei de algum tempo para pensar. No verão passado, eu *conheci* algumas Guardiãs. Elas eram poderosas, mas tão desumanas.

Ainda não conseguia aceitar que deveria se tornar uma delas. Toda a ideia era tão desmedida e apavorante que sua mente ficava se esquivando dela, concentrando-se nas preocupações imediatas e reais, como nos vampiros do campus.

As mãos de Elena tremiam um pouco, fazendo o café se agitar e formar um redemoinho. Ela segurou a xícara com mais cuidado.

James lhe deu um tapinha gentil no ombro.

— Bem, tenho feito algumas pesquisas e acho que tenho boas notícias.

— Estou precisando de boas notícias — disse ela com ternura, de forma quase suplicante. — Não entendo realmente como seria uma Guardiã humana. Eu seria diferente de uma Guardiã Celestial?

James sorriu pela primeira vez desde que ela entrara em sua sala.

— Depois que conversamos — disse ele —, entrei em contato com todos os meus antigos colegas que estudaram mitologia ou magia, qualquer um que eu achasse que pudesse saber alguma coisa sobre as Guardiãs.

Agora que tinha informações para compartilhar, James perdeu a hesitação e pareceu engrandecer, os ombros relaxando enquanto enfiava os polegares no colete do terno.

— Diz a lenda — sua voz assumiu um tom professoral — que os Guardiões humanos são raros, mas sempre existem dois ou três no mundo. Em geral, os pais deles são recrutados da mesma forma que as Guardiãs recrutaram os seus, então os filhos são entregues aos Guardiões para treinamento quando entram na adolescência.

Elena fechou os olhos por um momento, estremecendo. Não conseguia imaginar ser entregue aos Guardiões e perder sua vida humana tão jovem. Mas se tivesse sido assim, a mãe e o pai ainda estariam vivos.

— Quando os Guardiões humanos chegam à idade adulta... Mais ou menos na sua idade, Elena — continuou James —, ficam onde há uma alta concentração de linhas de força e, portanto, uma grande quantidade de atividade sobrenatural.

— Como aqui — disse Elena. — E em Fell's Church.

James concordou com a cabeça.

— As evidências indicam fortemente que os Guardiões recrutam possíveis pais de lugares com muitas linhas de força. Assim, os Guardiões humanos podem ficar perto de seus lares.

— Mas para que servem os Guardiões humanos? O que eu devo fazer? — Ela percebeu que segurava a xícara com tanta força que podia quebrá-la, então a colocou na mesa e manteve os braços na cadeira.

— O papel dos Guardiões humanos é proteger os inocentes do sobrenatural na Terra — disse James. — Eles mantêm o equilíbrio. E parece que os Guardiões desenvolvem poderes diferentes, dependendo do que é necessário onde moram. Assim, não sabemos exatamente quais são os seus exatos poderes antes de eles começarem a se manifestar.

— Proteger os inocentes, com isso eu posso lidar. — Elena abriu um sorriso trêmulo para James.

Não tinha certeza quanto a "manter o equilíbrio". Em sua opinião, as Guardiãs da Corte Celestial ficaram tão obcecadas com o equilíbrio e a ordem que se esqueceram dos inocentes. Ou talvez os inocentes fossem preocupação exclusiva dos Guardiões Terrenos. Mas, se isso era verdade, alguém não teria protegido seus pais?

James também sorriu.

— Foi o que pensei. E — disse ele, com ar de quem guardou o melhor para o final — meus colegas localizaram um dos outros Guardiões Terrenos. — Ele pegou uma folha de papel de uma pasta na mesa e lhe entregou.

Era a impressão de uma fotografia em cores, um tanto granulada. Nela, um homem de cabelos pretos, talvez um ou dois anos mais velho do que Elena, sorria para a câmera. Seus olhos castanhos estavam semicerrados à luz do sol e os dentes brancos reluziam contra a pele morena.

— Seu nome é Andrés Montez, ele é um Guardião humano que mora na Costa Rica. Minhas fontes não têm muitas informações pessoais sobre ele, mas tentaram entrar em contato. Espero que ele esteja disposto a vir à Dalcrest ensinar a você o que sabe. — James hesitou, depois acrescentou: — Mas, como Guardião, imagino que provavelmente já saiba tudo sobre você.

Elena acompanhou com o dedo o rosto de Andrés na fotografia. Queria conhecer outro Guardião? Aqueles olhos escuros, porém, pareciam gentis.

— Seria bom falar com alguém que possa me dizer o que esperar — disse ela a James, levantando a cabeça. — Obrigada por encontrá-lo.

James assentiu.

— Falo com você assim que conseguir trazê-lo para cá.

Apesar da notícia de que havia outra pessoa semelhante, alguém que pudesse compreendê-la, o estômago de Elena se revirou e ela sentiu como se estivesse caindo, descendo numa espiral em direção a algo profundo, escuro e desconhecido. Será que Andrés poderia dizer o que ela mais precisava saber? Ela ainda seria Elena depois que seu destino a dominasse?

6

Stefan, Elena e cinco lobisomens vigiavam atentamente de uma colina que dava para o esconderijo às escuras dos Vitale. Esperavam por algum sinal que indicasse que a parte do plano de Meredith e sua equipe estivesse dando certo e que os vampiros Vitale estivessem correndo pelos túneis secretos e entrando no esconderijo.

Quando consultado por telefone, Alaric sugeriu que os vampiros Vitale fariam o ritual de ressurreição à meia-noite do equinócio, então Stefan e Meredith decidiram partir para a ofensiva antes do pôr do sol, quando os vampiros provavelmente estariam nos subterrâneos, evitando a luz do dia. Agora, no final da tarde, a luz do sol se refletia nas janelas do esconderijo, impedindo o vislumbre de qualquer movimento em seu interior.

Um dos colegas da Alcateia de Zander, Chad, estudante de química, foi fundamental para preparar o gás com o estoque de verbena de Meredith e os dispositivos cronometrados semelhantes a bombas que o liberaria nos túneis. *Em algum lugar sob seus pés,* pensou Stefan, *Meredith e sua equipe — Matt, Zander e outros três lobisomens — colocavam recipiente após recipiente do gás, fechando uma rota de fuga depois de outra, até que os vampiros não tivessem para onde ir, apenas o esconderijo.* Bonnie, protegida por outro membro da Alcateia, estava na biblioteca, trabalhando em seus feitiços e encantos para evitar que os vampiros subissem pelo túnel que dava ali. Stefan se remexia, inquieto, desejando estar com os outros nos subterrâneos. Ouvia explosões distantes abaixo dele, embora só alguém com a audição de um vampiro conseguisse escutar. A seu lado, Chad estava agitado, e Stefan corrigiu o que pensava: a audição de um vampiro ou de um lobisomem.

Chad, como Zander, era um dos lobisomens que podia mudar de forma sem influência da lua. Agora era um lobo, andando em silêncio por Elena e Stefan, de olhos fixos na casa. Bufou suavemente pelo nariz e se sentou, colocando as orelhas para trás.

— Chad disse que a essa altura o gás de verbena já deve ter preenchido os túneis — disse um dos outros lobisomens, este na forma humana, traduzindo a linguagem do lobo. — Devemos ver alguma coisa em breve.

Elena se aproximou de Stefan e eles se olharam. Era estranho ver a Alcateia em ação: deixavam de ser um monte de garotos brigões, desbocados e palhaços e se transformavam numa equipe séria e competente. Cada um dos lobisomens na forma de lobo era alerta e ativo, os corpos musculosos e luzidios claramente sintonizados com qualquer som ou cheiro que lhes alcançasse. Os lobisomens na forma humana reagiam rapidamente a cada movimento de seus irmãos lobos, como se houvesse uma comunicação constante e silenciosa entre a Alcateia.

Talvez fosse verdade. Stefan não sabia, mas pensou que ser um lobisomem provavelmente era muito menos solitário do que ser vampiro. Se você tivesse um bando.

Chad se levantou, eriçando o pelo das costas, com as orelhas aprumadas.

— Eles entraram — disse rapidamente um dos lobisomens em forma humana; Stefan achava que seu nome era Daniel, e assentiu. Ouviu o alçapão do porão da casa se abrir e o barulho de Meredith, Matt e a outra metade da Alcateia saindo dos túneis. Se as bombas de verbena funcionaram, os vampiros devem ter se abrigado no esconderijo.

— Vamos — disse Stefan. Zander ordenou que nesta missão a Alcateia obedecesse a Stefan, e eles se perfilaram sem discutir, os humanos ombro a ombro, os lobos agrupados ao lado deles.

Elena assentiu em resposta ao olhar indagativo de Stefan: era para ele correr e deixar que ela o seguisse. Meredith e os outros entrariam numa luta e ele devia estar presente. Stefan se afastou dela com o que parecia uma dor física — já estivera em perigo tantas vezes —, mas sabia que ouviria se ela precisasse dele.

Stefan canalizou seu Poder e começou a correr. Os lobisomens acompanharam-no facilmente, homens e lobos estranhamente semelhantes em suas longas e rápidas passadas. O Poder deles, tão incompreensivelmente diferente do dele próprio, era forte e concentrado. Uma rajada desse Poder, viva, selvagem e bruta, envolvia Stefan. Era revigorante.

Eles pararam na clareira, perto do esconderijo da Vitale Society, isolado do bosque perto do campus. Havia alguma coisa errada.

Chad ergueu a cabeça e soltou um ganido baixo e suave. Os outros lobos também o entenderam, dois deles andando ansiosamente pela frente da casa.

— Estão dizendo que os vampiros não estão ali — contou Daniel.

Stefan já percebera isso. Ouvindo com atenção, distinguira passos e palavras abafadas enquanto Meredith e sua equipe passavam pela casa pequena. Mas nada além disso. Mais do que isso, o Poder de Stefan devia ser capaz de sentir um grupo de vampiros tão grande quanto os Vitale.

— Vamos — disse Stefan, avançando para a porta da frente.

Ele conseguiu quebrar o cadeado com um rápido movimento do pulso e entrou com facilidade — nenhum humano morava ali havia muito tempo. Um leve cheiro de verbena subiu da entrada do túnel no porão e enevoou sua cabeça por um momento, mas ele o afugentou.

— Somos nós — falou ele baixinho quando os pés dos amigos hesitaram no andar de cima, e um dos lobos retraiu o lábio como se estivesse rindo para ele. Eles, é claro, não precisavam alertar aos outros; os companheiros de Alcateia sempre sabiam exatamente onde cada um estava.

Todo o grupo subiu para encontrar os outros, amontoando-se no corredor estreito do que antes deve ter sido uma cabana de caça. Zander, que tinha se transformado em um lobo impressionantemente belo, inteiramente branco e com os mesmos olhos azuis-celestes que tinha como humano, rosnou baixinho, e sua Alcateia se aproximou enquanto Stefan ia ao encontro de Meredith e Matt.

— Os túneis estavam vazios quando passamos — disse Meredith com raiva. — Ou existem outras saídas que não conhecemos, ou eles não estavam lá quando soltamos o gás.

— Acha que estão todos caçando? — perguntou Matt, os olhos arregalados e preocupados.

Stefan meneou a cabeça.

— Mesmo com os broches dos aspirantes dos Vitale protegendo-os do sol, eles não caçariam durante o dia. A luz do sol é cansativa demais para vampiros novos — disse ele categoricamente. — Chegamos atrasados. Eles devem ter partido para começar o feitiço de ressurreição. Talvez façam isso ao nascer da lua, e não à meia-noite. — Frustrado, ele se virou e esmurrou a parede, deixando uma longa rachadura no reboco.

Ouviu-se um breve e assustado movimento em algum lugar do outro lado da parede agora rachada. Todas as cabeças dos lobos se ergueram a um só tempo, e Stefan enrijeceu junto com eles.

— Tem alguém aqui — traduziu Daniel. — Zander disse que ela está no quarto ao final do corredor.

Ela. Não Ethan, então, mas uma das seguidoras dele.

Stefan liderou o caminho até a porta em silêncio, Zander andando a seu lado, Meredith pouco atrás com o bastão preparado. Ele estava ciente de Matt e do resto da Alcateia, tensos e alerta, recuando para lhes dar espaço.

Com um chute brutal e súbito, Stefan arrombou a porta, erguendo os braços para repelir algum ataque.

Nos fundos do quarto, do outro lado da porta, uma menina de cabelos cacheados se encolheu, os braços erguidos para proteger o rosto, os olhos arregalados de medo. Parecia tão vulnerável que Stefan hesitou por um momento, embora soubesse imediatamente quem era.

Meredith passou por ele em disparada e levou o bastão ao peito da menina, pouco acima do coração.

— Não! — gritou Matt da porta, abrindo caminho pela Alcateia. — Parem, vocês dois. — Ele atravessou o quarto e parou na frente da menina. A garota baixou os braços e sua expressão se tornou curiosa.

— Matt? — sussurrou ela.

— Ah, Chloe — disse Matt com tristeza. Ele ergueu a mão para ela, mas hesitou antes de tocá-la, parando no meio do movimento.

Matt é amigo de Chloe, lembrou-se Stefan. Aquela era a primeira garota com quem Matt pareceu se importar desde que namorou Elena, antes de Stefan o conhecer.

A mão de Matt voltou ao lado do próprio corpo e Stefan se perguntou se ele se lembrava da assassina cruel que sua amiga Beth se tornara, se já estava se resignando com o destino de Chloe.

— Onde estão os outros vampiros? — perguntou Meredith com frieza, pressionando o bastão contra o peito da menina.

— Foram para o bosque — disse Chloe numa voz baixa e apavorada. — Vão fazer o feitiço de ressurreição lá.

Stefan balançou a cabeça.

— Ethan não pode fazer o feitiço da ressurreição sem o sangue de Damon. — Ele ouviu o tom quase suplicante na própria voz.

Chloe deu de ombros, olhando para ele e os outros.

— Não sei — disse ela, impotente. — Ele disse que tinha tudo que precisava.

Ethan cortara Damon durante a briga. Era possível que tivesse conseguido coletar algum sangue, ou encontrado o suficiente depois da batalha, para o que precisava. Stefan engoliu, a boca repentinamente seca.

— Por que você não foi com eles? — perguntou Meredith.

— Eu não quis — disse a menina, a voz trêmula. Seu olhar ficou fixo em Matt, e ela franziu o cenho ansiosamente, como se fosse importante que a compreendesse. — Sinto que... Parte de mim sente que Ethan é o centro do universo, mas em minha *mente* sei o quanto ele é terrível. Estou tentando lutar contra isso. Não quero machucar *ninguém*. — Seus olhos estavam cheios de lágrimas, e Matt cerrou os dentes, infeliz e incerto.

— Você está tentando combater o vínculo entre você e seu criador — disse Stefan gentilmente. — É difícil, mas pode ser feito. E sua compulsão em relação a Ethan enfraquecerá em pouco tempo. Você pode rejeitar esta vida, se realmente quiser.

— Eu *quero* — disse Chloe desesperadamente. — Por favor. Pode me ajudar?

Stefan começou a falar, mas Matt o interrompeu.

— Pare — disse ele novamente. — Stefan, Beth disse a mesma coisa... Que não queria machucar ninguém, que precisava de ajuda. Mas estava mentindo.

Zander, ágil e silencioso, avançou. Aproximando-se lentamente de Chloe, farejou suas mãos. Ele se ergueu nas pernas traseiras, colocando as dianteiras nos ombros de Chloe. Ela se encolheu, mas ele afocinhou seu rosto sem a menor preocupação, por um bom tempo, olhando fixamente em seus olhos.

— Ela está nos dizendo a verdade? — perguntou Meredith.

O lobo branco e imenso caiu sobre as quatro patas e se afastou, olhando os membros em forma humana de sua Alcateia.

— Ele disse que ela está sendo sincera — contou Daniel —, mas que está fraca. Reprimir sua natureza é quase demais para ela.

Chloe soluçou, com um ruído áspero e desesperançoso.

Meredith, ainda posicionada com o bastão para matar, ergueu uma sobrancelha indagativa a Stefan, irresoluta. Matt também se virou para ele, os olhos reluzindo uma esperança ansiosa. Todos olhavam para ele, percebeu, esperando por uma decisão.

— Vamos ajudá-la — disse Stefan devagar —, mas primeiro você precisa nos ajudar.

Matt soltou um suspiro de alívio e diminuiu a distância entre ele e Chloe. Ela se encostou nele, agradecida, mas assentiu para Stefan, as lágrimas escorrendo pelo rosto.

— Se quiser deter Ethan — disse ela —, teremos de correr.

7

O sol se punha enquanto Elena e os outros entravam no bosque. Ela alcançara os amigos ao saírem do esconderijo, e Stefan, em voz baixa, contou-lhe o que tinha acontecido enquanto seguiam Chloe. Eles estavam andando na mata escura pelo que já parecia um bom tempo, todos tensos e calados.

Galhos batiam no rosto de Elena, e ela desejou ter a visão noturna de um vampiro ou de um lobisomem, ou os instintos aguçados de caçadora de Meredith. Até Matt, andando estoicamente ao lado dela, de olhos fixos em Chloe mais à frente, parecia esbarrar em menos coisas do que Elena.

Ela estava prestes a desejar que seus Poderes de Guardiã entrassem em ação; este provavelmente era o tipo de coisa para que serviriam, pouco importava se ela realmente *queria* ou não esses Poderes.

Finalmente, um feixe de luz laranja e bruxuleante apareceu ao longe, e eles seguiram na direção dele em silêncio. Elena corria a meio passo, a respiração áspera e ofegante. Pelo menos agora que Stefan e a Alcateia reduziram o ritmo para se adaptar a Meredith e Matt, ela talvez conseguisse acompanhar o grupo.

À medida que se aproximavam, percebeu que a luz que bruxuleava era de uma fogueira. Os lobos à frente aprumaram as orelhas. Depois, de repente, correram com Stefan, as longas passadas devorando a distância e deixando os humanos para trás. Chloe seguia alguns passos atrás.

As mãos fortes de Matt e Meredith se fecharam nos braços de Elena e a colocaram entre os dois, correndo atrás dos outros. Ela cambaleava, uma dor aguda disparando pelo lado do corpo, mas eles a mantiveram de pé e em movimento.

Um instante depois, ouviram o que Stefan e a Alcateia tinham escutado. Um pesado cântico de muitas vozes parecia pulsar e reverberar pela cabeça de Elena. Acima do murmúrio, surgiu uma única voz, bradando com intensidade.

Não sabia dizer que língua estavam falando, embora parecesse antiga e gutural. *Não era latim*, pensou ela, *mas podia ser grego, nórdico arcaico ou alguma coisa muito mais antiga, dos primeiros tempos do mundo. Sumério*, pensou ela desenfreadamente. *Inca. Quem saberia?*

Quando chegou à clareira, seus olhos arderam da fumaça e da luz do fogo, e no início só o que ela viu foi uma confusão de formas escuras distorcidas contra a luz. À medida que seus olhos se adaptavam, viu Ethan, ainda com a aparência desarmoniosa do veterano universitário que era havia não muito tempo, liderando o cântico. Sua testa estava ligeiramente franzida de concentração e ele estendia um cálice cheio de sangue escuro e denso como se não passasse de vinho.

Por que eles não o estão detendo?, pensou Elena, e então os corpos em luta diante dela entraram em foco.

Stefan, brutalmente elegante, rasgava a garganta de um vampiro alto e um pouco recurvado. Elena o reconheceu vagamente como alguém que vira pelo campus antes que todos os aspirantes à Vitale Society fossem transformados em vampiros. Perto dali, os lobisomens também lutavam, os lobos flanqueando e protegendo os humanos, travando a batalha juntos, cada um deles perfeitamente sintonizado com a posição dos outros. Os vampiros que no momento não estavam envolvidos na batalha formaram um círculo em torno de Ethan, protegendo-o do ataque enquanto ele continuava o ritual.

Meredith se lançou na luta, faiscando as pontas prateadas de seu bastão na luz da fogueira. Elena e Matt, conscientes demais de sua falta de poderes sobrenaturais, ficaram para trás, no perímetro da clareira. Chloe se colocou a pouca distância deles, de olhos fixos na batalha. Mordia o lábio, abraçando-se, e Elena sentiu uma onda aguda de compaixão por ela: lembrava-se dos desejos angustiados de ser uma nova vampira e o modo como cada movimento de seu senhor parecia desafiar você. Devia ser angustiante para Chloe não se envolver no confronto.

Matt observava Chloe, a testa enrugada de preocupação, mas mantinha distância, colocando-se num ângulo que protegia Elena de Chloe, assim como dos outros vampiros Vitale. *Ele deve se lembrar de como um vampiro novo pode ser volátil.* Elena apertou seu braço, agradecida. Mais uma vez, pensou: *se eu tiver mesmo de ser uma Guardiã, agora seria uma boa hora para que alguns Poderes se ativassem.*

Tentou sentir se por acaso não havia algo mudando em seu íntimo, como se investigando um dente frouxo com a língua, mas não percebeu nada de diferente. Não havia a sensação de potencial se desenrolando dentro dela, como sentira por um breve período depois de sua ressurreição, quando estava repleta dos misteriosos e perigosos Poderes das Asas. Só a Elena mortal e cotidiana, sem ter como ajudar agora.

Enquanto olhava, um vampiro agarrou o flanco de um lobo branco e imenso — Zander — e o jogou para o lado com muita agilidade e força. O corpo do lobo bateu pesadamente no chão perto da margem da clareira e ficou imóvel. O coração de Elena parou. *Ah, não,* pensou ela, avançando involuntariamente, mas Matt a segurou. *Oh, Bonnie.*

O lobo ficou imóvel por um momento, e Elena não conseguia ver se ele respirava. Depois, lentamente, se levantou, com a lateral do corpo ofegante. Havia traços de sangue e lama em seu pelo branco. Zander cambaleou um pouco, depois pareceu encontrar o equilíbrio e, rosnando, voltou à luta. Com uma investida súbita, colocou uma vampira de joelhos, e Daniel, de estaca na mão, completou o serviço com um golpe rápido.

Quando Elena tinha chegado à clareira, os combatentes pareciam se igualar e parecia impossível romper o muro de vampiros para impedir que Ethan realizasse o ritual. Mas Meredith passou a girar como um dervixe, a arma voando, e a maré da batalha começava a virar, de forma lenta mas evidente.

Meredith e Stefan trocaram um olhar, e ela começou a lutar para se aproximar mais da fogueira, avançando constantemente na direção de Ethan mesmo enquanto virava o bastão para golpear um vampiro, derrubando-o no chão. Os olhos de Elena mal conseguiram acompanhá-la quando Meredith desembainhou uma faca de caça e, com um golpe cruel da lâmina, decepou a cabeça do vampiro. O corpo tombou para trás, e de repente abriu-se um caminho pela multidão entre Stefan e Ethan.

Stefan empurrou o vampiro com quem lutava e deu um longo salto na direção de Meredith, caindo de pé diante dela.

O cântico titubeou e parou. Stefan esticou os braços e envolveu o pescoço de Ethan com a mão, pouco acima da traqueia, firmou a pegada e apertou. O vampiro mais novo sufocou e murmurou, as mãos arranhando desesperadamente as de Stefan. Estendendo para baixo o outro braço, Stefan tateou o lado do próprio corpo e pegou uma estaca. Os olhos dourados de Ethan se arregalaram quando Stefan cravou a estaca em seu peito. Elena ouviu Chloe gemer levemente, mas a vampira não se mexeu.

— Adeus, Ethan — disse Stefan. Sua voz era baixa e categórica, e não colérica, mas Elena ouviu, assim como os outros.

Todos pararam de lutar, os braços estendidos contra os adversários, os olhos voltados para Stefan e Ethan. Era como se todos prendessem a respiração. Depois os vampiros começaram a rosnar e guinchar, lutando para chegar a seu senhor. Mas os lobos foram mais rápidos do que Elena poderia ter imaginado, formando um círculo em torno de Ethan e Stefan, mantendo os vampiros atrás. Elena respirou longamente, aliviada. Stefan chegou a tempo. O pior não aconteceria. Klaus, o louco, o vampiro Original, permaneceria morto.

Ethan fuzilava Stefan com o olhar, mas seus lábios lentamente se curvaram para cima num sorriso terrível.

Tarde demais, articulou ele em silêncio, e o cálice em sua mão virou. O sangue vermelho e denso foi despejado no fogo.

Assim que o sangue tocou o fogo, este estourou em altas chamas azuis. Elena se encolheu e protegeu os olhos da súbita explosão de luz. Em volta dela, todos se retraíram, vampiros, humanos e lobisomens.

As chamas e a clareira se encheram de fumaça. Elena tremia, tossindo, os olhos lacrimejando, e sentia Matt ofegante e trêmulo ao seu lado.

Quando a fumaça começou a se dissipar, uma figura alta, de pele dourada, tomou forma e saiu das chamas. Elena o conhecia. Pensou, como na primeira vez em que o viu, que ele parecia o demônio, se o demônio fosse bonito.

Ele estava nu ao sair do fogo, o corpo ágil e musculoso, e ergueu a cabeça altivamente. O cabelo era branco, os olhos, azuis. O sorriso era alegre e insano, e cada movimento era uma promessa de destruição.

Um raio estalou nos céus, e ele jogou a cabeça para trás, rindo com o que parecia um prazer maligno.

Klaus tinha ressurgido.

8

Elena não conseguia se mexer. Sentia-se entorpecida, os braços e pernas pesados e paralisados. Seu coração batia cada vez mais rápido, o afluxo de sangue martelando nos ouvidos, mas ela continuou parada.

Diante do fogo, Klaus se espreguiçou e sorriu, estendendo as mãos. Virou-as lentamente, examinando-as, admirando os dedos longos e braços fortes.

— Sem cicatrizes — disse ele. Falava baixo, mas suas palavras ressoavam pela clareira. — Estou inteiro novamente. — Ele virou a cabeça para trás para ver a lua em quarto crescente no alto e seu sorriso se ampliou. — E voltei para casa — completou.

Ethan se desvencilhou do braço frouxo de um Stefan em choque e caiu de joelhos.

— Klaus — falou em tom de veneração.

Klaus baixou os olhos para ele com uma curiosidade indiferente. Ethan abriu a boca para dizer mais alguma coisa, a expressão de arrebatamento, mas antes que conseguisse, Klaus estendeu o braço, passou as mãos fortes e graciosas pelo queixo de Ethan e *puxou*.

Com um barulho terrível de tendões se rompendo, a cabeça de Ethan foi arrancada do pescoço como uma rolha saindo de uma garrafa. O corpo caiu de lado, sem vida, abandonado. Klaus ergueu a cabeça e a segurou diante de si enquanto o sangue escorria por seus braços. A sua volta, os seguidores de Ethan tremeram de medo, mas ninguém se mexeu. Perto de Elena, Chloe arfou.

Stefan, com o rosto sujo do sangue de Ethan, observava Klaus atentamente, virando o corpo para ter uma boa posição de ataque. *Não*, pensou Elena, assustada, desejando que Stefan voltasse. Não tinha se esquecido da força de Klaus. Como se tivesse ouvido seus pensamentos, Stefan recuou um pouco, lançando um olhar de alerta a sua tropa reunida, que observava Klaus agora com pavor.

O Antigo contemplou o rosto mortiço de Ethan por um momento, depois jogou a cabeça de lado. Levando a mão direita à boca, lambeu pensativamente o sangue de Ethan com a língua rosada e comprida, e o estômago de Elena se revirou. Vê-lo matar Ethan tão despreocupadamente já foi terrível, mas havia algo de *obsceno* no prazer sensual e relaxado que ele demonstrava ao provar os filetes de sangue.

— Delicioso — disse Klaus, a voz suave. — Gosto mais do sabor humano do que vampiro, mas este era jovem e fresco. Seu sangue ainda era doce. — Ele olhou friamente a clareira. — Quem será o próximo?

Então, do outro lado da clareira iluminada pela fogueira, seus olhos se fixaram nos de Elena e sua cabeça se ergueu como um cachorro farejando um cheiro, a expressão passando da indiferença para a atenção. Elena engoliu em seco, a garganta ardendo, o coração ainda batendo como um passarinho frenético preso no peito. Os olhos de Klaus eram muito azuis, mas não o azul-claro dos de Matt ou o azul-celeste tropical de Zander. Os olhos de Klaus pareciam gelo fino sobre a água escura.

— Você — disse Klaus para Elena, quase com gentileza. — Eu queria vê-la de novo. — Ele sorriu e abriu as mãos. — E aqui está você, em meu renascimento, para me receber. Venha até mim, pequena.

Elena não queria se mexer, mas mesmo assim cambaleou até Klaus, os pés se arrastando sem o seu consentimento, como se acionados por outra pessoa.

Ela ouviu o sussurro em pânico de Matt a suas costas — "Elena!" — e ele a segurou pelo braço, fazendo-a parar, agradecida. Mas não havia tempo para agradecer: Klaus se aproximava.

— Devo matá-la agora? — perguntou ele a Elena, no tom íntimo de um amante. — Desta vez você não parece ter um exército de fantasmas enfurecidos, Elena. Posso acabar com você em segundos.

— Não. — Stefan avançou, o rosto severo e desafiador.

Meredith se colocou a seu lado e eles ficaram ombro a ombro, olhando furioso para Klaus. Atrás deles, Zander e a Alcateia, lobos e humanos, agrupavam-se, colocando-se entre Elena e Klaus. Zander encarava Klaus de olhos atentos, os pelos eriçados e agitados. Lentamente, seus lábios se repuxaram sobre os dentes e o lobisomem rosnou.

Klaus olhou para eles com certa surpresa, depois riu, divertindo-se genuinamente.

— Ainda inspirando devoção, não é, menina? — perguntou ele a Elena, atrás do grupo. — Talvez afinal você tenha parte do espírito de minha Katherine.

Num movimento suave, ele avançou e pegou Stefan pelo pescoço, jogando-o de lado com a facilidade com que teria atirado um espantalho. Elena gritou ao ver Stefan cair com um baque pesado do outro lado da fogueira e jazer imóvel.

Meredith, segura de si e preparada, imediatamente girou o bastão na direção da cabeça de Klaus, que ergueu uma das mãos e pegou o bastão em pleno ar, arrancando-o de Meredith sem sequer olhar para ela. Jogou o bastão de lado com a mesma despreocupação com que atirara o corpo de Stefan e andou rapidamente pela multidão, golpeando a Alcateia de Zander e os vampiros de Ethan com uma eficiência brutal e despreocupada.

Do outro lado da fogueira, Stefan se colocava de pé, trôpego. Mas Elena sabia que, mesmo com sua velocidade de vampiro, não conseguiria alcançar Klaus antes que chegasse a Elena.

Antes que ela conseguisse piscar, Klaus estava parado bem a sua frente, os dedos segurando dolorosamente seu queixo. Ele virou sua cabeça para trás, voltando seu rosto para ele, obrigando-a a olhar em seus olhos gélidos e risonhos.

— Eu lhe devo uma morte, linda — disse ele, sorrindo. Elena sentia Chloe tremendo ao lado e a mão de Matt em seu braço, fria de medo, mas firme.

— Deixe-a em paz — disse Matt, e Elena o conhecia o suficiente para saber a dificuldade que ele tinha para impedir que a voz ficasse trêmula.

Klaus o ignorou, os olhos fixos nos de Elena. Eles se encaravam, e Elena tentou fazer com que seu olhar fosse o mais desafiador possível. Se Klaus ia matá-la agora, não se rebaixaria chorando e implorando piedade. *Não faria isso*. Mordeu com força a superfície interna da bochecha, tentando se concentrar na dor física e não em seu medo.

Então Stefan subitamente estava ali, segurando o braço de Klaus com toda a força, mas sem fazer diferença alguma. A mão de Klaus continuava firme em seu queixo, os olhos fixos nos dela. O momento pareceu se estender por anos.

Uma nova loucura, mais tempestuosa do que Elena já vira, brotava nos olhos de Klaus.

— Eu *vou* matá-la — disse ele, quase com afeto, apertando seu rosto entre os dedos para que Elena soltasse um gemido involuntário de dor e protesto. — Mas não ainda. Quero que fique esperando por mim, que pense em mim procurando por você. Não saberá quando, mas *será* em breve.

De forma rápida e surpreendente, ele a puxou para si e plantou um beijo frio e suave em sua boca. Seu hálito era fétido, e o gosto do sangue de Ethan em seus lábios lhe deu ânsia de vômito.

Por fim, ele abriu a mão e a soltou. Elena cambaleou vários passos para trás, limpando a boca furiosamente.

— Nos vemos de novo, pequena — disse Klaus, e se foi, mais rápido do que os olhos de Elena conseguiram acompanhar.

Matt segurou Elena antes que ela caísse. Um instante depois, os braços fortes de Stefan estavam em volta dela, e Matt a soltou.

Todos pestanejavam e sentiam-se tontos, como se a saída de Klaus tivesse deixado um vácuo. Os vampiros Vitale olhavam-se hesitantes e, antes que Meredith e os demais pudessem se recompor o suficiente para recomeçar a luta, os vampiros estavam partindo, correndo numa turba desorganizada e em pânico. Meredith pegou a estaca do cinto, mas era tarde demais. De cenho franzido, ela atravessou em silêncio a clareira para pegar o bastão, virando-o nas mãos à procura de algum dano.

Zander, com o pelo ensanguentado e desgrenhado da luta, baixou a cabeça, e a Alcateia se reuniu em volta dele, ansiosa. Um dos lobos lambia rapidamente sua ferida, e Zander se encostou nele.

Chloe não tinha desaparecido com os outros vampiros. Em vez disso, estava ao lado de Matt, mordendo os lábios com os dentes rombudos e olhando o chão. Depois de um momento, Matt a abraçou com cuidado e Chloe se aconchegou a seu lado.

Elena suspirou profundamente e manteve a cabeça no ombro de Stefan. Ainda sentia o gosto do beijo odioso de Klaus, e as lágrimas ardiam em seus olhos.

Ethan estava morto, mas nada se acabara. A luta estava apenas começando.

Numa árvore alta acima da clareira, um grande corvo preto agitou as penas, olhando o campo de batalha abaixo. Tinha observado o confronto criticamente, pensando nas coisas que teria feito de forma diferente, mais agressiva. Mas não, este não era mais o lugar de Damon. Não queria ser visto, não queria se envolver com Elena, Stefan e todos os seus problemas. Mas o cheiro de sangue e o fogo o levaram ali.

Depois de tudo, ainda queria salvar Elena e Stefan, não queria? Foi o que o atraiu à batalha, o impulso quase anormal de fazer o que mandava sua constituição: matar. Quando viu Klaus jogar o irmão de lado, ele se retesou inteiro para o ataque. E quando o vampiro Original e arrogante teve a ousadia de tocar em Elena — a Elena *de Damon*, seu coração ainda insistia —, Damon voou para as margens da clareira, a pulsação normalmente lenta batendo furiosamente.

Mas não precisavam dele, não o queriam; Damon estava *farto* deles. Tinha tentado — tinha feito o melhor que pôde, tinha *mudado* — tudo pelo amor de Elena e pela amizade que enfim descobrira ter pelo irmão. Depois de séculos importando-se apenas consigo mesmo, Damon de repente foi apanhado no mundo de Elena, envolvido na vida de alguns adolescentes mortais, tornado-se alguém que mal reconhecia.

E isso não teve importância. No fim, Damon foi deixado de fora.

Klaus partira e eles estavam bem. Essa luta não era dele. Não mais. Agora, só o que tinha era o manto da noite e o conforto frio de mais uma vez depender apenas de si mesmo, e de mais ninguém.

Ele estava, disse para si mesmo impetuosamente, *livre*.

9

Matt esticou o pescoço para olhar por cima do ombro de Stefan e pela porta rangente do ancoradouro abandonado. O interior estava escuro e tinha cheiro de mofo, e a mão de Matt apertou automaticamente a de Chloe.

— Este deve ser um lugar seguro — disse-lhes Stefan.

Elena e os outros tinham voltado ao campus, trêmulos e calados da luta, mas Chloe não tinha para onde ir.

— Não sei o que fazer agora — dissera ela. — Não posso voltar para a casa da Vitale. Vai me ajudar?

Matt pegou sua mão, sentindo-se dominar por uma onda de compaixão e culpa. Quem dera não tivesse confiado em Ethan. Os outros candidatos da Vitale foram vítimas inocentes, mas Matt *conhecia* vampiros. Por que não ficou desconfiado?

— Aonde quer que você vá, eu vou com você — disse ele obstinadamente. Então Stefan os levara para lá.

Matt esfregou a nuca e olhou em volta. Segura ou não, o velho ancoradouro certamente tinha uma aparência melancólica. Stefan dissera que os estudantes não frequentavam mais o lugar, e Matt podia tranquilamente acreditar nisso.

Antigamente este ancoradouro era da equipe de remo da Dalcrest, mas novas docas e ancoradouros foram construídos mais perto do rio. Desde então, o pequeno lago artificial para o qual ele se defrontava tinha assoreado. Agora, a água salobra e coberta de algas tinha pouca profundidade no lago lodoso, e o próprio ancoradouro fora abandonado e estava apodrecendo. A água malcheirosa batia abaixo da madeira macia e úmida. No alto, o telhado apodrecido permitia vislumbres do céu noturno.

— Não sei bem se Chloe deve viver desse jeito — disse Matt lentamente, sem querer ofender Stefan.

Os lábios de Stefan se curvaram num sorriso amargurado.

— A primeira lição que os dois precisam aprender é que ela *não vai* viver assim. Ela não está viva... Não mais.

Ao lado de Matt, Chloe curvou os ombros protetoramente e cruzou os braços.

— Eu *me sinto* viva — murmurou.

Matt esperou pela torção irônica dos lábios com covinhas a que ele se acostumara na Chloe humana, mas ela se limitou a olhar sombriamente para os próprios pés.

— É assim que tem que ser, Chloe — disse-lhe Stefan. Sua voz era impassível. — Até que aprenda a sobreviver sem caçar humanos, não pode ficar perto deles. Qualquer cheiro ou som pode incitar você. Levará muito tempo para chegar ao ponto em que poderá confiar em si mesma e, até que consiga, se esquivará nas sombras, existindo nos lugares aonde nenhum humano iria. Esgotos. Cavernas. Lugares como este ancoradouro são um luxo.

Chloe assentiu, fitando Stefan com os olhos bem abertos e francos.

— Farei o que for necessário — disse. — Esta é minha segunda chance... Eu entendo. Vou me corrigir.

Stefan lhe abriu um leve sorriso.

— Espero que sim, Chloe. — Esfregando a ponte do nariz entre dois dedos num familiar gesto de cansaço, ele se virou para Matt. — Há coisas que você pode fazer para ajudá-la. Ela é jovem. É importante que tenha muito sangue, ou não conseguirá pensar em mais nada.

Matt começou falar, mas Stefan o interrompeu:

— *Não* o seu sangue. Sangue animal. Se você for com ela ao bosque quando ela estiver caçando, pode ajudar a mantê-la obstinada e longe dos humanos. Pode trazer animais quando ela julgar que não pode sair. — Matt assentiu, e Stefan se virou para Chloe. — Agora você é rápida e forte; conseguirá pegar cervos, se quiser. Caso se concentre, talvez consiga pegar animais menores... aves e coelhos. Pode tentar não matá-los, se quiser, mas provavelmente os matará, pelo menos até que aprenda a se controlar.

— Obrigada, Stefan — disse Chloe solenemente.

— Pratique a respiração profunda — disse-lhe Stefan. — Meditação. Ouça seu próprio coração bater, aprenda o novo ritmo mais lento que ele agora tem depois que você se transformou. Às vezes ficará bem agitada, e deve descobrir como se acalmar. Faça isso com ela, Matt. Vai ajudá-la a manter o foco.

— Tudo bem. — Matt enxugou as mãos suadas nos jeans e assentiu novamente. — Podemos fazer isso.

Seus olhos encontraram os de Stefan, e Matt ficou surpreso com a expressão do vampiro. Apesar do tom pragmático que usava, ele sabia que Stefan estava preocupado.

— É perigoso para você — disse Stefan gentilmente. — Eu não devia deixá-lo com ela.

— Eu não o machucaria — disse Chloe. Seus olhos se encheram de lágrimas, e ela os esfregou raivosamente com o dorso da mão. — Nunca machucaria o Matt.

Stefan voltou o mesmo olhar solidário a ela.

— Sei que você não ia querer machucá-lo, mas também sei que você pode ouvir o sangue de Matt correndo enquanto o coração dele bate, que você sente o cheiro doce e dominador do sangue a sua volta. É difícil pensar direito quando ele está perto, não é? Parte de você só quer rasgar, abrir a pele macia de seu pescoço, encontrar a veia cheia de sangue quente e suculento, pouco abaixo da orelha.

Chloe cerrou o maxilar, mas a extremidade branca de um dente deslizou pela linha firme de sua boca, cortando o lábio. Com um estremecimento, Matt percebeu que os caninos afiados de vampira de Chloe tinham descido enquanto Stefan falava, que ela estava pronta para morder.

Controlando-se, Matt reprimiu o instinto de fugir e, em vez disso, aproximou-se mais e colocou o braço nos seus ombros.

— Vamos superar isto — disse ele com firmeza.

Chloe respirou fundo e devagar, depois repetiu o que Matt disse, claramente tentando se acalmar. Depois de um momento, seus ombros relaxaram um pouco e, parecendo ter relaxado a mandíbula, Matt achou que seus dentes tinham voltado ao normal.

— O que mais devemos fazer? — perguntou Chloe a Stefan, a voz decidida.

Stefan deu de ombros e colocou as mãos nos bolsos. Andou até a porta e olhou a água escura do lago.

— No fim, a única coisa que importa é que você realmente queira mudar. Se seu desejo for suficiente e se tiver muita força de vontade, conseguirá. Não vou mentir, não é fácil.

— Eu quero mudar — disse Chloe, os olhos brilhando de lágrimas mais uma vez. — Não vou machucar ninguém. Esta não sou eu, nem mesmo agora. Nos últimos dias... Não posso ser essa *coisa*. — Ela fechou os olhos e as lágrimas se derramaram sobre os cílios, escorrendo em linhas prateadas pelas bochechas.

— Não pode se alimentar de ninguém. — Stefan a alertou. — Se Matt ou qualquer outro sair machucado, mesmo que você lamente, farei o que for necessário para proteger os humanos daqui.

— Você vai me matar — concordou Chloe, com a voz fina. Seus olhos ainda estavam fechados, e ela se envolveu defensivamente com os próprios braços. — Tudo bem. Não quero viver assim.

— Assumo a responsabilidade por ela — disse Matt, a voz alta aos próprios ouvidos. — Não deixarei que nada de ruim aconteça.

Chloe se aproximou um pouco mais dele, aparentemente encontrando conforto em seu braço. Matt a abraçou. Chloe podia ser salva; ele sabia disso. Não tinha sido cauteloso o suficiente, não percebeu o que Ethan era. Mas Chloe não estava perdida para ele. Ainda não.

— Muito bem — disse Stefan serenamente, olhando de um para outro. — Boa sorte. — Ele trocou um aperto de mãos com Matt, virou-se e partiu, mais rápido do que os olhos de Matt puderam acompanhar, sem dúvida voltando para Elena.

Chloe se apertou ao lado de Matt e deitou a cabeça em seu ombro. Ele pousou a face no alto de sua cabeça, sentindo no rosto o cabelo escuro, cacheado e macio de Chloe. Isso seria perigoso, um pequeno e infeliz nó no estômago o lembrava, e ele não sabia exatamente o que estava fazendo.

Mas Chloe respirava lentamente a seu lado, e só no que conseguia pensar era: pelo menos eles tinham uma chance.

* * *

— Eu estou bem, Bonnie — disse Zander, rindo um pouco. — Sou durão, lembra? Superdurão. Sou um herói. — Ele puxou sua mão, tentando colocá-la na cama ao lado dele.

— Você está machucado, é isso é que você está — disse Bonnie incisivamente. — Não tente bancar o machão pra cima *de mim*. — Ela puxou a mão e estendeu o saco de gelo para ele com a outra. — Coloque isto no ombro — ordenou.

Eles se encontraram na frente da biblioteca pouco depois do amanhecer e ela imediatamente viu que Zander estava ferido. De volta a sua forma humana, ele parecia *quase* gracioso, como sempre, correndo com a Alcateia no trote tranquilo habitual, mas se afastava dos empurrões e da implicância brincalhona do restante dos meninos, a afeição rude e interativa que era seu jeito padrão quando não estavam de serviço. Quando saiu levemente do alcance dos braços de Marcus e Enrique e se esquivou de uma chave de braço de Camden, Bonnie percebeu que Zander devia estar machucado.

Então o levou ao refeitório e o encheu de ovos com bacon e os cereais açucarados que ele adorava. Eles voltaram ao alojamento de Zander e ela o obrigou a tirar a camisa para examinar os danos. Normalmente, Bonnie teria ficado babando para a barriga bem-definida de Zander, mas agora o hematoma escuro e arroxeado que começava a se formar em seu ombro e se estender pela lateral do corpo estragava a visão.

— Não estou realmente machucado, Bonnie — insistiu Zander. — Não precisa me paparicar. — Mas ele estava deitado na cama e não tentou se levantar, então Bonnie deduziu que Zander se sentia um pouco pior do que estava disposto a admitir.

— Vou pegar ibuprofeno para você — disse, e ele não protestou. Ela vasculhou a mesa até encontrar o frasco e virou os últimos comprimidos na mão, levando a ele com uma garrafa de água. Zander se apoiou nos cotovelos para tomar os comprimidos e estremeceu.

— Deita — disse Bonnie. — Se prometer ficar na cama e tentar tirar um cochilo, posso preparar para você meu chá curativo especial.

Zander sorriu para ela.

— Por que não deita comigo? — sugeriu ele. Aposto que ficaria muito mais confortável com você aqui. — Ele deu um tapinha no colchão.

Bonnie hesitou. Era de fato muito tentador. Estava prestes a se aconchegar com ele quando houve uma batida ríspida na porta.

Ela gesticulou para Zander voltar para a cama quando ele começou a se levantar.

— Eu atendo. Deve ser um dos meninos. — Os companheiros de Alcateia de Zander não se incomodavam muito em bater, mas talvez estivessem tentando ter boas maneiras, supondo que Bonnie estava ali.

Outra batida incisiva foi dada enquanto Bonnie atravessava o quarto.

— Já vou, espere um pouco — murmurou ela, abrindo a porta.

No corredor, com a mão erguida para bater mais uma vez, havia uma completa estranha, uma menina de cabelo louro cortado na altura dos ombros. As feições miúdas e precisas espelharam a própria surpresa de Bonnie.

— O Zander está? — perguntou a menina, o cenho franzido.

— Hmmm — disse Bonnie, desconcertada. — Sim, ele está...

E então Zander apareceu atrás dela.

— Ah, oi, Shay — disse ele, com a voz levemente insegura. Mas sorria. — O que está fazendo aqui?

A garota — *Shay*, pensou Bonnie, *mas que nome era esse?* — olhou para Bonnie em vez responder, e Zander corou.

— Ah — disse ele. — Bonnie, esta é a Shay, uma amiga da minha cidade. Shay, essa é minha namorada, Bonnie.

— É um prazer conhecê-la, Bonnie — disse Shay friamente, erguendo uma sobrancelha. Seus olhos percorreram o peito despido de Zander, demorando-se por um momento no hematoma arroxeado, e seu rosto ficou rosado. — Estavam ocupados? — perguntou ela.

— Entre — disse ele, afastando-se da porta e pegando a camisa. — Eu, hmmmm, estava colocando um pouco de gelo no ombro.

— É um prazer conhecê-la também — disse Bonnie, meio tarde demais, enquanto dava espaço para Shay passar. Desde quando Zander tinha *amigas*? Além de Bonnie e dos amigos de Bonnie, ele vivia num mundo exclusivamente masculino.

— Preciso falar com você. A sós — disse Shay a Zander, lançando-lhe um olhar ameaçador e depois olhando para Bonnie de maneira incisiva.

Zander revirou os olhos.

— Sutil, Shay — disse ele. — Mas tudo bem. Bonnie sabe sobre mim e o resto da Alcateia.

A outra sobrancelha subiu na testa de Shay, unindo-se à primeira.

— Acha isto sensato?

Os lábios de Zander torceram-se no meio sorriso que Bonnie adorava.

— Pode acreditar, não é a coisa mais estranha que Bonnie sabe.

— Tudo *bem* — disse Shay lentamente. Ela fixou em Bonnie um olhar longo e especulativo, e a namorada empinou o queixo em desafio, encarando-a também. Por fim, Shay deu de ombros. — Acho que perdi o direito de lhe dar conselhos já faz algum tempo. — Agora ela baixou a voz, como se temesse que mais alguém ouvisse do corredor. — O Alto Conselho dos Lobos me mandou aqui. Eles não estão satisfeitos com o que souberam sobre vampiros na Dalcrest. Pensaram que talvez eu pudesse ajudar vocês a encontrar alguma orientação.

Zander contraiu o maxilar.

— Nossa orientação é ótima, obrigado — disse ele.

— Ai, não seja assim — disse Shay. — Não estou tentando ser sua Alfa. — Ela estendeu a mão e tocou levemente seu braço, deixando que a mão se demorasse ali. — Foi uma boa desculpa para fazer uma visita — continuou, com uma brandura ainda maior. — Lamento por como as coisas terminaram da última vez em que nos vimos.

Bonnie baixou os olhos. Shay estava tão concentrada em Zander que Bonnie começou a se perguntar se havia desaparecido, fazendo com que eles pensassem que estavam a sós. Mas não, ela continuava bem sólida.

— Ah — disse, assustada, como se tudo o que Shay dissera de repente se encaixasse. — Você é uma *lobisomem*.

Ela devia ter percebido de imediato: apesar do cabelo elegante e solto e das feições femininas de Shay, ela se movimentava como Zander e a Alcateia, com uma espécie de elegância sólida, como se estivesse o tempo todo inteiramente consciente de seu corpo, sem sequer precisar pensar nele. E tinha tocado em Zander como ele tocava os rapazes da Alcateia, tranquilamente, como se o próprio corpo quase fizesse parte do corpo dele.

Ele não tocava em Bonnie assim. Não tinha do que reclamar sobre o modo como Zander *tocava* nela; era doce e seguro, como se ela fosse a coisa mais preciosa que ele tinha. Mas ainda assim, não era a mesma coisa.

Não havia ninguém ali para ouvir, mas Shay fuzilou Bonnie com os olhos.

— Fale baixo — sussurrou ela agressivamente.

— Desculpe — disse Bonnie —, é que não sabia que existiam lobisomens Originais mulheres.

Os lábios de Shay se curvaram num sorriso malicioso.

— Claro que existem — disse ela. — De onde acha que todos os lobisomens Originais vêm?

— O Alto Conselho dos Lobos em geral divide os lobos mais jovens em alcateias ou de meninos, ou de meninas, quando nos enviam para ficar de olho nas coisas — disse Zander a Bonnie. — Eles acham que se nos misturarmos vamos nos distrair de nosso trabalho.

— Pelo visto, não consideram as *outras* maneiras com que alguns de nós podem se distrair — disse Shay acidamente. Seus olhos eram frios nos da outra, mas Bonnie não atravessou o inferno e voltou no ano passado para deixar que uma garota lobisomem mandona e presunçosa a intimidasse.

Bonnie estava prestes a abrir a boca para dizer a Shay que era melhor ela perder a pose quando Zander, parecendo sentir sua reação, segurou a mão dela.

— Escute, Shay, eu preciso muito descansar um pouco — disse ele rapidamente. — Vamos colocar tudo em dia mais tarde, está bem? Ligue para mim ou para um dos outros e vamos nos encontrar.

Bonnie teve a impressão de que Shay ficou sobressaltada, mas Zander apressou Shay para fora do quarto, fechando a porta.

— E então... Uma amiga da sua cidade? — perguntou Bonnie depois de algum tempo. — Acho que você nunca falou nela.

— Hmmmm. — Os longos e lindos cílios de Zander roçaram o rosto quando ele baixou os olhos, desviando-os de Bonnie, e ela podia ter ficado distraída com a expressão meiga dele. Só que Zander parecia nitidamente *culpado*.

Bonnie de repente sentiu o estômago embrulhar.

— Tem alguma coisa que você não está me dizendo? — perguntou. Zander se remexeu pouco à vontade de um pé a outro, corando, e o estômago dela embrulhou ainda mais. — Chega de segredos, lembra?

Zander suspirou.

— Só acho que vai parecer maior do que realmente é.

— *Zander*.

— O Alto Conselho dos Lobos queria que eu e Shay ficássemos juntos — confessou Zander. Ele ergueu os olhos para ela. — Eles, hmmmm, acho que pensavam que éramos parceiros. Que talvez fôssemos nos casar e ter filhos lobisomens quando terminássemos a faculdade. Achavam que formávamos uma boa dupla.

Bonnie piscou. Seu cérebro parecia entorpecido, ela percebeu. Zander e Shay tinham pensado em *se casar*?

— Mas não podíamos continuar — disse Zander apressadamente. — Eu juro, Bonnie, nunca nos entendemos. Brigávamos, tipo, o tempo todo. Então terminamos.

— Hmmm. — Bonnie estava tão surpresa que até formular as palavras representava um esforço imenso. — Então o Alto Conselho dos Lobos controla com quem vocês se casam? — perguntou ela finalmente, escolhendo a pergunta mais genérica de todas as que tomavam sua mente.

— Eles *tentam*. — Zander a olhou com ansiedade. —Não podem... Não podem me obrigar a fazer nada que eu não queira. E não iam querer isso. São justos. — Seus olhos azuis-celestes, daquele tom tropical, encontraram os dela e ele sorriu hesitante, as mãos quentes em seus ombros. — É você que eu amo, Bonnie — disse. — Acredite em mim.

— Eu acredito em você — disse Bonnie, porque ela *acreditava*; isso reluzia nos olhos de Zander. E ela também o amava. Zander se retraiu um pouco quando ela o abraçou, e Bonnie afrouxou os braços, atenta aos hematomas. — Está tudo bem — disse ela baixinho.

Mas ao levantar a cabeça para beijar Zander, não conseguiu afastar da mente uma sensação que a fazia se contorcer de ansiedade.

Tensão.

Stefan e Elena estavam enroscados na cama dele, a cabeça de Elena em seu ombro. Stefan se deixou relaxar sob o toque, sentindo a suavidade de seu cabelo no rosto. O dia parecera interminável. Mas Elena agora estava segura, por enquanto. Só por este momento, estava nos braços de Stefan e nada a machucaria. Ele apertou o abraço.

— Chloe vai ficar bem? — perguntou Elena.

Stefan reprimiu um risinho de incredulidade, e os cantos da boca de Elena se viraram para cima em resposta.

— Que foi? — disse ela.

— Você está preocupada com Chloe. Klaus prometeu matar você e você quer saber se Chloe, que você mal conhecia quando ela era humana, vai ficar bem. — Mas ele devia saber. Elena tinha uma essência de aço. E nada era mais importante para ela do que proteger os amigos, sua cidade, o mundo.

Talvez, pensou Stefan, *ela sempre tenha sido uma Guardiã.*

— Não paro de pensar no que Klaus disse — disse-lhe Elena, e Stefan sentiu seu corpo tremer contra o dele. — Estou com medo. Mas não posso deixar de me importar com os outros também. Matt precisa de Chloe, então ela também importa para mim. Tenho medo de que talvez não reste muito tempo. Devemos todos ficar com as pessoas que amamos. — Ela beijou Stefan, só um leve roçar dos lábios nos dele. Quando voltou a falar, a voz estava trêmula. — Acabamos de nos reencontrar, Stefan. Não quero perder nada. Só o que quero é te abraçar.

Stefan a beijou, desta vez mais intensamente. *Te amo*, disse ele em silêncio. *Eu a protegerei com minha própria vida.*

Elena interrompeu o beijo e sorriu para ele com os olhos cheios de lágrimas.

— Eu sei. Eu também te amo, Stefan, demais. — Ela afastou a cabeça e a virou, convidativa, expondo o pescoço longo e magro.

Stefan hesitou — já fazia tanto tempo, desde antes de a relação terminar e ser reatada —, mas Elena conduziu a boca dele até o pescoço dela.

O fluxo do sangue de Elena — tão inebriante, tão cheio de vitalidade que parecia ao mesmo tempo champanhe e um néctar doce — deixou Stefan tonto, inundando-o de calor. Não havia barreiras entre eles, nenhum muro, e ele sentiu com um assombro enorme a ternura imutável que encontrou em Elena.

Eles adormeceram abraçados. As trevas os ameaçavam de todos os lados, mas por esta noite eles ficariam juntos, seriam a luz um do outro.

10

"Um corpo sem cabeça encontrado no bosque perto da Dalcrest College na semana passada foi identificado como do aluno do último ano da Dalcrest, Ethan Crane", anunciou a apresentadora bonita do programa matinal da TV, a testa franzida de seriedade. "A polícia ainda não deu uma declaração, e não se sabe se Crane foi vítima de um homicídio ou de um acidente estranho, mas a julgar pela diferença nos ferimentos, a morte de Crane parece não ter relação com a maioria dos recentes ataques animais no bosque."

Quando a apresentadora passou para outra matéria, Meredith desligou a TV, sibilando de irritação.

— Eles devem pensar que todo mundo que vê o noticiário é idiota — resmungou. — Como alguém perde a cabeça num acidente estranho no bosque?

Embora a sala de estar dos alunos estivesse vazia, a não ser pelos cinco — Elena, Bonnie, Meredith, Stefan e Zander —, Elena baixou a voz e olhou em volta antes de responder:

— Eles não querem que as pessoas entrem num pânico maior do que já estão.

A sala vazia era um sinal de como todos já estavam assustados, pensou Elena. Nas primeiras duas semanas de aula, a sala ficava apinhada no final da tarde, meninos e meninas reunidos para ver TV, flertar, até estudar.

Agora, porém, todos estavam cautelosos, trancando-se em seus quartos, com medo de que uma das caras amistosas do campus mascarasse um assassino. Elena também estava constantemente tensa. Ela e os amigos verificavam sem parar as armas, tentando prever o que Klaus podia fazer. Entretanto, ele não tinha feito nada até agora, que ela soubesse.

— Minha aula de psicologia desta semana foi cancelada — disse Bonnie aos outros. — E não sobrou ninguém na minha turma de inglês. Muita gente foi embora. — Ela hesitou, os olhos castanhos e grandes passando rapidamente entre Elena e Zander. — Meu pai quer que eu vá para casa e veja se conseguimos refinanciar as mensalidades. Ele disse que posso voltar no ano que vem, se conseguirem resolver todos os ataques e desaparecimentos — confessou ela.

— Você não vai para casa, vai? — perguntou-lhe Elena.

O pai de Bonnie sempre foi superprotetor com a filha e suas irmãs mais velhas, então Elena não ficou surpresa com a notícia.

— É claro que não — disse Bonnie, decidida. — Vocês precisam de mim aqui.

Bonnie se aconchegou mais junto de Zander e apoiou a cabeça em seu peito, sorrindo. Ele sorriu de volta, larga e calorosamente, e Elena sorriu também. Zander era tão garoto, não era o tipo de Elena, mas era maravilhoso ver Bonnie com alguém que gostava tanto dela que emanava puro contentamento sempre que os dois estavam juntos.

Stefan limpou a garganta para chamar a atenção de todos.

— Não sei onde Klaus está se alimentando, mas não acho que os corpos que encontramos no bosque sejam de gente que ele matou. O noticiário diz que parecem ataques animais e, hmmm — ele olhou os próprios pés, um tanto constrangido —, eu Influenciei um policial para descobrir o que a polícia viu. As mortes são verdadeiramente desleixadas, parece mesmo que um animal *está* atacando as pessoas; não é mentira para a imprensa, não segundo a polícia.

— Então você acha que são vampiros novos que estão matando as pessoas, e não um vampiro experiente como Klaus — disse Elena.

Stefan a olhou nos olhos e ela entendeu que ele pensava a mesma coisa: *também não é Damon*. Uma forte onda de alívio se dissolveu dentro dela.

Se Damon atravessasse esse limite, se começasse a matar novamente, ela não sabia o que eles fariam. Não conseguia imaginar que eles pudessem o trair, o entrega aos outros, ou o machucar. Tanta coisa mudou entre Stefan e Damon. Elena sabia que Stefan protegeria o irmão, escolheria Damon em detrimento de qualquer um, exceto talvez ela própria.

Mas ainda não chegara a esse ponto. Jamais chegaria, disse Elena a si mesma intensamente. Damon pode ter perdido o controle uma vez, mas não causou nenhum dano permanente. A menina estava bem. E eram os vampiros novos, aqueles que Ethan transformou, que estavam matando.

Meredith olhava para ela com os olhos cinza solidários.

— Ainda tem gente morrendo, mesmo que o assassino não seja Klaus — disse ela com suavidade. Com um sobressalto, Elena percebeu que tinha transparecido o alívio por não ser Damon. Por sorte, Meredith interpretou erroneamente a reação de Elena. — Não podemos adivinhar que jogo Klaus está fazendo ou quais são seus planos antes que ele se revele. — Uma mecha do cabelo escuro de Meredith caiu em seu rosto e ela o colocou atrás da orelha. — Mas podemos pegar os vampiros Vitale. Não deu certo encher os túneis de gás, e não podemos produzir mais gás se não tivermos muito mais verbena do que temos agora. Precisamos patrulhar regularmente para manter os estudantes mais seguros.

Ela procurou na mochila e pegou um mapa do campus, com anotações em vermelho, e traçou uma área no mapa com um dedo.

— Marquei seus terrenos de caça aqui e acho que podemos concentrar nossas patrulhas no bosque e nas quadras esportivas à margem do campus. Precisamos nos organizar e fazer patrulhas noturnas com combatentes suficientemente fortes para derrubar um grupo de vampiros jovens.

— E durante o dia? — perguntou Bonnie, franzindo o cenho e estendendo a mão para o mapa. — Todos eles têm lápis-lazúli, não têm? Então podem caçar a qualquer hora.

Stefan se mexeu inquieto ao lado de Elena no sofá.

— Embora a luz do sol não possa matá-los, eles ficam lentos durante o dia — explicou. — O sol incomoda os vampiros, mesmo com o lápis-lazúli. A noite é nosso habitat natural e eles não a deixarão, a não ser que sejam obrigados a isso.

Elena olhou para ele com surpresa, mas não disse nada. Stefan vivia na luz do dia com ela, dormindo à noite. Isso também o feria? Será que ele mudou tanto só para ficar com Elena?

— Então as patrulhas noturnas devem bastar, pelo menos por enquanto — disse Meredith.

Zander examinava atentamente o mapa, a cabeça loura perto da ruiva de Bonnie.

— Posso organizar os caras para assumir parte das patrulhas — ofereceu.

Stefan assentiu para Zander, agradecendo. Meredith se virou para Elena, os olhos cinza penetrantes.

— E Damon? — perguntou. — Ele pode ser muito útil.

Elena hesitou. Ao lado dela, Stefan limpou a garganta.

— Meu irmão agora não está disponível — disse ele com uma voz inexpressiva. — Mas aviso a vocês se houver alguma alteração.

Meredith apertou os lábios. Elena podia imaginar o que estava passando pela cabeça da amiga: Damon, irritante mas sempre *ali*, finalmente, no último verão e no outono, provou ser um aliado digno de confiança, só para desaparecer quando o campus estava caindo no caos em volta deles?

Se era nisso que Meredith estava pensando, não disse nada, apenas semicerrou os olhos e soltou um longo suspiro, depois perguntou:

— E você, Bonnie? Tem algum feitiço que possa ajudar nas patrulhas?

— Existem alguns feitiços de proteção que já sei que podem ajudar — disse Bonnie pensativamente. — Vou ligar para a Sra. Flowers e ver o que mais ela recomenda.

Elena sorriu para a amiga. Com a descoberta de seu talento para a bruxaria, Bonnie encontrou uma nova confiança. Ela levantou a cabeça e a olhou nos olhos, sorrindo também.

— Vamos derrotá-lo, não vamos, Elena? — disse ela baixinho.

— E Klaus também, quando ele aparecer de novo.

— Afinal, já o vencemos antes — disse Elena com suavidade.

A expressão de Bonnie ficou séria, e Meredith pegou o mapa, virando-o pensativamente nas mãos. Ao lado de Elena, Stefan estendeu o braço para pegá-lo. Todos sabiam o que lhes tinha custado derrotar Klaus da primeira vez que o enfrentaram: Damon e Stefan unidos, e um exército dos mortos de Fell's Church erguendo-se da terra, onde caíram em batalha. Não é algo que pudessem reproduzir. E mesmo então sobreviveram por muito pouco.

— Agora somos mais fortes — disse Bonnie, insegura. — Não somos?

Elena se forçou a dar um sorriso.

— É claro que somos — disse ela.

A mão de Meredith segurou a de Elena, que se sentiu reconfortada e fortalecida por Stefan, seu amor, de um lado, e Meredith, a amiga, do outro. Bonnie levantou a cabeça, altiva, o pequeno rosto desafiador, e Zander se ajeitou ao lado dela.

— Somos invencíveis. Estamos juntos — disse-lhes Elena e, olhando as expressões resolutas, quase acreditou.

11

Elena calçava suas botas mais resistentes — perfeitas para uma noite de caminhada pelo bosque — quando o telefone tocou.

— Alô? — Ela olhou o relógio. Em menos de cinco minutos, teria de encontrar Stefan e três da Alcateia de Zander para patrulhar o campus. Ela segurou o telefone entre a orelha e o ombro e terminou apressadamente de amarrar os cadarços.

— Elena. — A voz ao telefone era de James, e soava exuberante. — Tenho boas notícias. Andrés chegou.

Elena ficou tensa, os dedos se atrapalhando nos cadarços.

— Ah — disse ela sem entusiasmo. O Guardião humano estava *ali*, na Dalcrest? Ela engoliu em seco e falou com mais firmeza. — Ele quer se encontrar comigo agora? Eu já estou de saída, mas podia...

— Não, não. — James a interrompeu. — Ele está exausto. Mas se puder vir aqui amanhã às nove da manhã, ele vai adorar conversar com você. — Ele baixou a voz, como se não quisesse ser ouvido por mais ninguém. — Andrés é extraordinário, Elena — disse ele, feliz. — Estou ansioso para que vocês dois se conheçam.

Puxando o cabelo num rabo de cavalo apertado e prático, Elena agradeceu a James e desligou o telefone com a maior rapidez possível. *Extraordinário*, pensou ela com apreensão. Isso podia significar muitas coisas diferentes. As Guardiãs Celestiais que conheceu eram extraordinárias e lhe tiraram seus pais e seu Poder, aleijando-a. Ainda assim, James claramente pensava que Andrés era bom.

Ela tentou afastar os pensamentos do Guardião Terreno enquanto corria pelo campus para se juntar aos outros. Não tinha sentido se preocupar com ele agora; ela o conheceria muito em breve.

Stefan e os lobisomens esperavam por ela nos arredores do bosque. Tristan e Spencer já haviam assumido a forma de lobo e farejavam incansavelmente o ar, com as orelhas aprumadas em busca de qualquer ruído de problema. Jared, de cabelo desgrenhado na forma humana, estava ao lado de Stefan, as mãos enfiadas nos bolsos.

— Aí está você — disse Stefan quando Elena se aproximou, puxando-a para perto num rápido abraço. — Pronta?

Eles entraram no bosque, Tristan e Spencer andando de cada lado com cabeça erguida, rabo ereto e olhos atentos. Houve ataques demais dentro e perto do campus e Elena sabia que a Alcateia sentia ter fracassado em sua responsabilidade de manter a segurança dos alunos da Dalcrest. Ela e os amigos sentiam o mesmo: eram os únicos que realmente sabiam que tipo de horrores sobrenaturais havia lá fora, portanto eram os únicos que podiam garantir a segurança dos outros.

Bonnie, Meredith, Zander e mais dois de sua Alcateia patrulhavam as quadras esportivas, tentando manter segura outra parte da universidade. Elena gostaria de ter a força tranquila e obstinada de Matt a seu lado, mas ele ainda estava escondido com Chloe. Stefan visitava os dois diariamente e disse que Chloe progredia, mas que ainda não estava pronta para ficar perto de ninguém.

Era uma noite clara e estrelada, e tudo até agora parecia tranquilo.

— Desculpe pelo atraso — disse Elena a Stefan, passando o braço no dele. — James telefonou quando eu estava saindo. Disse que Andrés está aqui. Vou conhecê-lo amanhã.

Stefan ia dizer alguma coisa quando os lobos pararam de orelhas em pé e fitaram ao longe. A cabeça de Stefan também virou.

— Verifiquem — disse-lhes Stefan, e Spencer e Tristan partiram, correndo para dentro da floresta. Stefan e Jared ficaram parados, acompanhando atentamente o progresso dos dois, até que ouviram um uivo à distância.

— Alarme falso — traduziu Jared, e Stefan relaxou. — Um cheiro antigo.

Os dois lobos voltaram trotando pelo bosque, as caudas arqueadas e altas acima do dorso. Apesar de serem muito diferentes como humanos, Tristan e Spencer tornavam-se lobos semelhantes, cinzentos, lustrosos e não tão grandes quanto Zander. Só as pontas pretas das orelhas de Spencer distinguiam os dois.

Vendo-os voltar, Jared curvou os ombros e tirou dos olhos as mechas de cabelo comprido.

— Preciso aprender a me transformar sem a lua — disse ele, irritado. — Eu me sinto um cego tentando patrulhar como humano.

— Como isso funciona, aliás? — perguntou Elena com curiosidade. — Por que alguns de vocês podem se transformar sem a lua, mas não todos?

— Prática — disse Jared de mau humor, deixando o cabelo voltar a cair no rosto. — É difícil aprender, leva muito tempo e eu ainda não consegui. Também podemos aprender a refrear a transformação na lua cheia, mas isso é ainda mais difícil e dizem que dói. Ninguém faz se não for realmente necessário.

Spencer farejou a presa novamente e soltou um latido curto. Jared riu, sem se incomodar em traduzir. Stefan se virou para seguir o olhar deles e Elena se perguntou o que Stefan e os lobos — até Jared — sentiam na noite e ela não. Era a única humana ali, pelo que percebeu, portanto a mais cega de todos.

— Quer que eu vá com você? — perguntou Stefan quando eles recomeçaram a andar. — Encontrar Andrés?

Elena fez que não com a cabeça.

— Obrigada, mas acho que devo fazer isso sozinha. — Se teria de se tornar algo novo, precisava ter forças suficientes para enfrentar isso sozinha.

Eles patrulharam o bosque a noite toda sem encontrar nenhum vampiro e nenhum corpo. Quando o amanhecer rompia no horizonte, Elena viu, na luz fraca, os dois lobos andando ao lado dela de cabeça baixa. Ela estava com tanto sono que se segurava no braço de Stefan e só conseguia se concentrar em mexer um pé adiante do outro. De repente, as cabeças de Spencer e Tristan se ergueram e eles começaram a correr, os músculos magros se movendo sob o pelo cinzento.

— Eles sentiram cheiro de vampiro? — perguntou Elena a Jared, alarmada, mas ele fez que não com a cabeça.

— São só os outros — disse ele, e depois também correu, mais rápido do que Elena conseguia acompanhar.

Quando ela e Stefan se aproximavam de uma pequena colina, Elena conseguiu ver a margem do bosque e o campus se estendendo à sua frente de novo. Estava tão cansada que não percebeu que já tinham dado a volta. Na metade da descida da colina, Spencer e Tristan estavam cumprimentando Zander — o grande lobo branco — e outro lobo cinzento, abanando as caudas, enquanto Jared corria na sua direção. Bonnie, Meredith e outra forma humana da Alcateia de Zander observavam. Bonnie disse alguma coisa e os dispensou. Os lobisomens, humanos e lobos, viraram-se ao mesmo tempo e voltaram correndo para o bosque, com Zander na dianteira.

— O que foi? — perguntou Elena, enquanto ela e Stefan se aproximavam de Bonnie e Meredith.

— Ah, como a patrulha acabou, eles precisam se transformar em humanos e fazer coisas de Alcateia — disse Bonnie despreocupadamente. — Eu disse para Zander que vamos ficar bem. Encontraram alguma coisa?

Elena negou com a cabeça.

— Estava tudo tranquilo.

— Para nós também — disse Meredith, balançando o bastão alegremente enquanto se viravam e iniciavam o trajeto de volta ao alojamento. — Talvez os vampiros novos já tenham passado pela parte da transformação em que ficam loucos por sangue e agora estejam pegando leve por um tempo.

— Espero que sim — disse Stefan. — Talvez possamos encontrá-los antes que mais alguém morra.

Bonnie estremeceu.

— Sei que é idiotice — disse ela —, mas eu quase desejo que Klaus faça o que pretende fazer. Fico tensa o tempo todo. Parece que ele está me observando das sombras.

Elena entendia o que Bonnie queria dizer. Klaus viria atrás deles todos. Ela sabia disso: ainda podia perceber a sensação fantasmagórica de seus lábios frios nos dela, como uma promessa. *Nós já derrotamos Klaus*, ela tentou dizer a si mesma. Mas uma nova convicção a importunava. Era como se alguma coisa dentro dela soubesse, inquestionavelmente, que a vida que teve até agora estava chegando ao fim.

— Desculpe — disse ela impulsivamente a Bonnie. — Klaus quer castigar a mim, então estamos todos em perigo. Isso é culpa minha e eu nem sequer tenho algum Poder para proteger vocês todos.

Bonnie a encarou.

— Se não fosse por você, Klaus teria destruído a todos nós há muito tempo — disse ela de maneira seca.

Stefan concordou com a cabeça.

— Ninguém acha que é culpa sua — disse ele.

Elena piscou, hesitante.

— Acho que você tem razão.

Bonnie revirou os olhos.

— E não somos uns molengas completos, caso não tenha percebido — disse ela.

— Se quer se preparar para lutar com Klaus, talvez deva começar a desenvolver seus Poderes de Guardiã — disse-lhe Meredith.

Os raios de sol quentes começavam a se espalhar pelo campus. Elena reduziu o passo e endireitou o corpo por instinto, virando o rosto para o sol. Meredith tinha razão, percebeu Elena. Se quisesse ajudar na segurança dos amigos e do campus, precisava ser mais forte. Precisava ser uma Guardiã.

Depois de dormir poucas horas, Elena se arrastava pelo pátio, agarrada ao copo de café. Ia para a casa de James, nos arredores do campus, e tentava se lembrar do pouco que sabia de Andrés. Ele tinha 20 anos, segundo lhe disse James, e fora retirado de sua família pelos Guardiões aos 12.

O que isso fazia com uma pessoa?, perguntou-se Elena. As Guardiãs que conheceu, aquelas da Corte Celestial, levavam seus deveres muito a sério. Certamente Andrés seria bem versado em todos os Poderes e responsabilidades da função, tudo que Elena não sabia, e teria sido corretamente tratado, pelo menos fisicamente.

Mas como afetaria uma criança humana ser criada por seres tão frios e sem emoção quanto os Guardiões? Sua pele se arrepiava com a ideia.

Quando chegou à porta de James, Elena estava antecipando uma recepção imperturbável dos olhos frios de um Guardião Terreno que ensinaria exatamente o que *ele* pensava que Elena devia saber.

Bem, ele teria de aprender que não podia intimidá-la. Nem a Corte Celestial, cheia de Guardiãs no auge de seu Poder, conseguiu obrigar Elena a obedecer, e ali havia apenas um Andrés. Com determinação, Elena tocou a campainha de James.

Quando abriu a porta, a expressão de James estava séria, mas não apreensiva. Parecia surpreso e solene, como se estivesse testemunhando algo muito importante e que não entendia inteiramente.

— Minha cara, estou feliz por ter vindo — disse ele, conduzindo-a com gestos breves e pegando seu copo de café vazio. — Andrés está no quintal. — Ele a acompanhou por sua casa pequena e extremamente arrumada e lhe mostrou a porta dos fundos.

A porta se fechou e, com um sobressalto de surpresa, Elena percebeu que James a mandou para fora sozinha.

O quintal estava iluminado de dourado pelo sol que se infiltrava através das folhas de uma grande faia. Na grama abaixo da árvore, havia um jovem de cabelos pretos sentado, que levantou o rosto para Elena. Ao olhar nos olhos dele, o nervosismo se esvaiu e ela sentiu uma grande paz se acomodar em seu íntimo. Sem nem mesmo pretender, ela se viu sorrindo.

Andrés se levantou sem nenhuma pressa e se aproximou dela.

— Olá, Elena — disse, e a abraçou.

No início, Elena ficou surpresa e tensa com o abraço, mas um calor tranquilizador pareceu fluir por seu corpo, e ela riu. Andrés a soltou e riu também, um puro sinal de alegria.

— Desculpe. — Seu inglês era fluente, mas ele tinha um leve sotaque sul-americano. — Mas nunca conheci outra Guardiã humana e eu... sinto como se conhecesse você.

Elena concordou, lágrimas quentes brotando nos olhos. Sentia uma ligação entre os dois, zumbindo com energia e alegria, e percebeu com feliz surpresa que não eram apenas as emoções enviadas a ela por Andrés. Também partiam dela própria, sua felicidade refluindo para ele.

— Parece que estou vendo minha família pela primeira vez em séculos — disse-lhe ela. Eles não conseguiam parar de sorrir um para o outro. Andrés pegou sua mão, guiou-a gentilmente até a árvore e eles ali se sentaram.

— Eu tive um Guia, é claro — disse ele. — Meu querido Javier, que me criou. Mas ele faleceu no ano passado — de repente Andrés parecia inefavelmente triste, os olhos castanhos marejados — e desde então eu tenho estado sozinho. — Ele se iluminou de novo. — Mas agora você está aqui e posso ajudá-la, como Javier me ajudou.

— Javier era um Guardião? — perguntou Elena, surpresa. Andrés claramente amava Javier, e *amor* não era algo que ela associasse com os Guardiões.

Andrés deu de ombros, fingindo indiferença.

— Deus me livre — disse ele. — Os Guardiões querem bem ao mundo, mas são frios, não? E imagine um deles encarregado de uma criança em crescimento. Não, Javier era um Guia. Um homem bom, sábio, mas inteiramente humano. Na realidade, era padre e professor.

— Oh. — Elena pensou por um tempo, pegando cuidadosamente uma folha de grama e despedaçando-a, olhando as próprias mãos. — Pensei que os próprios Guardiões criassem as crianças humanas que pegam. Eu não... Meus pais não me deixaram ir. Acho que teria tido um Guia se fosse com eles quando era pequena.

Andrés assentiu, solene.

— James me falou de sua situação. Lamento pelo que aconteceu com seus pais e queria poder lhe dar alguma explicação. Mas como não teve um Guia atribuído a você, espero poder ajudar com o que sei.

— Sim. Obrigada. Quer dizer, eu agradeço de verdade. Você... — Ela hesitou, puxando outra folha de grama. Havia algo que ela se perguntava. Não era algo que pudesse pensar em perguntar a um estranho, mas aquela ligação curiosa e feliz entre os dois a fez relaxar o suficiente para se voltar para Andrés e falar: — Acha que teria sido melhor se meus pais tivessem deixado que me levassem? Você ficou *feliz* quando os Guardiões o tiraram de sua família?

Andrés encostou a cabeça na árvore e suspirou.

— Não — admitiu. — Nunca deixei de sentir falta de meus pais. Eu queria que eles tivessem tentado ficar comigo. Mas eles viram, quando eu era criança, que eu pertencia aos Guardiões, e não a eles. Agora estão perdidos para mim. — Ele se virou para ela. — Mas aprendi a amar Javier e fiquei feliz por ter alguém comigo quando passei pela transformação.

— Transformação? — Elena sentou-se ereta, ouvindo a própria voz aguda e em pânico. — Como assim, *transformação*?

Andrés abriu um sorriso tranquilizador e, sem ter a intenção, Elena por instinto relaxou um pouco com o calor humano de seus olhos.

— Vai ficar tudo bem — disse ele em voz baixa, e parte de Elena acreditou. Andrés também esticou as costas, passando os braços pelos joelhos. — Não há motivo para ter medo. Quando aparecer sua primeira tarefa como Guardiã, um Guardião Principal virá e lhe explicará o que deve fazer. Seus Poderes começarão a se desenvolver quando você tiver uma tarefa. Até que termine sua tarefa, não conseguirá pensar em mais nada. Sentirá uma *necessidade* dominadora de completá-la. O Guardião Principal volta quando a tarefa é concluída e a liberta de sua compulsão. — Ele deu de ombros, parecendo constrangido. — Eu só tive algumas tarefas, mas, quando terminaram, fiquei ansioso pela seguinte. E os Poderes desenvolvidos para uma tarefa ficam comigo o tempo todo.

— É dessa transformação que você está falando? — perguntou Elena, em dúvida. — Desenvolver Poderes? — Ela queria o Poder para derrotar Klaus, mas não lhe agradava a ideia de se transformar, de alguma coisa *obrigá-la* a mudar.

Andrés sorriu.

— Trabalhando como Guardiã, você fica mais forte — disse ele. — Fica mais sensata e mais poderosa. Mas ainda será você mesma.

Elena engoliu em seco. Este era o ponto crucial de seu plano. Com Klaus à solta, os *Poderes* seriam tremendamente úteis, mas ela precisava de acesso a eles agora, não podia esperar até que um Guardião Principal decidisse aparecer.

— Tem algum jeito de despertar esses Poderes antes de receber uma tarefa? — perguntou ela. Andrés abriu a boca para perguntar por que, uma expressão confusa se formando no rosto, e ela se antecipou a dar uma explicação. — Tem um monstro aqui. Um vampiro muito antigo e muito cruel que quer matar a mim e meus amigos. E provavelmente muitas outras pessoas. Quanto mais tivermos para combatê-lo, melhor.

Andrés assentiu, expressivo e sério.

— Meus Poderes não são muito bélicos, mas podem ser úteis, e eu ajudarei como puder. Não existem dois Guardiões com os mesmos Poderes. Mas deve haver uma maneira de descobrir como ativar os seus.

Elena foi tomada por um entusiasmo. Se pudesse acessar sozinha os Poderes que os Guardiões lhe deram, não seria instrumento deles; seria uma arma. Sua própria arma.

— Talvez você possa me contar sobre a primeira vez em que teve acesso aos seus — estimulou ela.

— Tudo bem. — Andrés se sentou mais ereto e deixou que os joelhos baixassem, colocando-se de pernas cruzadas na grama. — A primeira coisa você precisa entender é que a Costa Rica é muito diferente daqui. — Ele gesticulou com o braço, indicando o quintal pequeno e a casa, as filas de casas dos dois lados e atrás deles, o céu ensolarado de outono, porém gelado. — A Costa Rica tem muita terra virgem, protegida pelas leis de nosso país para os animais e as plantas. O povo da Costa Rica tem uma expressão que usa muito: *pura vita...* Significa *vida pura,* e quando dizemos disso... pelo menos quando eu digo... estamos falando de nossa ligação com o mundo natural.

— Lá deve ser lindo — disse Elena.

Andrés riu.

— Claro que é. E você está se perguntando por que estou falando de ecologia quando devia falar do Poder. Observe.

Fechando os olhos, ele pareceu invocar suas forças, depois estendeu as mãos, de palmas para baixo, junto ao chão.

Um farfalhar suave começou, tão baixo que no início Elena mal percebeu, mas logo ficou mais alto. Ela olhou o rosto de Andrés, desligado e concentrado, ainda ouvindo algo que ela não conseguia escutar.

Enquanto ela observava, a grama onde suas mãos pousavam ficava maior, as folhas se projetando entre seus dedos e subindo ainda mais, emoldurando as mãos. A boca de Andrés se abriu ligeiramente e ele respirou de forma mais intensa. Do alto, veio um estalo, e Elena levantou a cabeça e viu novas folhas se desenrolando dos galhos da faia, seu verde primaveril estranho em meio às folhas de outono amareladas que já estavam ali. Houve um baque suave atrás dela, e Elena se virou, percebendo que uma pedrinha tinha se aproximado deles. Olhando em volta, viu um círculo de pequenas pedras e seixos, todos deslizando suavemente na direção dos dois.

O cabelo de Andrés se eriçou um pouco, cada fio crepitando de energia. Ele parecia poderoso e benevolente.

— Então — disse ele, abrindo os olhos. Parte da intensidade de sua postura desvaneceu. Cessaram os ruídos do crescimento acelerado das plantas e do movimento de pedrinhas. Ainda havia uma energia expectante na área em volta deles. — Posso explorar o poder do mundo natural e canalizá-lo para a defesa contra o sobrenatural. Se for necessário, posso fazer com que rochedos voem pelo ar, raízes de árvores arrastem meus inimigos para dentro da terra. Minha força se alimenta da natureza e a natureza aumenta minhas forças. É mais eficaz na Costa Rica, porque há muitos lugares desabitados e, portanto, muito mais energia silvestre do que aqui.

— Parece que seus talentos são muito fortes mesmo aqui. — Elena pegou uma pedrinha branca e lisa no chão e a virou com curiosidade entre os dedos.

Andrés sorriu e baixou a cabeça com modéstia.

— De qualquer modo, minha primeira tarefa me apareceu quando eu tinha 17 anos. Javier vinha me ensinando havia uns cinco anos, e eu estava morrendo de vontade de demonstrar minha capacidade. Uma criatura estava matando jovens casadas na cidade onde morávamos, e uma Guardiã Principal... que era muito apavorante a sua própria maneira, muito poderosa e concentrada... veio a mim e disse que meu trabalho era localizar e destruir a criatura.

— Como você a descobriu?

Andrés deu de ombros.

— Foi fácil encontrar a fera. Depois que recebi minha tarefa, algo em mim me impeliu até ela. Por acaso era um demônio na forma de um cachorro preto. Um demônio puro, não uma criatura híbrida, como um vampiro ou um lobisomem. Era atraído pela culpa, especialmente a culpa do adultério. Javier ensinou-me os princípios para ter acesso a meu Poder, mas a primeira vez em que realmente o fiz, parecia que eu estava sugando o mundo todo para dentro de mim. Consegui invocar um vento e *detonar* o cachorro preto. — Ele sorriu timidamente mais uma vez para Elena.

— Talvez, se eu tentar explorar a natureza do mesmo jeito, possa ativar meus Poderes onde quer que eles estejam — disse Elena.

Andrés se ajoelhou bem na frente dela.

— Feche os olhos — disse ele, e Elena obedeceu. — Agora — continuou Andrés, e Elena o sentiu tocar gentilmente seu rosto —, respire fundo várias vezes e concentre-se em sua ligação com a terra. Seus talentos não serão iguais aos meus, mas estarão enraizados nesta terra, no lugar onde você começou, assim como os meus.

Elena respirou profunda e lentamente, concentrando-se na terra abaixo dela, no calor do sol nos ombros e no pinicar da grama em suas pernas. Era confortável, mas não sentia nenhuma ligação mística com o mundo a seu redor. Cerrou os dentes e se esforçou ainda mais.

— Pare — disse Andrés num tom suave. — Você está tensa demais. — Então tirou a mão do rosto dela, que sentiu quando ele sentou-se a seu lado, as pernas se encostando, e pegou sua mão. — Vamos tentar assim. Vou canalizar parte de minha ligação com a terra para você. Ao mesmo tempo, quero que você visualize que está afundando cada vez mais em si mesma. Todas as portas que em geral estão fechadas você abrirá e deixará que seu Poder flua por elas.

Elena não sabia bem como "visualizar que estava afundando dentro de si mesma", mas respirou fundo de novo e tentou, obrigando-se conscientemente a relaxar. Imaginou-se andando por um corredor de portas fechadas, que se abriam à medida que ela passava. Sentia que sua mão estava agradavelmente quente e formigando um pouco onde encostava-se à de Andrés.

Mas quando ela possuía o Poder das Asas, antes que as Guardiãs as tirassem, ela sentiu muito mais do que isso, não foi? Havia a sensação de um potencial assombroso dentro dela, daquelas *coisas* poderosas e dobradas que faziam parte dela e que ela podia libertar quando fosse a hora certa.

Elena não sentia nada de especial agora. As portas se abriam apenas em sua imaginação, mais nada. Ela abriu os olhos.

— Acho que não está dando certo — disse a Andrés.

— É, também acho que não — concordou ele com tristeza, abrindo os olhos. — Sinto muito.

— Não é culpa sua. Sei que está tentando me ajudar.

— Sim. — Andrés apertou ainda mais sua mão e olhou para ela de forma pensativa. — Não acho que o relaxamento e a visualização sejam exatamente as suas forças — disse ele. — Vamos experimentar outra coisa. Vamos trabalhar com seus instintos de proteção.

Isso parecia mais provável.

— Feche os olhos de novo — continuou Andrés, e Elena obedeceu. — Quero que você pense no mal. Pense no mal que viu em suas aventuras, o mal que você... que nós dois... devemos combater.

Elena abriu a mente a suas lembranças. Recordou-se do rosto bonito e meio enlouquecido de Katherine, distorcido, enquanto gritava de fúria e golpeava o peito ensanguentado de Damon. Os cães de Fell's Church, os olhos vagos e rosnando, voltando-se contra seus donos. Os dentes de Tyler Smallwood se alongando em presas e o brilho em seus olhos quando ele tentou atacar Bonnie. Klaus invocando os raios nas mãos e os lançando em seus amigos, o rosto iluminado por um brilho cruel.

As imagens giravam por sua mente numa velocidade cada vez maior. Os *kitsune*, Misao e Shinichi, cruéis e indiferentes, rindo ao transformarem as crianças de Fell's Church em assassinos selvagens. O espectro que fez com que Stefan e Damon rasgassem a garganta um do outro, enlouquecidos por uma fúria cheia de rivalidade, a boca cheia de sangue. Ethan, o tolo Ethan, erguendo o cálice de sangue no alto da cabeça, invocando a ressurreição de Klaus.

Klaus, dourado e apavorante, surgindo do fogo.

E então diferentes rostos, outros cenários, inundaram sua mente. Bonnie rindo de pijama estampado de sorvete de casquinha. Meredith, o corpo magro e gracioso em um mergulho perfeito. Matt segurando-a nos braços no baile da escola. Stefan, de olhos mansos, pegando Elena nos braços.

A parceira de laboratório de Elena. As meninas de seu alojamento. Rostos estranhos do refeitório, outros que ela vira de relance apenas nas aulas. Todas as pessoas que Elena precisava proteger, seus amigos e estranhos inocentes.

A amiga caçadora de vampiros de Meredith, Samantha, cruel e divertida, até que os vampiros Vitale a mataram. O meigo colega de quarto de Matt, Christopher, assassinado no pátio do campus.

A menina que Damon deixou no bosque, tonta e assustada, o sangue escorrendo das mordidas no pescoço.

Dentro de si, Elena sentiu algo se desenrolar, não se abrindo como uma porta ou como as Asas Poderosas, mas brotando suavemente, como uma flor.

Abriu os olhos lentamente e viu Andrés bem ao seu lado. Um brilho verde o cercava, e o peito de Elena ficou apertado. A luz era tão bonita e, sem entender exatamente como, ela sabia que a luz era *boa* no sentido mais simples e absoluto.

— Que lindo — disse ela, maravilhada. Andrés abriu os olhos e sorriu para ela.

— Alguma coisa? — disse ele, transparecendo certa empolgação. Elena assentiu.

— Estou vendo luz em volta de você.

Andrés quase pulou de felicidade.

— Maravilhoso. Já ouvi falar disso. Deve estar vendo minha aura.

— Aura? — perguntou Elena de forma cética. — É isto que na verdade nos ajuda a combater o mal? — Parecia um poder New Age meio estranho.

Andrés riu.

— Ajuda a sentir se alguém é bom ou mau desde o início — disse ele. — E, com a prática, soube que você pode usar para localizar e procurar seus inimigos.

— Acho que entendo que utilidade isso pode ter — concordou ela. — Não é tão útil quanto soprar coisas malignas para longe com as mãos, como você pode fazer, mas já é um começo.

Andrés a fitou por um momento, depois começou a rir.

— Talvez você passe à parte da ventania logo.

Incapaz de se reprimir, Elena também riu e se encostou nele, dando gargalhadas. Estava tão aliviada, tão simples e intensamente *feliz*. Tinha descoberto o Poder sem ter de esperar que um Guardião Principal lhe desse uma tarefa. E agora que tinha acesso a um deles, talvez pudesse sentir mais Poderes enroscados dentro dela, mais flores esperando para se abrir.

Isso era só o começo.

Junto dos portões centrais do campus, Meredith andava, os tênis deixando rastros na terra à beira da estrada. No passado, sempre conseguia se acalmar sozinha, mas desde que deixou o treinamento de caçadora para realmente usar suas habilidades no combate aos vampiros, ficava cada vez mais inquieta. Queria estar sempre em movimento, estar sempre fazendo alguma coisa — especialmente agora, que sabia que havia monstros assombrando o campus. Sabia que, com a morte de Samantha — uma parte dela ainda sufocava com a lembrança —, passou a ser uma das únicas protetoras que restavam. Sua pele formigava e estava tensa com a sensação de algo maligno, algo *errado*, fora de vista.

Estava louca para ver Alaric.

Como se o pensamento o tivesse invocado, lá estava o Honda pequeno e cinza virando na estrada em direção ao campus. Meredith acenou para ele enquanto estacionava e seguiu na direção do carro, ciente de que sorria feito uma idiota, mas sem se importar.

— Oi — disse ela, aproximando-se enquanto Alaric se alongava e saía do carro e o beijando intensamente.

Sabia que precisavam bolar uma estratégia e um plano — com sorte, Alaric teria descoberto alguma coisa em suas pesquisas que pudesse ajudá-los a combater Klaus, mas por ora valorizava apenas a sensação de Alaric sólido e real em seus braços, os lábios macios nos dela, o cheiro dele, composto de couro, sabonete, algo meio herbáceo e apenas o essencial *Alaric*.

— Senti saudade. — Ele pousou a testa na dela por um instante assim que finalmente romperam o beijo. — Conversar por telefone não é a mesma coisa.

— Eu também — disse Meredith, e ela tinha sentido muita, mas muita saudade. — Adoro suas sardas — disse ela de um jeito inconsequente, roçando a boca nos pontinhos dourados de seu rosto.

Eles caminharam até o campus de mãos dadas. Meredith apontou locais de interesse: a biblioteca, o refeitório, o centro acadêmico, seu alojamento. As poucas pessoas por quem passavam andavam às pressas e em grupos, cabisbaixas, sem fazer contato visual.

Quando chegaram à academia, Meredith hesitou antes de parar na frente dela.

— É aqui que eu treino. É difícil... Eu costumava vir aqui com Samantha. Ela era tão competitiva e inteligente. Me pressionava, no bom sentido. — Ela se encostou em Alaric por um momento e o sentiu dar um beijo no alto de sua cabeça.

Eles continuaram a andar, mas Meredith não conseguia parar de pensar em Samantha. Antes de Samantha, Meredith nunca tinha conhecido ninguém de uma família de caçadores de vampiros hereditários. Seus pais tinham deixado a comunidade de caçadores para trás. Como os pais de Samantha foram mortos quando ela era nova, na realidade também não conhecia nenhum outro caçador.

Aprenderam muito uma com a outra. Meredith amava Elena e Bonnie — eram suas melhores amigas, suas irmãs —, mas nenhuma das duas a compreendia tão bem quanto Samantha.

Então Ethan e os vampiros Vitale a mataram. Foi Meredith que encontrou o corpo de Samantha. Ela foi dilacerada com tal violência que seu quarto ficou ensopado de sangue.

Meredith sentiu o rosto se retorcer, e a voz saiu densa e furiosa.

— Às vezes sinto que isso nunca vai acabar — disse ela a Alaric. — Sempre existem mais monstros. E agora Klaus voltou, embora o tenhamos matado. Ele devia estar *morto*.

— Eu sei. Queria poder fazer as coisas melhor. Klaus destruiu sua família e você o derrotou. Tem razão, isso devia ter terminado naquela época. — Eles pararam perto de um banco, sob um grupo de árvores, e ele se sentou, puxando Meredith para seu lado. Pegando sua mão, ele a olhou nos olhos, cheios de amor e preocupação. — Me conte a verdade, Meredith. Klaus destruiu sua família. Como você está?

Meredith prendeu a respiração, porque era exatamente este assunto que evitava desde que Klaus saiu do fogo.

Klaus atacou o avô de Meredith e o levou à loucura. Sequestrou seu irmão gêmeo, Cristian, e o transformou em vampiro. E fez da própria Meredith uma semivampira viva, algo que toda família caçadora tinha o direito de odiar.

E então as Guardiãs mudaram tudo, tornando realidade o que teria acontecido se Klaus nunca tivesse ido a Fell's Church. Cristian agora era humano — Meredith não se lembrava de tê-lo conhecido, mas ele foi criado com ela nesta realidade — e estava num acampamento militar na Georgia. Seu avô estava feliz e saudável, morando em um condomínio de aposentados na Flórida. E Meredith não precisava de sangue, não tinha dentes afiados. Mas ela e os amigos ainda se lembravam de como eram as coisas antigamente. Ninguém mais em sua família se lembrava, mas ela, sim.

— Estou morta de medo — confessou Meredith. Ela virou a mão, brincando com os dedos de Alaric. — Não há nada que Klaus não faria, e saber que ele está aí fora em algum lugar, esperando, planejando alguma coisa, é... Não sei o que fazer com isso.

Ela cerrou o maxilar e levantou a cabeça, olhando nos olhos de Alaric.

— Ele tem de morrer — disse ela baixinho. — Ele não pode recomeçar, não agora.

Alaric assentiu.

— Tudo bem — disse ele, passando de solidário a pragmático. — Acho que tenho algumas boas notícias. — Ele abriu o zíper da bolsa de carteiro que levava no ombro e pegou seu caderno, folheando algumas páginas até encontrar a informação que queria. — Sabemos que madeira de freixo é a única arma mortal para Klaus, certo? — perguntou ele.

— É o que dizem — respondeu Meredith. — Da última vez, fizemos para Stefan uma arma de freixo branco, mas acabou não sendo tão útil. — Ela se lembrou de Klaus arrancando a lança de freixo da mão de Stefan, quebrando-a e usando-a para apunhalar o próprio Stefan. Os gritos de Stefan enquanto milhares de lascas letais o cortavam foram... inesquecíveis. Ele quase morreu.

Damon tinha ferido Klaus com a lança de freixo depois disso, mas no fim Klaus conseguiu puxar a madeira ensanguentada das próprias costas e se postou triunfante, ainda poderoso, ainda capaz de colocar Stefan e Damon a seus pés.

E desta vez nem mesmo temos Damon, pensou Meredith, com tristeza. Ela desistira de perguntar a Elena e Stefan onde Damon estava. Ele era sempre imprevisível.

— Bom — disse Alaric com um leve sorriso —, uma lenda popular apalache que encontrei em minhas pesquisas diz que uma árvore de freixo plantada em certas condições na lua cheia é mais poderosa contra vampiros do que qualquer outra madeira. Um freixo com magia em suas origens deve ter forte efeito contra Klaus.

— Claro, mas como vamos encontrar uma árvore assim? — perguntou Meredith, depois arqueou uma sobrancelha. — Ah. Você já sabe onde tem uma delas, não é?

O sorriso de Alaric se alargou. Depois de um segundo, Meredith passou os braços por seu pescoço e o beijou.

— Você é meu herói.

Alaric corou, o rosa subindo do pescoço à testa, mas ele parecia satisfeito.

— A heroína é *você*. Mas, com sorte, teremos uma arma de verdade contra Klaus.

— Uma longa viagem — disse Meredith. — Mas não antes que a gente tenha certeza de que o campus está o mais seguro possível. Klaus está quieto e não temos nenhuma pista de seu paradeiro, então por enquanto temos de nos concentrar nos vampiros recém-criados. — Ela sorriu com melancolia para Alaric, mexendo os tênis abaixo do banco. — É importante que primeiro enfrentemos a ameaça imediata. Mas isso é bom.

Alaric apertou a mão dela entre as suas.

— Vou ajudar no que você precisar — disse ele com franqueza. — Vou ficar aqui pelo tempo que eu for útil. Enquanto você me quiser.

Apesar da gravidade de seus problemas, apesar do horror sangrento que foi seu passado e o pavor quase definitivo de seu futuro, Meredith teve de rir.

— Enquanto eu te quiser? — disse ela, sedutora, olhando-o de baixo através dos cílios, deleitando-se no sorriso de Alaric. — Ah, é agora que você nunca mais vai se afastar de mim.

12

Chloe andava furtiva e silenciosamente pela floresta, precisa em cada movimento. Inclinou a cabeça, atenta, os olhos localizando um movimento quase invisível no mato.

Matt a seguia, com a bolsa de carteiro pendurada no ombro. Tentava também andar em silêncio, mas gravetos e folhas estalaram sob seus pés, e ele estremeceu.

Parando, Chloe piscou por um momento, farejou o ar e estendeu as mãos na direção dos arbustos à esquerda deles.

— Vamos — murmurou ela, quase baixo demais para Matt ouvir.

Ouviram um farfalhar e lentamente um coelho saiu do meio das folhas, fitando Chloe com os olhos arregalados e escuros, tremendo as orelhas. Com um golpe rápido, Chloe o agarrou. Ouviu-se um guincho estridente e o animalzinho ficou imóvel e dócil em seus braços.

O rosto de Chloe estava enterrado no pelo castanho-claro do coelho, e Matt olhava com uma espécie de aprovação distanciada enquanto ela engolia. Uma gota de sangue desceu longa e pegajosa pelo flanco do animal antes de pingar no chão do bosque.

Despertando de seu estupor, o coelho teve um espasmo, debatendo-se com as patas traseiras, depois ficou imóvel. Chloe enxugou a boca com as costas da mão e colocou o animal no chão, olhando-o com tristeza.

— Eu não queria matá-lo. — Sua voz era baixa e triste. Ela empurrou para trás os cachos curtos do cabelo e olhou suplicante para Matt. — Desculpe. Sei como isso é nojento e estranho.

Matt abriu a bolsa de carteiro e pegou uma garrafa de água, entregando a ela.

— Não tem do que se desculpar — disse ele. É, vê-la se alimentar de animais era meio estranho e nojento, mas agora menos do que na primeira vez. E valia totalmente a pena: Chloe não teve nenhuma recaída, parecia satisfeita em beber sangue animal em vez de caçar humanos. Era só isso que importava.

Chloe lavou a boca, cuspindo nos arbustos a água tingida de rosa, depois bebeu um gole.

— Obrigada — disse ela, trêmula. — Acho que tem sido difícil. Às vezes sonho com sangue. Sangue humano verdadeiro. Mas as coisas que fiz naqueles dias com Ethan; não consigo me perdoar por isso. Não acho que um dia eu vá conseguir. E Ethan... Por que um dia eu confiei nele? — Seus lábios tremiam.

— Ei. — Matt a pegou pelo braço e a sacudiu de leve. — Ethan enganou a todos nós. Se Stefan não tivesse me salvado, eu estaria na mesma situação que você.

— É. — Chloe se encostou nele. — Acho que você também está me salvando.

Matt entrelaçou os dedos nos dela.

— Eu não estava preparado para perder você.

Chloe virou o rosto para ele, arregalando os olhos. Matt roçou a boca em seu rosto e depois em seus lábios, só de leve no início, depois mais profundamente. Fechou os olhos, sentindo a maciez de seus lábios contra os dele. Parecia que estava caindo. Cada dia que passava com Chloe, ajudando-a a se voltar para a luz, vendo suas forças, ele a amava um pouco mais.

Meredith se espreguiçou e gemeu baixinho. O quarto estava às escuras, exceto pela luz da tela de seu laptop. Elena e Bonnie dormiam profundamente em suas camas, e Meredith olhou com desejo a própria cama. Graças às noites de patrulha e aos dias passados na academia, ultimamente desmaiava agradecida num sono profundo e sem sonhos assim que se deitava.

Mas, ao contrário da maioria das aulas no campus, sua turma de inglês ainda se reunia e Meredith tinha trabalho a fazer. No ensino médio, só tirava notas máximas e seu orgulho não a deixaria perder um prazo de entrega ou fazer um trabalho porco, por mais cansada que estivesse. Obrigando-se a voltar ao modo de estudante, Meredith bocejou e digitou: *Desde seu primeiro encontro, o relacionamento en-*

tre Anna e Vronsky estava claramente condenado a um fim de destruição mútua.

Em modo de estudante ou não, ainda era uma caçadora, ainda era uma arma extraordinariamente equilibrada, ainda uma Sulez, e ficou atenta assim que a voz de Bonnie se elevou da cama do outro lado do quarto.

— Ele não gosta de ficar sozinho — disse Bonnie abruptamente. Sua voz, em geral expressiva, tinha um caráter monótono e quase metálico, indicando uma de suas visões.

— Bonnie? — chamou Meredith, hesitante.

Bonnie não respondeu, e Meredith virou a luz da mesa para iluminar o resto do quarto, com o cuidado de não jogá-la diretamente no rosto da amiga.

Os olhos de Bonnie estavam fechados, embora Meredith pudesse vê-los se mexer por baixo das pálpebras, como se ela tentasse acordar, ou como se tentasse ver algo nos sonhos. Seu rosto estava tenso, e Meredith soltou um som tranquilizador ao se esgueirar pelo quarto e sacudir Elena gentilmente pelo ombro.

Elena rolou semiadormecida, resmungando irritada, "Que foi? *Que foi?*", antes de acordar inteiramente, piscando.

— Shhhh. — Meredith então falou gentilmente com Bonnie. — Quem não gosta de ficar sozinho, Bon?

— Klaus — respondeu Bonnie naquela voz inexpressiva, e os olhos de Elena se arregalaram, compreendendo. Ela se sentou, o cabelo dourado embaraçado do sono, e estendeu a mão para pegar o caderno e uma caneta na mesa. Meredith se sentou na cama de Bonnie e esperou, olhando o rosto adormecido da menina mais baixa ao lado dela.

— Klaus quer seus velhos amigos — disse-lhes Bonnie. — Está chamando um deles agora. — Ainda dormindo, ergueu um braço fino e branco acima da cabeça e curvou o dedo, acenando no escuro. — Tem sangue demais — acrescentou ela na voz monótona enquanto sua mão baixava ao lado do corpo. Meredith sentiu um arrepio nos braços.

Elena escrevia alguma coisa no caderno e o ergueu: em letras grandes, escrevera *PERGUNTA QUEM*. Elas descobriram que era melhor que uma só pessoa fizesse perguntas a Bonnie quando tinha suas visões, para que ela não se confundisse e saísse repentinamente do transe.

— Quem Klaus está chamando? — perguntou Meredith, mantendo a voz calma. Seu coração batia com força, e ela colocou a mão no peito, tentando se acalmar. Qualquer um que Klaus considerasse um amigo era sem dúvida perigoso.

A boca de Bonnie se abriu para responder, mas ela hesitou.

— Ele os chama para se juntar em sua luta — disse ela depois de um momento, com a voz inexpressiva. — O fogo brilha tanto, não dá para saber quem está vindo. É só Klaus. Klaus e sangue e chamas no escuro.

— O que Klaus está planejando? — perguntou Meredith. Bonnie não respondeu, mas suas pálpebras se agitavam, os cílios parecendo grossos e escuros contra a palidez de seu rosto. Agora sua respiração estava mais pesada.

— Devemos tentar acordá-la? — perguntou Meredith. Elena fez que não com a cabeça e escreveu de novo no bloco. PERGUNTA ONDE KLAUS ESTÁ.

— Sabe dizer onde Klaus está agora? — perguntou Meredith.

Inquieta, Bonnie moveu a cabeça de um lado a outro no travesseiro.

— Fogo — disse ela. — Escuridão e chamas. Sangue e *fogo*. Ele quer que todos se unam a sua luta. — Um riso grave forçou caminho por sua boca, embora sua expressão não se alterasse. — Se Klaus conseguir, tudo terminará em sangue e fogo.

— Podemos impedi-lo? — perguntou Meredith. Bonnie não disse nada, inquietando-se ainda mais. As mãos e os pés começaram a bater no colchão, de leve e depois mais intensamente, num ritmo acelerado. — Bonnie! — Meredith ficou de pé.

Arfando profundamente, o corpo de Bonnie se imobilizou. Os olhos se abriram.

Meredith segurava a menina menor pelos ombros. Um segundo depois, Elena estava ao lado delas na cama, segurando o braço de Bonnie.

Os olhos castanhos de Bonnie ficaram arregalados e vagos por um momento, depois ela franziu a testa, e Meredith podia ver que a verdadeira Bonnie estava voltando.

— Ai! — reclamou Bonnie. — O que estão fazendo? Estamos no meio da noite! — Ela se afastou das duas. — Para com isso — disse ela, indignada, esfregando o braço onde Elena a segurava.

— Você teve uma visão — disse Elena, recuando para lhe dar espaço. — Não consegue se lembrar de nada?

— Ai. — Bonnie fez uma careta. — Eu devia saber. Sempre fico com um gosto estranho na boca quando saio de uma dessas. Eu *odeio* isso. — Ela olhou para Elena e Meredith. — Não me lembro de nada. O que eu disse? — perguntou ela, hesitante. — Foi ruim?

— Ah, sangue, fogo e escuridão — disse Meredith secamente. — O de sempre.

— Eu anotei. — Elena entregou o bloco a Bonnie.

Bonnie leu as anotações de Elena e empalideceu.

— Klaus está chamando alguém? Ah, não. Mais monstros. Não podemos... Isso não pode ser bom pra gente.

— Tem alguma pista de quem ele pode estar chamando? — perguntou Elena.

Meredith suspirou e se levantou, andando entre as camas.

— Não sabemos muita coisa sobre ele.

— Milhares de anos sendo um monstro — acrescentou Elena. — Imagino que Klaus tenha muita maldade em seu passado.

Apesar dos passos rápidos pelo quarto, um tremor frio corria pelas costas de Meredith. Uma coisa era certa: quem quer que Klaus desejasse ter com ele, seria a última pessoa que elas iam querer ali. Decidida, ela fechou o laptop e foi até o armário pegar o baú de armas. Não havia tempo para ser estudante. Precisava se preparar para a guerra.

13

— Acho que agora enxergo melhor no escuro — disse Elena a Stefan ao puxar um galho de árvore e o segurar para ele passar.

A noite parecia viva de sons e movimento, do farfalhar de folhas à correria de algum morador minúsculo do mato. Era tão diferente da última vez que ela e Stefan patrulharam o bosque juntos. Elena não sabia se esta nova consciência estava diretamente ligada ao Poder que sentia se disseminando constantemente dentro de si, ou se o fato de saber que tinha um Poder a deixava mais atenta a todo o resto.

Stefan sorriu, mas não respondeu. Sabia que estava concentrado em enviar seu próprio Poder, procurando por vampiros na mata.

Quando ela se concentrava, via que a aura de Stefan tinha um tom lindo de azul-claro, com filetes cinzentos suaves que ela pensava serem a culpa que jamais o abandonaria plenamente. Mas o azul era muito mais forte do que o cinza. Ela desejava que o próprio Stefan pudesse enxergar sua aura.

Ela estendeu o braço e a tocou, a mão pairando pouco acima da pele. O azul envolveu sua mão, mas Elena não sentiu nada. Mexeu os dedos, observando a aura de Stefan fluir em torno deles.

— O que está fazendo? — Stefan virou a mão para entrelaçar os dedos nos dela. Ele ainda olhava a escuridão à volta.

— Sua aura... — disse Elena, então parou.

Alguma coisa se aproximava.

Stefan fez um ruído suave de indagação e, quando Elena puxou o ar para falar novamente, algo escuro e pegajoso a percorreu, esfriando-a inteiramente, como se ela tivesse mergulhado num rio gelado.

Maligno. Elena tinha certeza disso.

— Por aqui — disse ela com urgência e, puxando Stefan pela mão, disparou pelo bosque. Os galhos batiam nela, um deles deixando um arranhão longo e doloroso no rosto. Elena o ignorou. Sentia que alguma coisa a puxava, a urgência invocando toda a sua atenção.

Maligno. Ela precisava detê-lo.

Seus pés escorregaram nas folhas mortas e Stefan a pegou pelo braço antes que caísse, erguendo-a. Ela ficou parada por um instante, ofegante, recuperando o fôlego.

À frente, via riscos vermelho-ferrugem sujos com um amarelo-bile nauseante. Nada parecido com as cores tranquilizantes da aura de Stefan ou Andrés, de maneira nenhuma. Enquanto Elena observava, o vermelho-ferrugem — cor de sangue velho e seco — contraiu-se e se expandiu em volta do amarelo-bile numa pulsação constante. Duas auras, percebeu Elena, uma dominando a outra. A urgência que Elena sentia cresceu.

— Eu posso ver — disse ela desesperada. — Está acontecendo alguma coisa ruim. Vamos.

Eles correram. Elena viu quando o Poder de Stefan percebeu o que ela sentia, porque de repente ele acelerou o passo, puxando-a em vez de segui-la.

Um vampiro pressionava a vítima contra uma árvore; as duas figuras se confundiam em uma forma escura e volumosa. As auras pulsantes os envolviam, uma visão quase nauseante. Elena não teve nem um segundo para se dar conta de que encontrara o que estivera caçando quando Stefan arrancou o vampiro do humano e quebrou seu pescoço com uma torção eficiente. Depois quebrou um galho da árvore e cravou em seu peito, como uma estaca.

A vítima do vampiro caiu de quatro com um baque abafado. Sua aura amarelada perdeu o tom nauseante quase de imediato, mas escureceu até um cinza tênue enquanto o garoto caía sobre um monte de folhas embaixo da árvore.

Elena se ajoelhou ao lado dele e pegou a lanterna para examiná-lo enquanto Stefan arrastava o corpo do vampiro — um dos aspirantes Vitale — para os arbustos. A vítima tinha cabelo preto muito curto e estava lívida, mas a pulsação era estável e sua respiração fraca, mas regular. O sangue escorria da mordida no pescoço, e Elena tirou o casaco, usando-o para apertar o ferimento.

— Acho que ele está bem — disse a Stefan quando ele voltou e parou ao lado dela.

— Bom trabalho, Elena. — Ele respirou fundo. — Mas ainda tem sangue saindo de algum lugar dele.

Elena passou a lanterna pelo garoto. Estava de calça de pijama e camiseta, os pés descalços. As solas dos pés sangravam.

— O vampiro deve tê-lo Influenciado a sair do alojamento — percebeu ela. — Foi assim que terminou na mata.

— Eles estão ficando mais habilidosos — disse Stefan. — Vamos organizar mais patrulhas em torno do campus. Talvez possamos impedir alguns antes que peguem suas vítimas.

— Por enquanto, é melhor levar este cara para casa — disse Elena.

O garoto de cabelos pretos gemeu quando Stefan e Elena o colocaram cuidadosamente de pé. O caráter cinza de sua aura começou a se encher de raios e riscos agitados de cor, e Elena soube que ele começava a despertar.

— Está tudo bem — disse ela num tom tranquilizador, e sentiu um sussurro do Poder de Stefan, que começava a murmurar para ele, acalmando-o para o percurso de volta ao alojamento.

Mas ela não conseguia se concentrar em ajudá-lo. Sua pele coçava e ela sentia um puxão em seu íntimo. Ainda havia alguma coisa ali fora. Maligna e perto deles. Elena deixou que Stefan pegasse todo o peso da vítima do vampiro e se afastou, alcançando os arredores com seu Poder, tentando sentir em que direção estava o mal.

Nada. Nada de específico, de qualquer modo — só aquela certeza pesada e pavorosa de que havia alguma coisa *errada*, não muito longe deles. Ela aprumou os sentidos, olhando e sentindo, procurando pelo vestígio de alguma aura.

Nada.

— Elena? — perguntou Stefan. Ele sustentava a vítima do vampiro com facilidade e lhe lançou um olhar indagativo.

Elena balançou a cabeça.

— Tem alguma coisa — disse ela lentamente. — Mas não sei onde. — Ela olhou a escuridão por um momento, mas não havia nenhuma pista que lhe dissesse de onde vinha a sensação opressiva. — Vamos encerrar por esta noite — concluiu finalmente.

— Tem certeza? — perguntou Stefan. Ela assentiu e ele ergueu o garoto mais alto no ombro, virando-se para o campus. Ao segui-lo, Elena deu uma última olhada nervosa ao redor. O que quer que fosse, protegia-se dela e de Stefan melhor do que os jovens vampiros.

Então era algo antigo. E maligno. Klaus estaria por perto? Se ele quisesse, poderia matar os dois agora, percebeu Elena com uma vertiginosa onda de pânico. Ele era mais forte do que Elena e Stefan. A mata em volta parecia mais escura, mais agourenta, como se Klaus pudesse estar à espreita, atrás de qualquer árvore. Acelerou o passo, mantendo-se bem próxima de Stefan, ansiosa para ver as luzes do campus.

Bonnie segurava firmemente a mão de Zander enquanto seguiam Meredith pela margem do campo de futebol americano. Não viram nem um vampiro esta noite, mas as estrelas brilhavam incrivelmente.

— Gosto de patrulhar com você — disse ela. — É quase como um passeio romântico, só que, sabe como é, com a possibilidade de ser atacada por vampiros.

Zander sorriu e balançou as mãos entrelaçadas.

— Não se preocupe, pequena dama — disse ele numa imitação terrível de um sotaque arrastado. — Sou o lobisomem mais durão desta cidade e vou cuidar de você.

— Não é estranho que eu ache essa voz sexy? — perguntou Bonnie a Meredith.

Meredith, andando na frente deles, olhou para trás, erguendo uma sobrancelha expressiva para Bonnie.

— Sim — disse ela simplesmente. — Muito estranho.

Um uivo prolongado ecoou na direção das colinas, bem nos arredores do campus, e Zander ergueu o rosto, escutando.

— Os rapazes não encontraram nada — disse ele. — Vão comer uma pizza depois que Camden se transformar em forma humana.

— Quer se encontrar com eles? — perguntou Bonnie.

Zander a puxou para mais perto, colocando o braço nos seus ombros.

— Se você não quiser, não vou. Pensei que de repente a gente podia ficar no meu quarto, ver um filme ou coisa assim.

— Dispensando comida, Zander? — disse uma voz seca atrás deles. — Deve ser amor verdadeiro. — Meredith virou repentinamente o corpo, e Bonnie sabia que ela estava se xingando por não ter pressentido a menina que se aproximara deles.

— Oi, Shay — disse Bonnie, resignada. — Meredith, esta é uma velha amiga de Zander, Shay. — *Lobisomem*, murmurou ela a Meredith quando sabia que Shay não estava olhando.

— Espero que não se importem de eu acompanhar vocês — disse Shay, andando junto deles, ao lado de Zander. — Spencer me disse que estavam fazendo patrulha por aqui.

— Quanto mais, melhor — disse Bonnie, esforçando-se para *não* cerrar os dentes.

— Adoraria uma briguinha — disse Shay agitando os ombros. — Parece que não tenho feito nada além de ficar sentada desde que cheguei aqui. Zander sabe como ficamos indóceis quando ficamos confinados.

— É, eu notei — disse Bonnie. Zander apressou o passo para acompanhar Shay, e seu braço deixou o ombro de Bonnie. Ela pegou sua mão novamente, mas se viu tentando correr para acompanhá-los.

Meredith hesitou, olhando entre eles, e estava prestes a abrir a boca para dizer alguma coisa para Shay quando ela de repente parou.

— Ouviram isso? — disse ela, e Zander, Meredith e Bonnie pararam e escutaram também.

Bonnie não ouvia nada, mas Zander sorriu e cutucou Shay com o cotovelo.

— Veado-de-cauda-branca no cume — disse ele.

Eles compartilharam um sorriso só deles.

— Do que vocês estão falando? — perguntou Bonnie.

Shay virou-se para Bonnie.

— O Alto Conselho dos Lobos nos divide em protoalcateias quando somos crianças, e crescemos brincando juntos. Quando Zander, eu e os outros tínhamos uns 15 anos, nossa alcateia passou uma semana andando pelas montanhas perto de onde fomos criados. — Ela sorriu para Zander, e Bonnie ficou tensa com a nítida intimidade entre eles.

— De qualquer modo — continuou Shay —, nessa excursão, depois de termos corrido com a alcateia a noite toda, Zander e eu fomos beber de um lago em um bosque de pinheiros. Encontramos veados, e podíamos facilmente ter matado um deles... Na hora éramos lobos e é natural para nós caçar nessa forma... Mas eles nos olharam, com o sol subindo por trás. E — ela deu de ombros — eles eram lindos. Parecia que aquele momento existia só para nós. — Ela sorriu, e pela primeira vez não parecia estar tentando dilacerar Bonnie. Shay só estava se recordando. Ela virou o rosto para a brisa. — Sentiu esse cheiro? — perguntou ela a Zander.

Bonnie não sentia cheiro nenhum, mas Zander farejou a brisa e abriu outro sorriso nostálgico para Shay.

— Pinheiros — disse ele. Shay também sorriu, enrugando o nariz.

Depois de um momento, Meredith limpou a garganta e eles recomeçaram a andar, procurando problemas na área, e Zander apertou a mão de Bonnie.

— E aí — disse ele. — Um filme?

— Claro — disse Bonnie, distraída.

Não conseguia deixar de ver as semelhanças nos movimentos de Zander e Shay e como, mesmo quando falava com ela, Zander tinha uma orelha voltada para sons remotos que Bonnie jamais conseguiria ouvir. Havia uma distância entre Bonnie e Zander, pensou ela, que eles talvez jamais conseguissem transpor.

Talvez Bonnie nunca viesse a pertencer ao mundo de Zander. Não como Shay.

14

Elena se revirava inquieta na cama, enrolada no lençol, e virou o travesseiro para colocar o rosto no lado mais frio. Do outro lado do quarto, Meredith murmurou alguma coisa dormindo, depois silenciou.

Estava exausta, mas não conseguia dormir. Levaram muito tempo para conduzir o garoto que o vampiro atacara do bosque até seu alojamento e mais tempo ainda para Stefan Influenciá-lo a esquecer o que tinha acontecido. E eles não sabiam se o Poder de Stefan tinha funcionado inteiramente no garoto: graças à dieta de sangue animal de Stefan, seu Poder não era tão forte como o de outros vampiros de sua idade que se alimentavam de humanos.

Mas não era isso que a preocupava, que agora mantinha Elena acordada. Não conseguia dormir porque não se livrava da sensação que teve no bosque, de algo sombrio e maligno a atraindo, seu Poder tentando levá-la a algum lugar.

Na realidade, agora esta sensação era mais forte. Algo insistente a puxava em seu íntimo, dizendo-lhe *agora* e *rápido*.

Elena se sentou na cama. O Poder dentro dela queria que ela saísse atrás do que havia de *errado* lá fora, queria que ela fizesse o que era certo. Ela tinha que fazer isso — não havia dúvida.

Ela olhou as camas de Meredith e Bonnie. Meredith estava deitada de costas, um braço fino atravessado sobre os olhos, enquanto Bonnie estava de lado, bem enroscada, uma das mãos enfiadas sob o rosto, parecendo incrivelmente jovem.

Elas iam querer que Elena as acordasse, que as levasse.

Descartou a ideia quase de imediato. Pensou em Stefan, alguns andares acima, provavelmente lendo ou sentado na sacada vendo as estrelas, mas também afastou com relutância a ideia de chamá-lo. O que quer que estivesse lá fora, seu Poder lhe dizia que era só para ela.

Confiava em seu Poder: Andrés disse que suas habilidades seriam ativadas quando precisasse delas. Seu Poder a manteria sã e salva.

Elena saiu da cama, com o cuidado de se mover com tanta leveza que nem Meredith acordaria, e vestiu jeans e suéter. Levando as botas para calçar no corredor, foi até a porta na ponta dos pés.

Estava muito escuro quando atravessou o pátio, a lua pairando baixa acima do telhado do campus. Elena correu, sem saber se era o frio no ar ou a sensação de formigamento que a incitava e a fazia tremer.

Aquela atração ficou mais forte à medida que deixava o campus e se aventurava no bosque. Mesmo sem acender a lanterna que tinha no bolso, Elena andava com a segurança que tinha à luz do dia.

A sensação de algo *errado* era cada vez mais forte. O coração de Elena palpitava. Talvez devesse ter dito a alguém aonde ia, pensou. Pelo menos podia ter deixado um bilhete. Stefan poderia encontrá-la, se ela não voltasse? E se, sozinha no bosque, desse com Klaus? Seu Poder poderia protegê-la?

De repente, com um choque agudo, a atração em seu peito ficou intensa, sufocante, e com a mesma rapidez a deixou. Algo se movia na escuridão diante dela, e Elena acendeu a lanterna.

Sentado em um tronco no meio do bosque, no escuro, estava Damon. À luz da lanterna, seus olhos brilharam, pretos como um besouro.

Damon. Vê-lo era como levar um chute na barriga, e Elena arquejou. *Damon.* Ela passou mais de um ano absorvida por ele, concentrada em Damon, Stefan, em si mesma, nas relações distorcidas e complicadas entre todos eles. E então, de repente, ele se foi.

E agora, ali estava ele.

Ele estava... Bom, ele estava palpável como sempre, pele macia e cabelo liso, músculos magros e poderosos. Como um animal selvagem que ela quisesse acariciar, mesmo sabendo que era perigoso demais tocá-lo. Tomou sua decisão entre os irmãos e estava simplesmente *feliz* assim: era Stefan que queria. Mas isso não significava que fosse cega à beleza de Damon.

Mas, palpável ou não, a expressão de Damon agora parecia tão rígida como se entalhada em mármore branco. Ele voltou os olhos insondáveis para ela, erguendo a mão para bloquear o facho de luz da lanterna.

— Damon? — Elena ficou insegura, baixando a lanterna.

Em geral, alguma coisa em Damon parecia se abrandar quando a via, mas agora ele enrijeceu e ficou em silêncio.

Depois de um momento, ela procurou dentro de si aquele novo Poder que descobrira e tentou ver a aura de Damon.

Oh. Isso era muito ruim. Havia uma nuvem escura em volta de Damon. Não era o simples mal, mas havia maldade ali, e dor, e algo mais — uma espécie de distância sombria, como se ele estivesse se entorpecendo contra alguma dor. Preto, cinza e um curioso azul opaco rodopiavam em volta dele, filetes disparando inesperadamente e se retraindo para tão perto de seu corpo que ela mal conseguia enxergar. Damon não movia um músculo ao olhá-la fixamente, mas sua aura estava agitada.

E enroscando-se por tudo havia uma fina rede cor de sangue seco que permeava a aura do vampiro que Stefan matara mais cedo, naquela mesma noite.

— Você esteve se alimentando de alguém? — perguntou ela abruptamente. O que explicaria a força da atração, a sensação de algo errado que teve no caminho até aqui?

Damon deu um sorrisinho e ergueu o rosto, examinando-a. Quando a pausa durou tempo suficiente para Elena ter certeza de que ele não ia responder, ele deu de ombros com indiferença e falou:

— Isso não importa de verdade, importa?

— Damon, você não pode... — começou Elena, mas ele a interrompeu.

— É isso que eu sou, Elena — disse ele na mesma voz monótona e indiferente. — Se você pensa de outra forma, mente para si mesma, porque eu nunca menti para você em relação a isso.

Elena sentou no tronco ao lado dele, colocando a lanterna entre os dois, e pegou a mão de Damon. Ele enrijeceu o corpo, mas não se afastou de imediato.

— Sabe que gosto de você, não sabe? — perguntou ela. — Independentemente de qualquer coisa. Sempre vou gostar.

Damon a fitava, os olhos escuros frios, depois deliberadamente começou a soltar os dedos dela, as mãos frias e firmes ao se afastar.

— Você tomou sua decisão, Elena. Sei que Stefan está esperando por você.

Elena se afastou um pouco, porque parecia ser o que Damon queria, e colocou as mãos sobre o colo.

— Stefan gosta de você. Eu amo Stefan, mas também preciso de você. Nós dois precisamos.

Damon torceu a boca.

— Bom, não se pode ter tudo que quer, não é, princesa? — Havia certa ironia nas palavras. — Como já disse a Stefan, estou farto.

Ela o fitou e se esforçou, tentando ver sua aura novamente. Usar tanto seu novo Poder era como retesar músculos que ela nem sabia que tinha. Quando conseguiu mais uma vez, ela se retraiu: a aura de Damon tinha ficado mais escura enquanto eles falavam e agora era cinza-tempestade tingido de vermelho e preto, formando uma nuvem sombria e densa em volta dele. O azul fora tragado pelas cores mais escuras.

— Posso ver sua aura, Damon — disse ela. — Agora eu tenho Poder. — Damon franziu a testa. — Está escura, mas ainda há bondade em você. — Certamente deveria haver. Ela não sabia se podia ler isso em sua aura (ainda não sabia o suficiente sobre elas; precisava aprender), mas ela *conhecia* Damon. Ele era complicado, egoísta e inconstante, mas sempre havia bondade nele. — Por favor, volte para nós.

Damon ainda desviava o rosto do dela, os olhos fixos em alguma coisa no escuro que Elena não conseguia ver. Colocando-se de joelhos ao lado do tronco, Elena pôs as mãos no rosto dele e o virou para si. A terra estava gélida e havia uma pedra machucando sua perna, mas não importava.

— Por favor, Damon. É você que está fazendo isso. Não precisa ser assim. — Ele a olhou furioso, em silêncio. — Damon — disse ela, os olhos ardendo. — Por favor.

Damon se levantou abruptamente, empurrando-a, e Elena perdeu o equilíbrio, caindo de costas no chão duro. Esforçando-se para levantar, ela se limpou e pegou a lanterna.

— Tudo bem. Eu vou embora, se é o que você quer. Mas me escute. — Ela fez um esforço para acalmar novamente a voz. — Não faça nada de que vá se arrepender, por mais zangado que esteja comigo. Quando você estiver pronto, estaremos esperando por você. Nós te *amamos*. Stefan e eu amamos você. E pode não ser da maneira que você queira que eu goste de você, mas já é alguma coisa.

Os olhos de Damon cintilaram novamente na luz da lanterna. Por um momento, pensou que ele ia falar, mas ele apenas a olhou com a expressão severa e desafiadora.

Não havia mais nada que ela pudesse dizer.

— Adeus, Damon. — Elena recuou alguns passos antes de se virar para sair da floresta.

Havia uma massa imensa e sólida de choro se formando em seu peito e ela precisava chegar em casa antes que a dominasse. Se começasse a chorar naquele momento, talvez não parasse nunca mais.

15

Querido Diário

Não consigo parar de me preocupar com Damon.

Meredith e Bonnie foram às montanhas procurar um freixo sagrado e nosso quarto está silencioso demais. Quando fico sozinha aqui, o espaço vazio se enche de pensamentos sobre a fúria e a distância que Damon parecia sentir quando o encontrei no bosque ontem à noite. Sua aura era tão escura que me deu medo.

Ainda não contei a Stefan que meu Poder me levou a Damon. Mas vou contar, assim que ficarmos a sós — aprendi minha lição de não deixar que haja segredos entre nós.

Mas Stefan anda muito ocupado. Está colaborando com todos: treinando com Meredith, pesquisando com Alaric e agora que Zander foi para as montanhas com eles e Bonnie, Stefan também esteve trabalhando com a Alcateia. Está decidido a me proteger de Klaus, a proteger a todos nós.

Onde quer que Klaus esteja, seu plano está funcionando — agora vivo tensa. Sei que ele quer que eu tenha medo, chegou a me dizer isso —, mas não consigo deixar de me assustar com uma simples sombra. A cada dia fico mais apavorada e com mais raiva de mim mesma: não quero sentir o que Klaus pretende que eu sinta. Mas quando estou com Stefan, podemos entrar em nosso mundo particular. Apesar do perigo que paira perto de nós, ali é seguro. Nos braços de Stefan, sinto que talvez possamos derrotar Klaus. Às vezes acredito que podemos fazer qualquer coisa juntos. Podemos nos salvar e também salvar Damon, mesmo que ele não queira ser salvo.

* * *

Houve uma batida na porta do quarto, e Elena colocou o diário embaixo do colchão, correndo para abrir a porta para Stefan. Ele tinha passado a maior parte do dia com a Alcateia, uma vez que Zander e os outros saíram. Assim que finalmente o viu percebeu o quanto sentiu a falta dele.

Seu cabelo preto e cacheado caía na testa, e ele estava com uma mancha de lama seca sobre um dos olhos.

— O que é isso? — perguntou Elena, passando um dedo nela.

Stefan fez uma careta.

— Ao que parece, ser aceito por uma Alcateia de lobisomens significa que eles tentam derrubar você muitas vezes. Shay me empurrou num arbusto.

Elena tentou continuar séria, mas não pôde deixar de rir da imagem mental, e a expressão de Stefan também ficou mais leve, as linhas de preocupação em torno da boca desaparecendo.

— Acho que ela está chateada porque Zander saiu da cidade com Bonnie — disse-lhe Elena, passando por ele para fechar a porta.

Assim que ela fez isso, Stefan a puxou para si. Colocou o cabelo de Elena para trás e a beijou suavemente no pescoço, pouco acima do ponto de pulsação. Ela se arqueou para trás, curvando-se para ele enquanto Stefan passava os braços por sua cintura.

— Você trabalhou nas rotas de patrulha com a Alcateia entre as seções de luta? — perguntou ela. — Podemos sair sem os outros, até que eles voltem?

— Hmmmmm, acho que sim — respondeu Stefan, passando suavemente o dedo por seu rosto, os olhos concentrados em sua face. — Só queria ter alguma ideia de onde Klaus está. — Seu tom ficou mais sério. — Ele pode estar em qualquer lugar, pronto para atacar.

— Eu sei. — Elena estremeceu. — Sinto que há uma nuvem negra pairando sobre todos nós o tempo todo. Só queria entender todos os meus Poderes de Guardiã. Se é para ter um Poder real, por que não me deixam tê-lo agora? Todos corremos perigo e é tão *frustrante* saber que posso proteger a todos, mas sem saber como.

— E a aura que você sentiu no bosque ontem? Sentiu aquilo mais alguma vez?

Elena hesitou. Aquela era sua chance. Prometeu a si mesma que contaria a Stefan o que tinha acontecido assim que ficassem a sós. Mas não queria magoá-lo, não queria lhe contar como o irmão estava furioso e distante.

— Senti novamente ontem à noite — disse ela finalmente —, mas não sinto agora.

— Sentiu? Teve alguma ideia de onde estava vindo? — Como Elena ainda hesitava, ele virou seu rosto gentilmente para olhá-lo. — Elena, isso é importante. Essas sensações podem ser nossa primeira pista de verdade do paradeiro de Klaus. Tem alguma coisa que você não está me contando?

Elena sentiu o corpo se retrair, mas Stefan esperava pacientemente, a boca suave e séria.

— O que foi, amor?

— Eu segui a sensação até o bosque ontem à noite — disse ela, mexendo nervosa na pulseira. — Eu, humm, encontrei de onde vinha. — Sentindo como se pulasse de um penhasco, ela lhe contou. — Não era Klaus, nem os vampiros Vitale. Era Damon.

— Mas você estava sentindo o *mal* — disse Stefan, confuso.

— É. — Elena suspirou. — Talvez não o mal por completo. Damon não é assim, sei disso. Mas ele não está bem. Não creio que a garota que encontramos seja a única que ele tenha atacado. Sua aura estava... violenta. Furiosa.

Stefan abaixou os ombros, e ele se encostou na mesa de Elena.

— Eu sei — disse ele. — Eu disse como ele estava quando tentei conversar. Acho que precisamos dar algum espaço a Damon. Você não pode pressioná-lo. Ele faz exatamente o que quer, em especial se você tentar controlá-lo.

— Deve haver alguma coisa que possamos fazer — disse Elena. Sua voz parecia áspera aos próprios ouvidos, rouca de infelicidade.

Atravessando a distância entre eles em um só passo, Stefan pegou sua mão e a olhou, os olhos escuros e perturbados.

— Nunca seremos apenas nós dois, não é? — disse ele com tristeza. — Damon sempre estará entre nós, mesmo quando não está presente.

— Stefan, não! — disse ela intensamente. Stefan baixou os olhos tristes para os dedos entrelaçados. — Olhe para mim! — insistiu ela. Ele lentamente ergueu a cabeça para fitá-la nos olhos. — Eu te amo, Stefan. Gosto de Damon, agora ele faz parte de mim, mas não é nada comparado ao que sinto por *você*. Só existimos nós, você e eu, e assim será. Sempre.

Elena o puxou para mais perto, desesperada para lhe mostrar esta verdade. Seus lábios se encontraram em um longo beijo.

Stefan, pensou ela, *oh, Stefan*. Elena se deixou abrir inteiramente a ele. Exposta e vulnerável, mostrou a Stefan o amor que sentia por ele, a alegria por tê-lo enfim de volta. Espantado, Stefan aos poucos recebeu suas emoções. Ela o sentia pressionando gentilmente os muros que ela sempre mantinha em sua mente, os segredinhos vergonhosos, a parte de si que sempre quer se esconder dele. Mas Elena agora baixava a guarda, mostrando-lhe que não havia nada além de amor por ele, e só por ele.

Stefan suspirou em seus lábios, um sopro mínimo, e ela sentiu a paz inundá-lo enquanto compreendia isso, compreendia que, enfim, ele era o único para ela.

Enquanto o casal dentro do quarto se abraçava, um corvo grande cerrava as garras firmemente em um galho de árvore no escuro, na frente da janela do alojamento. Mas ele não tinha esperanças. Tentou o que pôde com Elena, deu-lhe o que pensou que ela queria, mostrou o que tinha a oferecer. Ele mudou por ela.

E ela o rejeitou e preferiu Stefan. Ainda não sentia *nada* por ele, não se comparado a seus sentimentos por Stefan.

Tudo bem. Damon devia saber que não era para se importar. O que ele disse a Stefan, o que disse a Elena, estava certo: estava farto dos dois, estava farto de todos. Por que seguiria por aí uma menina humana quando havia um mundo enorme lá fora esperando por ele?

Damon abriu as asas e partiu do galho de árvore, entrando na noite. Viajando nas brisas suaves sobre o campus, tentou pensar em seu próximo destino. Talvez a Tailândia. Cingapura. Japão. Nunca passou muito tempo na Ásia; talvez fosse a hora de conquistar novos lugares, ser novamente o estranho misterioso de olhos frios, sentir o mar impetuoso da humanidade crescendo a sua volta enquanto se mantinha separado e só.

Será bom ficar sozinho de novo, disse a si mesmo. Os vampiros, afinal, não eram criaturas que tendem a viver em bando.

Enquanto refletia sobre seu futuro, observava os caminhos do campus e depois as ruas da cidade abaixo dele de seu jeito habitual e distraído. Uma mulher corria sozinha, jovem e loura, abaixo dele, o cabelo preso num rabo de cavalo e fones no ouvido. *Idiota*, pensou ele com severidade. *Ela não sabe o quanto este lugar agora é perigoso?*

Sem se permitir qualquer reflexão do que pretendia fazer, Damon voou para baixo e voltou a sua forma humana, pousando silenciosamente na calçada alguns metros atrás da corredora. Parou por um instante e ajeitou as roupas meticulosamente, as antigas palavras de seu pai ecoando na mente: *um cavalheiro pode ser reconhecido pelos cuidados que tem com a aparência e pela precisão de seu vestuário.*

Depois se aproximou rápida e graciosamente da garota, soltando um pouco de seu Poder para se mover mais rapidamente do que qualquer humano.

Ele a tirou do chão com a facilidade de quem colhe uma flor pela haste e a segurou nos braços. Ela soltou um grito repentino e frustrado, e resistiu brevemente enquanto ele cravava os caninos afiados em seu pescoço, depois ficou imóvel. Ele não tinha motivos para se reprimir, não agora.

Era tão *bom*. Ele esteve acalmando suas meninas, há tanto tempo cuidando para que não fosse doloroso a elas, e a pura adrenalina de seu medo disparava por seu sistema. Foi ainda melhor do que com a garota no bosque, que já estava tonta e dócil da perda de sangue quando ele abandonou a Influência calmante.

Damon tragou longos goles de sangue, alimentando seu Poder. O coração dela reduziu o ritmo, titubeando, e ele sentiu aquele doce momento vertiginoso em que a pulsação enfraquecida acompanhava o ritmo incomum de seu próprio coração. A vida dela fluía para ele constantemente, aquecendo seus ossos frios.

E então tudo — seu batimento cardíaco, o fluxo sanguíneo — cessou.

Damon deixou o corpo cair na calçada e limpou a boca com uma das mãos. Sentia-se embriagado, zumbindo da energia que tomara para si. *Aqui estou eu*, pensou ele com um triunfo amargurado, *o verdadeiro Damon, de volta.*

Nas costas de sua mão havia uma mancha do sangue da menina. Ele a lambeu, mas o gosto era errado, não tão doce quanto deveria. Quando o absoluto prazer físico de tomar o sangue, de tomá-lo todo até a morte, se dissipou, Damon sentiu uma dor aguda pouco abaixo do osso esterno. Colocou a mão no peito.

Havia um vazio dentro dele. Um buraco em seu peito que nem todo o sangue, nem todo o sangue das meninas mais bonitas do mundo, jamais preencheria.

De forma relutante, ele baixou os olhos para o corpo a seus pés. Teria de escondê-lo, imaginou. Não podia deixá-la ali, exposta na calçada.

Os olhos da garota estavam abertos, um olhar parado, que nada via, e parecia olhar para ele. *Ela era tão nova*, pensou Damon.

— Desculpe — disse ele, em voz baixa. Esticou o braço e cuidadosamente fechou seus olhos. Ela parecia mais tranquila assim. — Desculpe — repetiu ele. — Não foi sua culpa.

Não parecia haver mais nada a dizer ou fazer. Com um gesto sem nenhum esforço, ele pegou o corpo da menina e entrou na noite.

16

— Tudo bem — disse Alaric, um pouco ofegante. — De acordo com estas orientações, o freixo deve ficar na margem de um riacho, a uns 800 metros daqui.

— Temos de subir mais? — resmungou Bonnie, tirando dos olhos os cachos ruivos e suados.

Eles passaram a noite anterior em um hotel barato e partiram para a caminhada de manhã cedo. Agora, parecia que estavam nessa trilha estreita de montanha havia uma *eternidade*. No início foi divertido; o dia estava lindo e ensolarado e o céu azul luminoso se derramava de uma árvore a outra diante deles, o que parecia um bom augúrio. Mas, depois de várias horas, ela estava com calor e com sede e eles *ainda* tinham de continuar.

— Vamos lá, Bonnie — disse Meredith. — Agora não está longe. — Meredith andava animadamente na frente do grupo, tão fresca e confortável como se estivesse dando uma pequena caminhada por uma das trilhas do campus. Bonnie fechou a cara para suas costas: às vezes a boa forma física de Meredith era tanta que chegava a ser totalmente irritante.

Como se para desafiá-la, Bonnie parou por um minuto e bebeu um pouco de água do cantil enquanto os outros esperavam por ela.

— Então, depois que encontrarmos esse freixo mágico, quais são os planos? — perguntou Zander, movendo-se inquieto de um pé a outro enquanto esperava.

Shay não teria parado para descansar, pensou Bonnie com amargura. E então Zander a cutucou de brincadeira com o cotovelo enquanto bebia de seu próprio cantil, e ela se sentiu um pouco melhor.

— Bom, não podemos derrubar a árvore — disse Alaric com seriedade. — Tem muito significado espiritual e dá proteção a esta área, além de ser a única arma que pode ser eficaz contra Klaus. Mas é uma árvore muito grande, segundo consta, então talvez a gente consiga tirar vários galhos sem causar danos demais.

— Eu trouxe o machado — disse Meredith com entusiasmo quando eles recomeçaram a andar. — Vamos fazer o máximo de estacas que pudermos e distribuir a todos. — Ela olhou para Zander. — Quero dizer, todos que não forem um lobo quando lutarmos com Klaus.

— É complicado segurar uma estaca com as patas — concordou Zander.

— Também devemos pegar as folhas — disse Bonnie. — Estive olhando os livros de feitiços e acho que podemos usar as folhas de freixo para fazer poções e tinturas que podem nos ajudar a ter alguma proteção contra Klaus. Como o efeito da verbena tem sobre os Poderes de vampiros comuns.

— Bem pensado — disse Zander, lançando um braço em seus ombros. Bonnie se encostou nele, deixando que ele sustentasse parte de seu peso. Seus pés doíam.

— Vamos precisar de toda ajuda que conseguirmos — disse Meredith, e ela e Bonnie se olharam. Dos quatro nesta encosta de montanha, elas eram as únicas que tinham lutado contra Klaus na primeira vez e também as únicas que sabiam da dimensão dos problemas que enfrentavam.

— Queria que Damon estivesse trabalhando conosco — disse Bonnie com irritação. — Com ele, teríamos uma chance muito maior na luta. — Ela sempre sentiu um vínculo especial com Damon, desde os dias em que teve uma paixão louca e constrangedora por ele. Quando viajaram juntos pela Dimensão das Trevas, cuidaram um do outro. E Damon se sacrificou por ela, tirando-a do caminho e levando o golpe fatal da árvore naquela lua do Mundo Subterrâneo. As mechas de cabelo que Bonnie e Elena deixaram com seu corpo ajudaram Damon a se lembrar de quem ele era quando ressuscitou. Doía que ele agora tivesse virado as costas para ela.

Meredith franziu a testa.

— Tentei conversar com Elena sobre Damon, mas ela não me disse o que está havendo com ele. E Stefan só diz que Damon precisa de tempo e que vai aparecer.

— Damon faria *qualquer coisa* por Elena, não é? Basta ela pedir — disse Bonnie, mordendo o lábio. Damon era obcecado por Elena havia muito tempo; era estranho e perturbador ter Elena em perigo e Damon desaparecido.

Meredith se limitou a balançar a cabeça.

— Não sei — disse ela. — Eu nunca o entendi.

— Estamos quase lá — disse Alaric num tom encorajador. — Deve ser bem ali em cima. — Bonnie ouvia um riacho correndo.

Zander parou.

— Sentiu esse cheiro? — disse ele, farejando o ar. — Tem alguma coisa queimando.

Pouco depois da curva na trilha, uma longa coluna de fumaça preta se espalhava pelo céu. Bonnie e Meredith trocaram um olhar alarmado e começaram a correr, Bonnie se esquecendo inteiramente da dor nos pés. Alaric e Zander também apressaram o passo e, na curva, todos estavam correndo.

Alaric parou primeiro, a expressão arrasada.

— É ele. Este é o freixo.

Engolfado em chamas furiosas, já estava preto e carbonizado. Enquanto olhavam, um galho caiu pesadamente no chão, disparando faíscas e esfarelando-se em fuligem. Alaric tirou a camisa, ensopando-a com a água do cantil enquanto avançava para as chamas.

Bonnie correu atrás dele. Teve a impressão de ver duas figuras abaixando-se no caminho, e Zander e Meredith correram atrás delas, mas agora não conseguia se concentrar nisso: tinha de tentar salvar a árvore. Ao se aproximar um pouco mais, o calor era inacreditável, quase como se uma muralha a obrigasse a se afastar. Cerrando os dentes, ela pisou nas chamas pequenas que brotavam na grama em volta da árvore incendiada. A fumaça ardia em seus olhos e penetrava sua boca, e ela tossiu e respirou com dificuldade.

Seu braço ardia dolorosamente e ela afastou as cinzas quentes que caíram sobre ela. Mais perto do tronco, Alaric batia nas chamas com a camisa molhada e então cambaleou para trás, sufocando, o rosto manchado de preto. Não estavam tendo efeito algum sobre o fogo.

Bonnie pegou o braço de Alaric e o puxou mais para trás, deprimida.

— É tarde demais — disse ela.

Quando se virou, viu Zander e Meredith conduzindo duas pessoas pela trilha na direção deles. Zander segurava firmemente um garoto corpulento de cabelos pretos enquanto Meredith segurava o bastão contra o pescoço de uma menina. Ela parecia alguém familiar, pensou Bonnie, perplexa. Depois de um momento, a impressão se tornou certeza e Bonnie ficou escandalizada.

A menina alta de cabelo comprido castanho-avermelhado já tinha estado tão próxima dela quanto Meredith e Elena: Caroline. Elas comemoravam os aniversários juntas, arrumavam-se juntas para as festas da escola, passavam a noite na casa uma da outra.

Mas então Caroline mudou. Traiu a todas elas e, da última vez que Bonnie a vira, tinha engravidado de gêmeos lobisomens e estava possuída pelos demônios *kitsune*, cruéis e insanos.

Bonnie avançou com uma bola quente de raiva no estômago. Como Caroline tinha *a audácia* de aparecer agora, depois de tudo que aconteceu, e *ainda por cima* agindo contra eles?

Depois o cara corpulento tentou se desvencilhar de Zander, que o puxou de volta para a trilha. Bonnie viu seu rosto pela primeira vez. Ela parou, a fúria quente se transformando em gelo. Lembrava-se daquelas feições grosseiras distorcidas em um focinho raivoso e selvagem. Ele tinha sido um assassino. Ele a tinha olhado de forma maliciosa, a xingado e desejado *devorá-la*.

Tyler Smallwood. O lobisomem que matou Sue Carson e fugiu de Fell's Church, deixando Caroline grávida. O lobisomem que ajudou Klaus.

— Para! Meredith, para — implorou Caroline. Meredith podia ver um lado da face de Caroline de onde a segurava, e lágrimas escorriam nela, abrindo trilhas pela fuligem do incêndio.

O que restou do tronco da árvore desabou no chão, criando mais faíscas e uma fumaça preta e densa, e Meredith sentiu Caroline se assustar com o barulho. Lentamente, afrouxou a pegada em Caroline, afastando o bastão de seu pescoço para fitá-la bem nos olhos. Caroline respirou fundo, soluçando, e se virou inteiramente para Meredith. Os olhos verdes e felinos estavam arregalados de pavor.

Meredith a fuzilou com o olhar.

— Como pôde ajudá-lo, Caroline? — perguntou ela agressivamente. — Não lembra que Klaus raptou você?

Caroline negou com a cabeça.

— Você é louca — disse ela, e Meredith ficou surpresa que mesmo suja e chorando ainda pudesse ser tão desdenhosa. — Eu não estou ajudando ninguém.

— Então você simplesmente decidiu queimar uma árvore hoje? — perguntou Meredith, a voz destilando sarcasmo.

— Eu... acho que sim — respondeu Caroline, a testa franzida. Ela cruzou os braços, na defensiva. — Acho que foi um acidente.

Havia algo de errado ali, percebeu Meredith. Caroline não parecia sentir culpa nem a desafiar. Estava fora de si, sem nenhuma dúvida, mas parecia sincera. Meredith suspirou. Seria bom colocar as mãos no responsável pela destruição de sua única arma, mas ela começava a desconfiar de que esta pessoa não era Caroline.

Ao lado delas, Zander rosnou, lutando com Tyler.

— Solte-o, Zander — disse Meredith. — Preciso que você me diga se Caroline está falando a verdade.

Zander rosnou mais uma vez, dando uma joelhada no peito de Tyler e derrubando-o no chão. Meredith o olhou. Nunca vira o tranquilo Zander desse jeito: os dentes brancos arreganhavam-se de fúria. Chegava a parecer maior e de algum modo mais selvagem, o cabelo desgrenhado como se estivesse tentando se eriçar.

Meredith se lembrava de Zander ter lhe dito que aqueles que se transformavam em lobisomens não cheiravam bem para ele, não como os lobisomens Originais.

Atrás dela, mais perto do fogo, Bonnie falou com a voz rouca da fumaça:

— Zander. Zander, solte-o.

Ele ouviu Bonnie, como não parecera ter ouvido Meredith, e soltou Tyler com relutância, se levantando. Mas ele estava tenso, postado para atacar novamente enquanto Tyler lentamente se colocava de pé, espanando a poeira do corpo. Eles se olharam com cautela.

— Tudo bem — disse Zander. Ele se afastou lentamente de Tyler, os lábios ainda repuxados num rosnado, e olhou para Caroline.

Aproximou-se dela, perto o bastante para farejar seu pescoço. — Diga o que está fazendo aqui.

Caroline se afastou, indignada, mas Meredith a pegou pelo braço e a forçou a olhar para Zander.

— Por que você está aqui, Caroline? — perguntou ela com severidade.

A menina de cabelos castanhos olhou furiosamente para os dois.

— Não tenho que me explicar para vocês. Só estamos acampando. O fogo foi um acidente.

— Então Klaus mandou vocês aqui? — perguntou Bonnie com ceticismo. — Você nunca foi do tipo que acampa, Caroline.

— Isso não tem nada a ver com Klaus — disse Caroline com firmeza.

— E você, Tyler? — perguntou Meredith. — Seu antigo mestre mandou você aqui?

Tyler negou com a cabeça, em um gesto apressado.

— Não quero nada com aquele sujeito.

— E então, Zander? — perguntou Meredith em voz baixa.

— Eles estão dizendo a verdade, pelo que posso perceber — disse Zander. — Mas tem alguma coisa errada. O cheiro deles... é estranho.

— Klaus os Influenciou — disse Meredith categoricamente. — Eles só sabem que o que Klaus disse a eles era verdade. E Klaus deve ter dito para acamparem aqui. Não podemos responsabilizar os dois por incendiar a árvore. Não é culpa deles.

— Isso é ridículo — disse Caroline. — Ninguém nos influenciou a fazer nada. — Mas sua voz estava nervosa e insegura, e Tyler a abraçou, protetor.

— Não tem nada de mais. — Tyler garantiu a ela. — Mesmo que a gente quisesse queimar essa árvore, é só uma árvore. Por que Klaus se importaria?

Meredith apoiou o bastão frouxamente na perna. Não ia lutar com ninguém ali. O Tyler que ela conheceu nos piores dias em Fell's Church pode ter merecido morrer, mas a julgar pelo modo como tentava proteger Caroline, agora não era o mesmo.

— Era uma árvore muito importante — disse ela em voz baixa.

— Desculpe — disse Caroline. Ela nunca foi de pedir desculpas, Meredith se lembrou. — Vocês não têm motivo para acreditar em mim, para acreditar em nós, mas eu não faria nada que machucasse vocês, nem mesmo mataria uma árvore. Se as lembranças que tenho de Fell's Church são reais, antigamente éramos amigas. Amigas *de verdade* — disse ela, olhando de Meredith para Bonnie — e eu estraguei tudo.

— É, você estragou — disse Bonnie asperamente. — Mas agora isso é passado. — Caroline abriu um meio sorriso torto e, depois de um momento, Bonnie sorriu para ela, sem jeito.

— E do que vocês *se lembram*? De Fell's Church? — perguntou-lhes Meredith.

Tyler visivelmente engoliu em seco e puxou Caroline para mais perto dele.

— Os monstros e tudo... era real? — perguntou ele com a voz trêmula.

Bonnie concordou com a cabeça. Meredith sabia que nunca suportaria colocar toda aquela história em palavras.

Uma gota de sangue escorreu na testa de Tyler, de um arranhão que Zander deve ter infligido, e ele limpou com a mão que não abraçava Caroline.

— Um dia eu acordei e me lembro de uma vida normal, mas também me lembro daquela história maluca em que eu era lobisomem e fiz, hmmm... — Seu rosto corou. — Coisas ruins.

— As coisas ruins aconteceram, mas depois tudo mudou — disse-lhe Meredith. — A maioria das pessoas não se lembra, mas tudo o que você pensa que sabe é verdade. — Seria complicado demais explicar a eles como Elena salvou Fell's Church chantageando as Guardiãs para alterar os acontecimentos do ano anterior. Para quase todo mundo, o último ano na escola foi completamente normal: sem vampiros, sem lobisomens, sem *kitsune*. Mas algumas pessoas, todas com poderes sobrenaturais ou sob alguma influência, podiam se lembrar das duas cronologias.

— Vocês se lembram de Klaus? — perguntou Alaric. — Vocês o viram depois que saíram de Fell's Church? Quem sabe nos seus sonhos?

Meredith olhou para ele com aprovação. Klaus podia viajar nos sonhos; eles sabiam disso. Talvez Tyler e Caroline tivessem alguma memória residual que pudesse ajudá-los, mesmo que não conseguissem se lembrar de terem sido Influenciados.

Mas Tyler negou com a cabeça.

— Eu não o vejo desde Fell's Church.

— Desde que você raptou Caroline para ajudar a levar Stefan até ele, quer dizer? — disse Bonnie com acidez. — Como vocês dois terminaram juntos, aliás?

Tyler ficou completamente corado e Caroline pegou sua mão, dobrando os dedos carnudos dele em sua mão longa e elegante.

— Eu ainda estava esperando os filhos de Tyler. As duas memórias são verdadeiras em relação a isso. Então, quando nos encontramos, decidimos que o melhor que podíamos fazer era tentar criar nossa família. — Ela deu de ombros. — Todas aquelas coisas... Klaus e tudo... Agora só parece um sonho. Ficamos com minha avó e ela nos ajudou a cuidar dos gêmeos. — E *isso*, escolher a versão dos acontecimentos que fosse mais conveniente e se ater a ela, era típico de Caroline, percebeu Meredith. Ela nunca teve imaginação nenhuma.

— Sabe de uma coisa, Tyler — disse Bonnie —, você precisa entrar em contato com seu primo Caleb. Ele estava procurando por você em Fell's Church e parecia muito preocupado.

Era um jeito de colocar a questão, supôs Meredith. Caleb os perseguira, usou encantamentos e lançou feitiços para criar discórdia entre Elena e os outros, tudo porque suspeitava de que eles estavam por trás do desaparecimento de Tyler e de suas próprias lembranças duplas.

Caroline pôs a mão no ombro de Tyler, e Meredith percebeu uma coisa.

— Você cortou as unhas — disse ela. Caroline sempre teve unhas compridas e pintadas à perfeição, desde que elas pararam de fazer tortas de lama e começaram a falar de meninos.

— Ah. — Caroline olhou as próprias mãos. — É, tive de cortar curto para não arranhar os gêmeos. Eles gostam de chupar meus dedos. — Ela acrescentou, hesitante: — Quer ver as fotos?

Bonnie assentiu, curiosa, e Meredith se aproximou para ver as fotos dos dois bebês minúsculos no celular de Caroline.

— Brianna e Luke — disse ela. — Vê como os olhos deles são azuis?

Foi quando Meredith concluiu que podia muito bem perdoar Caroline e Tyler. Se Caroline mudou tanto a ponto de se importar mais com os filhos do que com a própria aparência e Tyler não estava tentando intimidar ninguém, provavelmente não eram ameaça alguma. É verdade que tinham estragado tudo, destruindo o freixo, mas não fizeram por mal.

Eles trocaram mais algumas palavras, depois tomaram rumos diferentes. Caroline e Tyler voltaram pela trilha, o cabelo comprido da garota balançando nos ombros bronzeados. *Era estranho*, pensou Meredith enquanto os observava. *Caroline foi uma amiga muito próxima e depois uma inimiga desprezada, e agora não sentia nada por ela.*

— Esta foi a única pista que encontrei em qualquer referência para derrotar Klaus. — Alaric se lamentava, olhando o monte de cinzas e pedaços queimados do freixo sagrado.

— Será que podemos recolher as cinzas e usá-las para alguma coisa? — perguntou Bonnie, cheia de esperança. — Talvez fazer uma pomada e colocar em uma estaca comum?

Alaric discordou com a cabeça.

— Não daria certo. Tudo que li deixa muito claro que tem de ser madeira intacta.

— Vamos descobrir outra coisa — disse Meredith, cerrando os dentes. — Deve haver algo a que ele seja suscetível. Mas pelo menos podemos tirar uma coisa boa disso tudo.

— O quê? — perguntou Bonnie. — Espero que não esteja falando de Caroline, porque umas fotos não vão apagar tudo que ela fez. E aqueles bebês claramente vão ficar mais parecidos com Tyler do que com ela.

— Bom — observou Meredith —, lembra que dissemos, quando você teve sua visão no nosso quarto, que Klaus estava chamando um velho amigo para ajudá-lo? — Ela gesticulou para as figuras que se retiravam pela trilha. — Se era Tyler, ele não é nenhuma ameaça. Não estamos enfrentando um segundo inimigo.

— É — disse Bonnie pensativamente, e abraçou a si mesma. — *Se a visão se referia a Tyler.*

17

Meredith batia com mau humor a lama de suas botas de caminhada, jogando os pequenos pedaços de terra no piso do carro. Ao lado dela, Alaric os levava de volta ao campus. Havia um vinco de preocupação entre suas sobrancelhas, e Meredith sabia que ele estava ponderando todas as possibilidades, tentando abordar o problema de Klaus de cada ângulo possível. Ela se sentiu dominada por uma onda de afeto por ele e estendeu a mão para apertar seu joelho. Alaric olhou de relance para ela e sorriu.

Virando-se para o banco traseiro, viu Bonnie dormindo profundamente, a cabeça no ombro de Zander. O namorado a havia acomodado bem perto dele, apoiando o rosto no cabelo dela.

Mas enquanto Meredith olhava, o rosto tranquilo de Bonnie ficou agitado, a boca se apertando e as sobrancelhas se curvando numa expressão preocupada. Ela se remexeu no banco, puxando as pernas para cima e enterrando o rosto no peito de Zander.

— Não — disse ela, a palavra abafada.

Zander sorriu e a abraçou com mais força.

— Ela está sonhando — falou para Meredith. — É tão bonitinho quando ela fala dormindo.

— Alaric, para o carro — disse Meredith incisivamente. Ele parou no acostamento e Meredith rapidamente vasculhou o porta-luvas. Felizmente, Alaric levava papel e canetas no carro.

— O que foi? — perguntou Zander, alarmado. Encostada nele, Bonnie sacudiu a cabeça com força, os cachos se espalhando contra o peito dele, e murmurou alguns ruídos aflitos.

— Ela não está só sonhando, está tendo uma visão — informou Meredith. — Bonnie — chamou ela, mantendo a voz baixa e tranquilizadora. — Bonnie, o que está havendo?

Bonnie gemeu e se debateu, o corpo se esquivando de Zander. De olhos arregalados, Zander a segurava, tentando mantê-la parada.

— Bonnie — repetiu Meredith. — Está tudo bem. Me diga o que está vendo.

Bonnie inspirou, os olhos grandes e castanhos se abriram e ela começou a gritar. Alaric se virou repentinamente, assustado, batendo o cotovelo no volante.

O grito prosseguia, enchendo o carro com o barulho.

— Bonnie, pare! — Zander puxava Bonnie para seu peito, tentando acalmá-la e evitar que caísse do banco.

Por fim ela ficou imóvel e os gritos se transformaram em sussurros. Depois ela olhou ao redor.

— O que foi? — perguntou com a voz embargada.

— Você estava tendo uma visão, Bonnie — disse Meredith. — Está tudo bem.

Bonnie meneou a cabeça.

— Não — sussurrou ela, a voz entrecortada e tensa dos gritos. — Não era uma visão.

— Como assim? — perguntou Alaric.

— Era um sonho. — Bonnie estava visivelmente mais calma, e Zander soltou o abraço de forma cautelosa, pegando sua mão.

— Só um sonho? — Meredith estava desconfiada.

Bonnie meneou a cabeça novamente.

— Não exatamente — disse ela. — Lembra os sonhos que tive quando Klaus fez Elena prisioneira? Depois... — Ela hesitou. — Depois que Elena morreu. Os sonhos que ela me enviou? Que Klaus invadiu? Acho que Klaus estava me mandando este sonho.

Meredith e Alaric se entreolharam.

— Se ele pode entrar na mente dela desse jeito, como vamos protegê-la? — perguntou ela em voz baixa, balançando a cabeça.

— O que aconteceu no sonho? — perguntou Zander, afagando o braço de Bonnie.

— Foi... Parecia um acampamento militar ou coisa assim — respondeu ela, de cenho franzido, claramente tentando se lembrar. — Havia árvores por todos os lados. Klaus tinha um grupo de pessoas em volta dele. Ele estava diante delas, dizendo que elas eram fortes e que estavam prontas.

— Prontas para quê? — perguntou Meredith rapidamente.

Bonnie fez uma careta.

— Ele não disse exatamente para que, mas não é nada bom, tenho certeza. Não consegui ver quantas pessoas havia, nem distingui como eram exatamente. Mas parecia ter muita gente. Era tudo muito embaçado e vago, mas eu vi Klaus com muita clareza.

— Ele está formando um exército — disse Meredith, o coração apertado. Eles não tinham freixo, nenhuma arma contra Klaus. E ele não estava sozinho.

— Tem mais — disse Bonnie. Ela encolheu os ombros, enroscando-se, procurando proteção, chegando ainda mais perto de Zander. Parecia infeliz e assustada, o rosto doentiamente branco e os olhos contornados de vermelho. — Depois que terminou de falar, ele olhou bem para mim, e eu entendi que ele tinha me levado até lá. Ele estendeu o braço como se fosse pegar minha mão e ela roçou em seus dedos. — Ela estendeu a mão diante de si e a olhou, os lábios tremendo. — A mão dele era tão fria. E ele disse, "Estou chegando, pequenina. Estou chegando para você".

18

Stefan empurrou Elena para trás dele enquanto se atirava no vampiro, rasgando sua garganta com as presas alongadas. Ao lado, Spencer, na forma de lobo, disparava como uma bala de canhão na direção de outra vampira Vitale e a derrubava, sendo então lançado violentamente a uma fila de estantes enquanto a vampira recuperava o equilíbrio. As prateleiras balançaram e desabaram sobre o lobisomem, bloqueando a visão de Elena.

Elena segurou firmemente a estaca e cerrou os dentes. Podia sentir o mal em volta dela, fazendo-a se apressar, fazer alguma coisa. Não tinha a força sobrenatural de Stefan ou dos lobisomens, nem dos vampiros que combatia, mas se fosse rápida e tivesse sorte, talvez pudesse eliminar um ou dois deles.

Não tinham imaginado realmente encontrar vampiros na biblioteca. Se tivessem, estariam mais preparados, com armas em punho, e teriam levado mais integrantes da Alcateia. Faziam uma rápida varredura de madrugada na biblioteca, verificando se a sala de reunião da Vitale Society ainda estava acorrentada. E aqui, um andar acima da entrada dessa sala, encontraram o que devia ser — Elena olhou em volta, calculando — todos os vampiros que restavam da Vitale Society, exceto Chloe, escondida em segurança com Matt.

Oito vampiros. Até agora, localizavam um vampiro de cada vez, sozinhos em plena caça. Não sabiam que os vampiros ainda se aliavam, porque parecia que tinham se dispersado. Se soubessem que ainda trabalhavam juntos, Elena e os outros teriam sido mais cautelosos, ou de alguma forma planejado rastreá-los mais de perto.

Spencer estava de pé novamente e rosnava ao rasgar a lateral de um dos vampiros, que lutava freneticamente. Stefan era mais forte do que esses vampiros mais novos e já havia dois corpos a seus pés, mas eles ainda estavam em maior número. Dois deles agarraram Stefan pelo braço e o giraram para que outro o prendesse pelo ombro, com a estaca erguida.

— Não! — gritou Elena, o pânico tomando seu corpo. Ela arremeteu na direção dos vampiros que seguravam Stefan, mas a mão de alguém se fechou em seu ombro. Ela se virou e viu um cara alto de cabelos pretos que Elena tinha certeza de que era de sua turma de química do início do ano letivo.

— Sem interferências agora — disse ele em tom de deboche. — Acho que podemos ter a companhia um do outro. — Elena lutou, mas não conseguia mexer o braço, e ele fechou a mão em seu cabelo, puxando devagar sua cabeça para trás a fim de expor o pescoço.

Pelo canto do olho, Elena viu Stefan arremessar um vampiro para longe e depois ser pego novamente. Mas ele ainda resistia, não tinha sido ferido com a estaca. A vampira que o segurava sorria, e os caninos desciam, maiores e mais afiados, enquanto fazia força contra ele.

Isso não pode terminar assim, pensou Elena, confusa. *Não vou morrer desse jeito.* Elena soltou uma das mãos assim que ouviu um barulho repentino na escada, pés e corpos em movimento. Outra estante caiu, os livros deslizando pelo chão. O vampiro que a segurava olhou para cima e a soltou, caindo de costas enquanto uma grande mancha de sangue brotava em seu peito.

Atrás dele, de bastão estendido, estava Meredith.

— Obrigada — disse Elena, a boca seca de medo.

— Disponha — respondeu Meredith, sorrindo com selvageria. — Mas me lembre de cortar a cabeça dele depois. — Então ela se virou, girando pela sala, de bastão erguido. Um lobo imenso e branco (Zander, é claro) tinha se juntado a Spencer do outro lado da sala e eles lutavam lado a lado, rosnando e rasgando a carne de seus inimigos. Alaric correu de estaca erguida, passando por Elena, e atrás dele estava Bonnie, de mãos estendidas, entoando um feitiço de proteção.

Alaric cravou a estaca em um dos vampiros que prendiam Stefan, que depois conseguiu cuidar dos outros que dificultavam seus movimentos. Em alguns minutos, a luta estava encerrada.

— Chegou bem na hora — disse Stefan. — Obrigado.

— Foi Zander. Ele ouviu a luta quando passamos pela biblioteca — disse Meredith, levantando a cabeça enquanto ela e Alaric, arrastavam os vampiros pelo chão para empilhá-los num canto. — Temos de queimar esses corpos, mas parece que este é o fim dos vampiros de Ethan. Além de Chloe, é claro.

— Graças a Deus — disse Bonnie. Ela pegou um sortimento de ervas na bolsa e fazia desenhos, lançando encantamentos de distração e desorientação, na esperança de que ninguém se aproximasse dos corpos antes que pudessem se desfazer deles. — Mas temos de cuidar de algo maior.

— Klaus. —Elena deixou os ombros caírem.

— Não conseguimos pegar a madeira. E Bonnie teve uma visão — disse Meredith.

— Um sonho, não uma visão. — Bonnie a interrompeu incisivamente.

— Desculpe, um sonho. — Meredith se corrigiu. — Ela acha que Klaus está procurando por ela, ameaçando-a e, pelo que ele disse, parece que está pronto para atacar.

— Mas não entendo por que ele nos avisou — disse Zander. Ele e Spencer estavam novamente na forma humana e, enquanto falava, Zander passava uma atadura pelo ombro de Spencer, onde fora atingido pela estante.

Meredith e Elena se entreolharam.

— Klaus gosta de provocar suas vítimas — disse Meredith. — Tudo isso é um jogo para ele.

— Então talvez a gente deva virar a mesa — sugeriu Elena. Stefan assentiu, imaginando o que ela planejava, e lhe abriu um sorriso sutil. Ele andava estimulando-a a explorar seus novos Poderes mais completamente. — Posso tentar senti-lo novamente — disse ela aos outros. — Se conseguirmos descobrir onde ele e seus aliados estão escondidos, talvez possamos descobrir o que ele está fazendo, com quem trabalha, e o pegarmos de guarda baixa.

— Pode fazer isso agora? — perguntou Alaric, olhando-a com interesse profissional.

Elena assentiu. Relaxando o corpo, ela respirou fundo e fechou os olhos. No início, não sentiu nada de especial. Aos poucos, teve consciência de que ainda não passara a sensação do mal, dominante quando ela estava cercada pela luta. Ainda havia uma pressão discreta e insistente, uma sensação de que havia algo *errado* que ela precisava corrigir. Esta sensação a dominou e ela abriu os olhos novamente.

Filetes de aura preta e vermelho-ferrugem pendiam como fumaça no ar diante dela. Elena ergueu a mão para eles, mas as cores rodopiavam por seus dedos, sem substância, como fez a aura de Stefan. Seus Poderes deviam estar mais fortes: o que antes era só uma sensação, agora era sólido, uma trilha de preto e vermelho seguindo escada acima, saindo da biblioteca. Ela imaginava que seguia adiante, pelo pátio, e atravessava os campos esportivos atrás dos prédios da universidade. Elena seguiu os filetes de cor e os outros foram atrás dela.

— O bosque novamente — disse Bonnie atrás de Elena, mas esta mal a ouvia. As cores não a levavam ao bosque; estendiam-se pelo campo e em volta do galpão de equipamentos. O martelar na cabeça de Elena, a sensação de que algo estava *erradoerradoerradoerrado* se intensificava.

— Klaus está escondido em algum lugar por aqui? — perguntou Zander, confuso. — Não é meio exposto?

Não, pensou Elena, *não é Klaus*. E de repente percebeu o erro imenso que cometia. A trilha, a sensação de erro que pressentiu, era familiar. *Damon*. Ela estava levando todos diretamente a ele.

Elena percebeu isso numa fração de segundo, quando todo o grupo já cercava o galpão de equipamentos. Os passos de Elena titubearam, mas era tarde demais para mudar a direção de todos.

Damon estava se alimentando de outra menina de cabelos claros, apertado contra seu peito, a boca aberta em seu pescoço, os olhos bem fechados. O sangue escorria pelo pescoço dos dois, criando uma trilha molhada pela camisa preta de Damon.

Houve um instante em que todos, inclusive Meredith, ficaram petrificados. Sem pensar conscientemente, Elena se mexeu, lançando-se entre os outros e Damon.

— Não — disse ela, dirigindo as palavras a Meredith. Era Meredith que importava ali, que não hesitaria em matar Damon. — Não pode fazer isso — implorou ela.

Elena olhou rapidamente para Damon, que abriu os olhos brevemente e lhe lançou um olhar irritado, o olhar de um felino interrompido em seu prato de comida. Depois fechou os olhos de novo, cravando as presas mais fundo no pescoço da menina. Bonnie soltou um gemido brando e apavorado.

— Mas que *diabos* é isso, Elena? — gritou Meredith. — Ele está matando a garota! — Equilibrada nos calcanhares, ela se desviou de lado, com o bastão erguido, e Elena deslocou-se rapidamente para se colocar entre ela e Damon. Alguém passava furtivamente por Elena do outro lado e ela se virou um pouco, tentando impedi-lo, mas era Stefan, que tinha afastado Damon de sua presa. Damon rosnou, mas não tentou agarrá-la novamente. Stefan olhou nervosamente para o irmão enquanto segurava a menina e a passava cuidadosamente para Alaric.

— Meredith, por favor — pediu Elena, a voz fina e desesperada a seus próprios ouvidos. — Para, por favor. Tem algo de errado com ele. Mas é *Damon*, ele nos salvou antes. Ele lutou conosco em tantas batalhas. Não pode matá-lo. Temos de entender o que está havendo.

Stefan agora segurava Damon pelos braços, mas o irmão se desvencilhou dele. Enquanto Elena os observava, Damon endireitou o corpo e ajeitou as roupas, abrindo um sorriso brilhante e hostil na direção de Elena. O sangue ainda escorria da boca e do queixo.

— Não preciso que me proteja, Elena — disse ele. — Já faz algum tempo que me cuido sozinho.

— Por favor, Meredith — implorou Elena novamente, ignorando as palavras dele e estendendo as mãos para a amiga, suplicante.

— Ah, sim — disse Damon de forma irônica, virando o sorriso afiado para Meredith. — *Por favor, Meredith*. Tem certeza de quem são seus aliados aqui, caçadora?

Meredith tinha baixado o bastão alguns centímetros, mas ela encarava Elena com severidade.

— Você e Stefan se intrometeram para protegê-lo com uma rapidez estranha — disse ela com frieza. — Há quanto tempo isso está acontecendo?

Elena se encolheu.

— Eu soube faz alguns dias que Damon tinha voltado a caçar — respondeu ela. — Mas, no fim, as meninas ficaram bem. — Ela sabia que seus protestos eram precários. Pior ainda, ela não sabia se acreditava realmente nisso. Damon abandonara a menina que ela e Stefan encontraram no bosque; ela podia ter morrido. O que mais tinha feito?

Mas ela não podia deixar que Meredith o matasse.

— Assumirei a responsabilidade por ele — disse ela rapidamente. — Stefan e eu assumiremos. Vamos garantir que ele não machuque mais ninguém. Por favor, Meredith. — Stefan concordou, a mão firme no braço do irmão, como se detivesse uma criança desobediente. Damon sorria com escárnio para os dois.

Meredith sibilou de frustração.

— E você? — Ela voltou o queixo repentinamente para Damon. — Tem algo a dizer em sua defesa?

Damon virou o queixo e abriu um sorriso frio e arrogante, mas não disse nada. Elena ficou arrasada: Damon claramente decidira ser o mais irritante possível. Depois de um instante, Meredith apontou com o bastão para Elena, que parou pouco antes de tocá-la.

— Não se esqueça — disse ela. — Este é um problema *seu*. *Sua* responsabilidade, Elena. Se ele matar alguém, estará morto no dia seguinte. E esta conversa ainda não acabou.

Elena sentiu Stefan puxando Damon com ele, aproximando-se dela, uma figura forte e protetora junto a seu ombro.

— Nós entendemos — disse ele solenemente.

Meredith olhou para todos duramente, meneando a cabeça, e se virou, afastando-se sem dizer nada. Alaric e Bonnie a seguiram, escorando a vítima de Damon entre eles, seu choro sufocado o único som que Elena podia ouvir. Zander e Spencer lançaram longos olhares pensativos a Elena e aos irmãos Salvatore antes de seguir os outros. Elena estremeceu por dentro: a Alcateia podia ser uma inimiga poderosa se concluísse que Elena estava do lado errado.

Assim que os amigos fizeram a curva na calçada e saíram de vista, Elena girou com raiva para Damon. Mas Stefan, ainda segurando o irmão pelo braço, falou antes que ela se manifestasse.

— Seu idiota — gritou ele com frieza, pontuando as palavras com uma leve sacudida no braço de Damon. — O que estava pensando, Damon? Quer desfazer todo o bem que já fez? — A cada pergunta, ele sacudia um pouco mais o irmão.

Damon se desvencilhou da mão de Stefan; o sorriso irônico não deixava seu rosto.

— Eu estava pensando que era um *vampiro*, maninho — disse ele. — Claramente uma lição que você ainda tem de aprender. — Ele limpou o sangue da boca.

— Damon... — disse Elena, exasperada, mas Damon já se afastava. Mais rápido do que os olhos podiam acompanhar, ele se foi. Um instante depois, de uma árvore do outro lado do campo esportivo, um corvo grande alçou voo, soltando um grasnado áspero.

— Talvez a gente não consiga salvar Damon — disse Stefan num tom de voz perturbado, pegando a mão de Elena. — Não desta vez.

Elena assentiu.

— Eu sei — concordou ela. — Mas precisamos tentar. — Seus olhos acompanharam a ave, só um pontinho no céu, sobrevoando o campus. Apesar do que prometera a Meredith, não sabia se podia impedir Damon de fazer o que ele quisesse. Mas ela e Stefan não deixariam Damon morrer. De algum modo, em algum momento, salvá-lo tornou-se mais importante do que qualquer outra coisa.

19

No ano que passou, Elena ficou familiarizada com a batalha. Sua persona mais jovem nunca teria sonhado com treino com armas e manobras defensivas. Essa Elena se concentrava em viagens à França e vestidos bonitos. Mas agora, a luta contra o mal era o que estimulava Elena, por mais que detestasse admitir. Agora andava unida aos amigos e aliados, todos buscando sua orientação.

De qualquer maneira, *em geral* eles eram todos unidos e buscavam sua orientação. Desde que ela e Stefan defenderam Damon, Meredith andava distante. A Alcateia olhava os dois com tanta desconfiança que Elena quase podia ver os pelos da nuca dos lobos se eriçando enquanto a evitavam. Outro dia Elena se virou e encontrou Shay olhando-a de um jeito ameaçador. Até Bonnie parecia evitá-la nos últimos dias. Só a atitude de Andrés, embora ela tivesse lhe contado o que aconteceu, continuava inalterada. Eles trabalharam juntos no dia anterior, tentando ativar mais dos Poderes de Elena, mas ainda não tinham tido sucesso.

O fato de que os outros amigos de repente suspeitavam dela a *magoava*. Na noite seguinte a eles terem encontrado Damon se alimentando, Elena ficou com Stefan no quarto dele.

— Estamos tomando a atitude certa, não é? — perguntou ela, as lágrimas quentes ardendo nos cantos dos olhos. — Embora nossos amigos estejam assustados, não podemos abandonar Damon.

Stefan passava a mão pesada e reconfortante em suas costas.

— Vai ficar tudo bem — afirmava ele, mas Elena podia ouvir a dúvida e a dor em sua voz, espelhando as dela própria.

Elena teve de implorar a Meredith para segui-la novamente quando tentava localizar Klaus. Mas encontrar Klaus antes que ele atacasse era o melhor plano, Elena tinha certeza, e desta vez tinham reunido todos os combatentes que conseguiram. Klaus era poderoso demais; talvez o elemento surpresa lhes desse alguma vantagem. Embora fosse de pouco conforto, tinham esperanças de que a luz do dia também funcionasse a favor deles.

O sol certamente parecia incomodar Chloe, pensou Elena. As covinhas da menina de cabelos cacheados não eram mais visíveis enquanto ela se agarrava ao braço de Matt, de cabeça baixa. Ela parecia tensa e infeliz, e Matt, embora aprumado e atento como um soldado, parecia cansado, as feições mais encovadas e pálidas do que algumas semanas antes.

Zander e sua Alcateia de lobisomens Originais, por outro lado, estavam superexcitados e praticamente quicavam pelas paredes. Enquanto Elena observava, Zander pegou o alto e desgrenhado Marcus numa chave de braço e o forçou a se ajoelhar, os dois rindo e xingando enquanto Marcus o chutava. Até Shay, que em geral parecia meio distante do resto da Alcateia, participava da brincadeira, alegremente gritando empoleirada nos ombros de Jared enquanto ele girava sem parar para tentar derrubá-la. Naquela noite a lua estaria cheia, e os lobisomens, sentindo que a transformação chegava, tinham um pico de adrenalina.

Stefan andava entre os amigos, calmamente dando instruções e palavras de estímulo. Os lobisomens se aquietaram para ouvi-lo, com expressões atentas. Bonnie e Alaric, olhando um livro de feitiços que Alaric tinha localizado, viraram-se para mostrar a Stefan o que encontraram, evidentemente pedindo seus conselhos. Podiam estar irritados por ele proteger Damon, percebeu Elena com uma pontada de orgulho, mas quando a pressão aumentava, todos confiavam em Stefan.

Meredith ficou em silêncio ao se preparar para a batalha. Amolou as facas e poliu o bastão, a expressão fechada e distante, recusando-se a olhar para Stefan ou Elena. Por impulso, Elena foi na direção da amiga caçadora. Não sabia o que diria, mas Meredith compreendia o que era lealdade: era capaz de perdoar Elena, mesmo que não concordasse com ela. Mas antes que se aproximasse mais alguns passos, Elena sentiu a mão de alguém em seu braço. Virou-se e ali estava Andrés, sorrindo de forma hesitante.

— Você veio — disse ela, uma simples alegria fervilhando em seu íntimo.

— Você me chamou. Temos de nos unir contra as coisas malignas deste mundo, não?

— Claro — disse Stefan ao se juntar a eles. Elena apresentou Stefan a Andrés, vendo Andrés franzir o cenho e recuar um pouco, claramente percebendo pela primeira vez que o Stefan de quem ela lhe falara era um vampiro. Mas então apertou a mão de Stefan com entusiasmo e Elena relaxou. Imaginou que Andrés veria a boa pessoa que Stefan era, vampiro ou não, mas não tinha certeza absoluta. Afinal, as Guardiãs da Corte Celestial não viram isso.

Depois de cumprimentar Andrés, Stefan se virou para Elena.

— Acho que é melhor todos irmos. Está pronta?

— Tudo bem. — Fechando os olhos, ela respirou fundo, sentindo Andrés lhe dar seu Poder, abrindo-se para deixar que fluísse para dentro dela.

— Pense na proteção — disse Andrés, a voz menos que um sussurro. — Pense em defender aqueles que ama contra Klaus. — Elena se concentrou e, como antes, parecia que flores desabrochavam dentro dela, uma por uma.

Ela sentiu o cinza e azul familiares e agourentos da aura de Damon pelo campus e a afastou, concentrando-se mais. *Klaus. Klaus.* Havia mais alguma coisa, suja e escura, como uma cortina de fumaça asquerosa. Pior do que a aura de Damon, muito pior.

Seus olhos se abriram de repente.

— Por aqui — disse ela.

Até para Meredith, que era absolutamente a melhor andarilha humana do grupo, parecia que eles caminhavam havia horas. Entraram fundo no bosque, e o sol já caía abaixo do horizonte; perderiam a vantagem da luz do dia. Mas Elena ainda andava, ereta e segura como se seguisse uma estrada que se estendia claramente pelas árvores.

Meredith tirou o cabelo do pescoço e fez um rabo de cavalo, tentando se refrescar, e continuou atrás de Elena, afastando a lembrança da última vez em que deixou que Elena os guiasse, de Damon se alimentando cruelmente. Uma boa guerreira se concentrava na batalha que tinha pela frente, e não em conflitos dentro de seu próprio exército.

O terreno estava ficando pantanoso, os passos deixando pequenas poças de água pela lama, quando Elena de repente parou e gesticulou para que os outros se aproximassem.

— Estamos quase lá — disse ela. — Basta passar pelo próximo grupo de árvores.

— Tem certeza de que é Klaus? — perguntou Meredith, e Elena assentiu.

— Mas é um grupo grande de vampiros — disse ela. — Posso sentir. Quem mais poderia ser?

Stefan assentiu.

— Eu também os sinto.

Agora que todos sabiam para onde iam, Elena passou a andar ao lado de Alaric e Bonnie, que, de mãos estendidas, começava a murmurar feitiços de proteção e ocultação. Andrés, respirando fundo e parecendo atrair o Poder para si, juntou-se a eles. Era hora de os guerreiros assumirem a liderança.

Stefan e Meredith andavam lado a lado, Meredith equilibrando seu bastão. Stefan mantinha o peso do corpo sobre os calcanhares. A boca estava entreaberta e Meredith via os caninos afiados descerem na expectativa do ataque. Ela sentiu uma pontada de sofrimento leve e inesperada: não havia muito tempo, Damon tinha lutado ao lado dela e sido um parceiro digno, rápido, corajoso e implacável. Stefan era tudo isso, mas não tinha o prazer na luta que Damon sentia. Se ao menos Damon merecesse confiança.

Zander, Shay e os outros quatro lobisomens da Alcateia que podiam mudar de forma sem a lua cheia tinham se transformado e flanqueavam Stefan e Meredith. Andando em silêncio, avançaram de cauda erguida e reta e orelhas aprumadas, os lábios repuxados em rosnados silenciosos. Zander e Shay, liderando a Alcateia de cada lado, alternavam-se à frente, o passo de cada um perfeitamente sintonizado com os dos outros. Os cinco lobisomens que não seriam capazes de se transformar antes que surgisse a lua andavam atrás deles, atentos e concentrados como sua família lupina. Matt e Chloe vinham a seguir, entre os guerreiros e os outros.

Eles abriram caminho pelo último grupo de árvores, pisando com cuidado para não fazer ruído algum. Bonnie e Alaric murmuravam feitiços, abafando sua aproximação.

Mas quando por fim chegaram a um espaço aberto, encontraram Klaus, agora com a capa de chuva surrada de que Meredith se lembrou com uma punhalada de terror de seus encontros em Fell's Church, o rosto iluminado por um bom humor apavorante, rindo. Havia um imenso grupo de vampiros ali, em número muito maior do que o grupo deles, e cada olho já estava fixo neles.

Naquele momento de paralisia, Meredith pôde ver todos os vampiros em alta definição. Seu cérebro prendeu-se em um rosto e parou, confuso. *Elena.* Mas Elena estava atrás dela, e Meredith nunca vira o rosto de Elena transmitir tanta maldade. Depois percebeu: o dourado mais claro do cabelo, o azul mais claro dos olhos, a alegria levemente selvagem no rosto bonito. Não era Elena. Era Katherine, de algum modo ressuscitada.

Então, pouco atrás de Katherine, Meredith viu outro rosto conhecido, e seu coração parou. Não podia ser Cristian. Seu irmão agora era humano; as Guardiãs cuidaram disso. Não cuidaram?

Mas ali estava Cristian, o rosto familiar pelas fotos que tinha em casa, que sorriu intimamente para ela do outro lado da clareira, mostrando os caninos de vampiro. Por uma fração de segundo, as mãos de Meredith se afrouxaram no bastão e ela vacilou um pouco. Mas então reforçou a pegada e assumiu posição de combate. Achava que sua família estava segura, que Cristian tinha voltado a eles. Tudo se desmoronava novamente neste exato momento, mas ela ainda tinha uma batalha a travar.

20

As pessoas corriam por todos os lados, esmurrando e esbarrando em Elena, então ela se espremeu contra uma árvore. O barulho era opressivo — gritos, gemidos e corpos se chocando.

O exército de Klaus era grande demais, mas seus amigos estavam aguentando. Stefan, seu rosto uma máscara de fúria, lutava com uma garota magra de cabelos claros. Quando Elena teve um vislumbre do rosto da menina, seu coração pareceu parar por um segundo. *Katherine.*

Elena vira Katherine morrer, vira fendas em brasa se abrirem em seu rosto enquanto ela gritava. Como podia estar ali? Katherine ergueu a mão e arranhou com os dedos em garras o rosto de Stefan e ele torceu seu braço cruelmente, rosnando e derrubando-a no chão, quando Elena os perdeu de vista.

Meredith lutava com um cara bonito de cabelos escuros cujo rosto era vagamente familiar a Elena. Eles se igualavam, um bloqueando os golpes do outro com velocidade e eficiência letais. Meredith estava tensa e séria, sem a expressão alegre que costumava carregar em batalha.

Matt e Chloe posicionaram-se defensivamente contra uma vampira, Chloe protegendo Matt com seu corpo e empurrando a cabeça da vampira para trás, tentando virá-la para que Matt cravasse uma estaca em seu coração. A vampira rosnava e se contorcia nas mãos de Chloe.

Ouviu-se um uivo selvagem de um lado da clareira, eriçando os pelos da nuca de Elena, e seus olhos dispararam para o horizonte: o sol estava baixo e uma lua cheia acabara de surgir. Os demais lobisomens se transformaram durante a luta e agora os vampiros que os combatiam na forma humana recuavam enquanto a Alcateia saltava ansiosamente em cima deles. Zander e Shay, que podia ser identificada com facilidade pelo tom avermelhado do pelo, derrubaram juntos um vampiro, prendendo-o com os corpos pesados e dilacerando sua carne.

Bonnie e Alaric entoavam em latim com as vozes firmes, mas tensas. Ao lado de Elena, Andrés murmurava suavemente em espanhol. Ela olhou para ele, e sua aura era tão clara que Elena a via sem nem mesmo se esforçar: brotava dele um círculo da cor das folhas de faia na primavera, tocando seus aliados no combate. Percebeu que, como Bonnie e Alaric, Andrés usava todo o Poder que podia invocar para proteger os amigos.

Estavam num combate árduo, mas eram *muitos* vampiros, pelo menos vinte. Homens e mulheres de diferentes raças e etnias, mas todos jovens, todos bonitos. Todos com certa selvageria na expressão que fazia eco à de Klaus. Os rostos eram desvairados de ódio e expectativa. Queriam lutar, Elena sabia, queriam matar. Um deles, um garoto de cabelos dourados que parecia mais novo do que a própria Elena, talvez ainda no ensino médio, lutava no chão com um lobisomem, rindo, o rosto manchado de sangue.

Katherine está aqui. As palavras se repetiam no cérebro de Elena como se tivessem um significado além do fato de Klaus ter ressuscitado sua mais antiga inimiga. Katherine estava aqui... E Ethan usara o sangue dos vampiros criados por Klaus para ressuscitá-lo.

Klaus convocara os velhos amigos. Com uma mudança nauseante na linha de pensamento, Elena se perguntou: será que todos estes vampiros foram transformados por Klaus, todos reunidos como uma espécie de tribo cruel, uma espécie de *família*? E Klaus usou o sangue deles para ressuscitar Katherine, para fazer ressurgir sua mais amada filha, como ele foi ressuscitado?

Atravessando o grupo envolvido em uma batalha brutal, Klaus se aproximava dela com a expressão repleta de contentamento. Ele era tão bonito, pensou Elena de forma irrelevante, e tão apavorante. Seus olhos azuis-gelo eram grandes e a pele dourada brilhava ao luar. Os aliados dele — seus *filhos* — deslocavam-se para que seu caminho fosse desimpedido. Algo brilhava em sua mão. Com um arrepio, Elena percebeu que ele segurava uma adaga desembainhada.

Elena não conseguia se mexer. Parecia que estava num sonho em que Klaus se aproximava cada vez mais, sorrindo e deslizando com facilidade pela multidão, até estar tão perto que ela sentia nele o cheiro acobreado de sangue. Pegou-a delicadamente pelo braço e seu sorriso ficou mais largo. Ele a manteve imóvel com seu Poder e ela olhou em volta de relance, vendo Andrés, de boca aberta de pavor, e percebendo que Klaus também o mantinha imóvel. Stefan também lutava contra o Poder de Klaus, desesperado para alcançar Elena antes que fosse tarde demais.

— Olá, linda. — A voz de Klaus era branda e íntima. — Creio que chegou a hora, não? Estou pronto para sentir seu sabor.

A lâmina da adaga reluziu no sol poente ao ser erguida ao pescoço de Elena. Elena, com o foco aguçado pelo pavor, viu seu punho brilhar com runas e desenhos. Sob a lâmina, um curioso animal de cara distorcida, algo parecido com um lagarto, sorria-lhe cruelmente, e ela então não conseguiu mais ver a adaga, porque Klaus a apertava em seu pescoço.

Stefan, pensou Elena. Ela o via do outro lado da clareira, o rosto petrificado de desespero. Embora estivesse se tornando Guardiã, sempre pensava que as coisas dariam certo e que ela poderia ser uma menina normal e feliz com ele. O coração de Stefan se partiria sem ela, percebeu Elena, e ela teve um momento de pura tristeza por ele e pelo que podiam ter tido juntos.

Ela sentiu a lâmina gelada no pescoço, depois o calor do sangue escorrendo. Klaus se curvou para mais perto, o hálito frio e fétido, depois repentinamente recuou. O sangramento tinha parado, percebeu Elena. E ela não sentia mais dor. Cicatrizava quase com a mesma rapidez com que Klaus a cortava.

A lâmina de Klaus não podia matá-la. Isso era porque ela era uma Guardiã?, perguntou-se, perplexa.

Klaus rosnou de fúria e cortou seu pescoço novamente. Elena sentiu um choque de dor, mas novamente a ferida parecia se curar. Os outros agora viam o que acontecia, embora o Poder de Klaus provavelmente tivesse os mantendo acuados. Elena encontrou os olhos apavorados de Stefan quando Klaus a empurrou para longe dele.

— Seu mágico e sua bruxa encontraram um jeito de protegê-la, não foi? — escarneceu Klaus. Olhou furiosamente para Bonnie e Alaric, que recuaram um passo automaticamente, seus rostos brancos de medo, e Klaus se voltou para Elena. — Não se preocupe, linda, isso não me impedirá de ter você. — Sua voz se transformou em um sussurro insinuante, e ele estendeu um dedo para traçar a linha do lábio superior de Elena. Ele sorriu, mas seu olhar era furioso. — Pensarei num meio de contornar o que eles fizeram, acredite em mim.

Ele ergueu a voz mais uma vez, olhando lentamente a clareira.

— Gostamos daqui, meus filhos e eu — anunciou ele. — Toda a carne e o sangue jovem... É um banquete contínuo. — Alguns vampiros emitiram um grito dissonante. Ele sorriu novamente, os caninos brancos e afiados cintilando sob os últimos raios do sol poente, e sua mão apertou o queixo de Elena, puxando-a para frente. — No fim — disse ele, a voz baixa e íntima —, nenhum de seus amigos sobreviverá a nós.

Klaus se virou, atravessando a clareira. Ao passar pela Alcateia, imóvel e silenciosa graças a seu Poder, pegou o lobo mais próximo em um movimento ágil e suave — *Chad*, percebeu Elena, reconhecendo seu corpo musculoso e o brilho branco no pescoço — e o atirou com facilidade na direção de uma árvore. Elena ouviu os ossos de Chad se quebrarem e o lobo desabar flacidamente ao pé de uma árvore, imóvel.

Klaus sorriu, e um raio estalou no céu.

— Ele é só o primeiro. Verei todos vocês em breve. — Ele se afastou lenta e despreocupadamente para o bosque. Seus vampiros se misturaram na noite atrás dele. Enquanto o exército de Klaus desaparecia, Elena sentiu seu Poder enfim libertá-la e caiu de joelhos. A Alcateia, novamente capaz de se mexer, correu na direção de Chad.

Observando do outro lado da clareira, Elena viu Stefan. Ele estava lívido e imóvel e, quando seus olhos se encontraram, Elena viu um espelho de seu próprio medo.

21

— Elena, ah, Elena. — Stefan afagava seu cabelo, sentindo o impulso de puxá-la para ele e nunca, nunca mais deixar que ela saísse de seu lado. — Tive tanto medo de perdê-la. De ter falhado com você.

Assim que Klaus deixou a clareira, liberando a imobilidade com que subjugou a todos, Stefan correu para Elena, pegando-a pelos braços. Eles ainda estavam no campo de batalha, a sua volta todos cuidavam das feridas, mas ele não a soltou nem por um momento.

— Eu estou bem. — Elena pegou sua mão e a levou ao rosto, deixando que ele sentisse que ela estava quente e viva. Ela estava aturdida. — Mas como posso estar bem? Klaus *cortou meu pescoço*.

— Você sabe, Andrés? — Stefan se virou para o Guardião ao lado deles.

Atrás dele adejavam Meredith, Alaric e Bonnie. Bonnie olhava para os lobisomens do outro lado da clareira, reunidos em volta do corpo de Chad, mas queria ficar com os outros humanos, dar algum espaço a eles. A alguns passos, Matt e Chloe se encontravam no meio da clareira, um pouco embaixo das árvores, murmurando baixinho um com o outro.

— Não sei o que a protegeu — disse Andrés lentamente.

— Você deve ter uma boa ideia — falou Stefan incisivamente. — Diga. — Ele sabia que devia tratar Andrés com mais gentileza; afinal, ele era o único que podia ajudar Elena em sua transição para Guardiã. Mas Stefan ainda estava apavorado, nauseado e inexpressivo do momento em que viu Klaus passar a adaga no pescoço de Elena. E ele tinha *certeza* de que Andrés sabia mais do que lhes dizia.

— Soube que às vezes os Guardiões que têm tarefas muito perigosas recebem também proteções especiais — disse Andrés. A lua cheia iluminava a clareira, e ele parecia pálido e desgastado na luz.

— Mais comumente, são salvaguardados contra a morte por meios paranormais. O Poder... os Poderes de Guardião... não os tornam imortais, porque devem ficar em sintonia com a natureza. Elena pode ser atropelada por um carro ou morrer de alguma doença, mas, se foi isto mesmo que aconteceu, ela não pode ser morta por mordida de vampiros, nem por feitiço, nem... — ele gesticulou na direção tomada por Klaus e sua família — por uma adaga mágica.

— Se Klaus e seus vampiros não podem matá-la — disse Meredith, começando a abrir um sorriso espantado e satisfeito —, então temos uma arma. Elena está segura.

Andrés franziu o cenho.

— Espere. Eles não podem matá-la *por meios sobrenaturais*. Se Klaus entender isso, poderá matá-la com uma corda ou uma faca de cozinha. — Stefan se encolheu, e Andrés olhou para ele de forma compassiva. — Desculpe. Eu sei. É difícil amar alguém tão frágil quanto uma humana.

Um uivo longo e arrastado, ecoando infelicidade e perda, soou ao pé da árvore onde Chad havia caído. Os lobos, como Alcateia, correram para o lado de Chad assim que o Poder que os prendia foi retirado. Ficaram farejando o corpo peludo do lobo caído, ganindo e lastimando, tentando confirmar o que Stefan sabia desde que o lobo tinha caído no chão: Chad estava morto.

Não apenas humanos, pensou Stefan, desolado. *Qualquer mortal é vulnerável demais à morte.*

— Precisamos fazer um juramento. — Ele olhou os rostos apavorados dos humanos na clareira. — Ninguém pode saber dos Poderes de Elena, nem que ela é uma Guardiã. Ninguém. Se Klaus descobrir, vai encontrar um jeito de matá-la. — Ele se sentia enjoado, tonto de pânico. Se Klaus descobrisse o segredo de Elena... Stefan olhou em volta, ensandecido. Com a Alcateia ali, havia muitos que agora podiam deixar escapar seu segredo.

Meredith o encarou desafiadoramente.

— Nunca direi nada — afirmou ela. — Dou minha palavra de honra de caçadora e Sulez.

Matt assentiu com fervor.

— Não vou contar a ninguém — prometeu ele, e Chloe, de olhos arregalados, assentiu com ele.

Bonnie, Andrés e Alaric também prometeram. Stefan tinha Elena junto dele e a beijou mais uma vez, com um puxão forte, soltando-a e atravessando a clareira. Aproximando-se do círculo de lobos de luto, ele disse em voz baixa.

— Zander. — O imenso lobo branco tinha deitado a cabeça junto de Chad e, com a aproximação de Stefan, ergueu-a de repente para rosnar um alerta.

— Eu sinto muito — disse Stefan. — É muito importante. Não interromperia se não fosse.

Zander apertou o focinho no alto da cabeça de Chad por um momento, levantou-se e deixou a roda de lobos. Shay colocou-se automaticamente em seu lugar, deitando-se ao lado do corpo de Chad como se pudesse confortar o lobo morto.

Quando se colocou de pé diante de Stefan, Zander enrijeceu e se contorceu, expandindo e contraindo os músculos. Trechos de pele nua começaram a aparecer entre os tufos de seu pelo grosso e ele cambaleou nas patas traseiras enquanto a orientação das articulações revertia com um estalo. Ele voltava à forma humana, percebeu Stefan, e a transformação parecia dolorosa.

— Dói voltar a ser humano quando a lua ainda está cheia — disse Zander bruscamente, depois de estar de pé diante de Stefan na forma humana. Seus olhos estavam avermelhados de tristeza, e ele passou a mão rudemente pelo rosto. — O que você quer?

— Lamento muito por Chad. Ele era um membro leal de sua Alcateia e um aliado valioso para nós.

Chad era um garoto legal, pensou Stefan, franco e alegre. Seu peito se apertou quando se lembrou de que a morte de Chad, em última análise, tinha sido culpa de Stefan: Klaus veio a esta parte do mundo para vingar Katherine, que seguira Stefan. Os anos da história do próprio Stefan levaram à morte de um simpático lobisomem de 19 anos que nunca fez mal a ninguém.

— É um risco que assumimos quando lutamos... Todos sabemos disso — disse Zander asperamente. Seu rosto, em geral franco, era fechado: o luto da Alcateia não era para forasteiros. — É só isso?

— Não, preciso de sua palavra. Klaus só não conseguiu matar Elena esta noite graças a seus Poderes de Guardiã. Preciso que você e sua Alcateia prometam jamais contar a ninguém que ela é uma Guardiã.

— Os lobos são leais. Não diremos a ninguém. — Zander se afastou de Stefan e deu duas longas passadas de volta ao círculo de lobos, o corpo se transformando ao prosseguir.

Aconchegados na beira da clareira, Matt pegou a mão de Chloe e percebeu que ela tremia, um leve tremor de tensão correndo por seu corpo. Ele sentia frio, mas os vampiros não sentem, não é?

— Você está bem? — perguntou ele em voz baixa.

Chloe apertou a mão livre no peito, como se tivesse dificuldades de respirar.

— É que tem tanta gente aqui — disse ela. — É difícil me concentrar. O sangue... Eu sinto o cheiro do sangue de todos. E quando o lobo morreu...

Matt entendeu. Saiu sangue fresco do nariz e da boca de Chad enquanto ele morria, e Matt sentira Chloe ficar tensa ao lado dele.

— Está tudo bem — disse ele. — Vamos voltar para o ancoradouro. Você ainda não está pronta para ficar com um grupo grande, especialmente com a pulsação de todos acelerada pela batalha.

Olhando Chloe mais atentamente, notou que o formato do queixo se alterava enquanto os caninos desciam involuntariamente. *Não falar de pulsação acelerada*, pensou ele.

Chloe desviou o rosto, tentando esconder os caninos alongados, e Matt percebeu outra coisa. Havia um longo risco de sangue pelo maxilar de Chloe, perto de sua boca.

— De onde veio isso? — Matt ouviu a aspereza na própria voz quando soltou a mão de Chloe.

— O quê? — perguntou Chloe, alarmada, passando os dedos no próprio rosto. — Eu não... Não sei do que está falando. — Mas ela estava com o rosto virado, evitando os olhos de Matt.

— Você se alimentou? — perguntou Matt, tentando se acalmar para não assustar Chloe. — Talvez de Chad, depois de ele morrer?

Sei que não teria parecido tão ruim com ele na forma de lobo, mas os lobisomens ainda são gente. — *E, meu Deus, quando foi que passei a acreditar nessas coisas?*, perguntou-se ele.

— Não! — Os olhos de Chloe se arregalaram, todo o branco em volta de suas pupilas aparente. — Não, Matt, eu não faria isso! — Ela limpou grosseiramente o rosto, tentando apagar a marca. — Ficamos juntos o tempo todo!

Matt franziu o cenho.

— Não o tempo todo — ele a contradisse. — Eu a perdi de vista por um tempo, durante a luta. — Chloe sabia que eles ficaram separados. Por que dizia outra coisa?

Chloe meneou a cabeça intensamente.

— Não me alimentei de ninguém — insistiu. Mas seus olhos se desviavam, nervosos, e Matt percebeu, com um golpe nauseante no estômago, que não sabia no que acreditar. Chloe suspirou. — Por favor, Matt — disse ela em voz baixa. — Prometo que não estou mentindo para você. — As lágrimas brilharam em seus olhos castanhos e grandes. — Não vou fazer isso. Não vou me tornar algo de que tenho medo.

— Não vai mesmo — prometeu-lhe Matt. — Vou manter você em segurança.

Chloe encostou o rosto no dele, testa com testa, e eles ficaram assim por um tempo, respirando baixinho. *Eu vou*, prometeu Matt a si mesmo em silêncio. *Posso ajudá-la.*

22

Stefan mantinha Elena perto dele, passando os dedos por seu cabelo sedoso e sentindo seu coração bater junto ao peito. Quando seus lábios se encontraram, ele sentiu seu medo e cansaço, bem como o espanto com seus novos Poderes. Elena sentia a própria mistura de amor e medo, e o alívio de Stefan com a nova proteção que Elena tinha. Ela lhe enviava um fluxo constante de amor e apoio, que ele retribuía.

Isso sempre o deixava maravilhado, o modo como o mundo parava, por piores que estivessem as coisas, quando Elena estava em seus braços. Aquela menina humana era sua luz e seu norte, a única coisa em que ele podia confiar.

— Durma bem, meu amor — disse ele, relutando em soltá-la.

Elena o beijou mais uma vez antes de entrar no quarto do alojamento e fechar a porta. Stefan odiava vê-la partir; não conseguia se livrar da imagem de Klaus cortando seu pescoço. Ainda assim, Bonnie e Meredith estariam ali dentro. Elena sempre foi forte e independente, e agora tinha um Poder só dela. Ele só estaria alguns andares acima, se ela precisasse.

Stefan subiu os dois lances de escada entre o quarto de Elena e o dele e destrancou a porta. Seu quarto estava escuro e tranquilo, e ele pensou que, embora não dormisse, podia se deitar e deixar que o mundo girasse sem ele por algumas horas.

Ao fechar a porta depois de entrar, viu um clarão de branco na sacada.

Katherine. Seu coração lento pareceu parar por um instante. Ela estava recostada graciosamente no peitoril da sacada, enganosamente jovem e delicada com um vestido branco e longo. Deve ter voado para cima e esperado por ele ali fora.

A primeira coisa na qual pensou foi em criar uma barricada na porta da sacada para impedi-la de entrar. A segunda foi se armar de uma estaca e atacá-la. Mas ela poderia facilmente ter entrado: ele não era vivo; não havia barreira que impedisse um vampiro de entrar em seu quarto. Não tinha sentido atacá-la enquanto ela o visse se aproximar, os olhos firmes nos dele através do vidro da porta da sacada.

— Katherine. — Stefan parou junto da sacada, falando num tom neutro. — O que você quer?

— Meu querido Stefan — disse ela com ironia. — É assim que você recebe seu primeiro amor? — Ela sorriu. Ele não sabia como pôde ter pensado que ela e Elena eram parecidas. É verdade que suas feições eram semelhantes, mas as de Elena eram mais resolutas, o cabelo mais dourado, os olhos de um azul mais escuro. Katherine parecia desamparada e frágil, no estilo de sua época, Elena era mais musculosa e forte. E o amor e a ternura que via nos olhos de Elena não eram nada parecidos com a maldade que Katherine tinha nos dela.

— Klaus a mandou aqui? — perguntou ele, ignorando seu comentário.

— Onde está Damon? — perguntou Katherine, fazendo o mesmo jogo. Ela ergueu o rosto sedutoramente. — Os dois estavam se entendendo bem da última vez que os vi. Já aparecem problemas no paraíso? — Stefan não respondeu, e o sorriso dela se alargou. — Damon devia ter aceitado minha oferta. Ele seria mais feliz comigo.

Stefan deu de ombros, recusando-se a deixar que Katherine visse que o provocava.

— Damon não amava mais você, Katherine — disse ele, acrescentando vingativamente: — Não era você que ele queria.

— Ah, sim, *Elena* — disse Katherine. Ela se aproximou de Stefan e passou os dedos por seu braço, olhando-o através dos cílios.

— Deixe-a em paz — vociferou Stefan.

— Não estou mais zangada com Elena — disse ela suavemente. — Tive muito tempo para pensar. Depois que ela me matou.

— É mesmo? — Stefan reagiu secamente, afastando-se dos toques demorados de Katherine. — Então a morte lhe deu tempo para superar seus ciúmes de Elena?

Vendo que ele não reagia a sua sedução pseudoinocente, Katherine endireitou o corpo e endureceu a expressão.

— Ficaria surpreso com o tanto que se aprende quando se está morto. Eu vi *de tudo*. E vejo o que está havendo com Elena e Damon. Na verdade — ela sorriu, os caninos longos e pontudos brilhando ao luar —, parece que Elena e eu temos mais em comum do que eu suspeitava.

Stefan ignorou a pontada de dor que sentiu ao pensar em Elena e Damon juntos. Ele agora confiava em Elena e não cairia nos joguinhos de Katherine.

— Se você a machucar, ou a qualquer dos inocentes daqui, acharei um jeito de matá-la — disse ele. — E desta vez você continuará morta.

Katherine riu, um retinir suave de sino que por um momento o levou de volta aos jardins do *palazzo* de seu pai, muitas vidas atrás.

— Pobre Stefan. Tão fiel, tão amoroso. Senti falta de sua paixão, sabia? — Ela roçou a mão fria e suave em seu rosto. — É bom vê-lo de novo. — Dando um passo para trás, ela se transformou, a forma delicada ondulando no vestido branco até que uma coruja branca abriu as asas no peitoril e rapidamente voou para a noite.

Bonnie olhava pela janela do quarto de Zander. A noite foi longa, mas sobre o pátio agora rompia o amanhecer, rosa e dourado. Ela aparecera uma hora antes, assim que Zander ligou dizendo que precisava dela. Quando Bonnie chegou, o namorado a pegou nos braços e a manteve junto dele, de olhos bem fechados, como se bloqueasse tudo só por um instante.

Agora o resto da Alcateia se fora, e Shay e Zander estavam curvados sobre a mesa de Zander atrás de Bonnie, traçando planos de batalha em folhas de papel.

— Tristan não é tão forte como deveria — dizia Shay. — Se o flanquearmos com Enrique e Jared, eles podem compensar sua fraca perna dianteira esquerda.

Zander soltou um ruído baixo e pensativo.

— Tristan torceu um tendão no início do ano, mas pensei que estivesse quase curado. Vou trabalhar com ele e ver se ele pode recuperar a velocidade.

— Até lá, precisaremos que ele tenha cobertura — disse Shay. — Marcus é forte, mas tem tendência a hesitar. O que vamos fazer a respeito disso?

Antes desta noite, Bonnie não tinha entendido muito bem o que significava Zander ser o Alfa. A Alcateia tinha ficado de luto por Chad esta noite, primeiro como lobos e, quando a lua se pôs, como humanos. Uivaram e, mais tarde, houve discursos e lágrimas, recordando o amigo. O tempo todo Zander estava no comando, guiando os amigos e os apoiando em seu pesar.

E agora, passada a noite, ele e Shay formulavam as melhores estratégias para manter a Alcateia em segurança no futuro. Sempre se focavam no bem da Alcateia.

Bonnie agora compreendia exatamente por que o Alto Conselho dos Lobos escolhera uma fêmea Alfa para Zander quando eles eram mais novos; não só uma parceira de acasalamento, mas de luta.

Bonnie virou-se enquanto Zander se levantava.

— Certo — disse ele, esfregando os olhos. — Vamos encerrar por hoje. Reuniremos o pessoal à tarde para ver como estão todos.

— Vou embora e ligo para você daqui a algumas horas, quando eu acordar — disse Shay, se levantando. Eles se abraçaram e ela agarrou-se a ele por um minuto. Separando-se de Zander, ela acenou rigidamente para a outra menina. — Tchau, Bonnie — disse com frieza.

Enquanto a porta se fechava, Zander estendeu os braços para Bonnie.

— Ei, você. — Ele lhe abriu seu sorriso longo e lento. Mesmo com o sofrimento transparecendo nos olhos, aquele sorriso era de arrasar, e Bonnie foi até ele, o abraçando.

Mas mesmo enquanto o abraçava, não pareceu certo. Zander deve ter sentido a rigidez nela porque se afastou, os olhos azuis e grandes investigando os dela.

— O que foi? — disse ele com brandura. — Você está bem? Sei que as coisas estão bem complicadas.

Os olhos de Bonnie arderam e ela teve de soltar uma das mãos para enxugá-los. Era bem típico de Zander: o amigo morreu, ele passou a noite reconfortando e protegendo a Alcateia e agora estava preocupado com *Bonnie*?

— Eu estou bem. Só cansada.

Zander pegou sua mão.

— Ei. É sério, o que foi? Fala.

Bonnie suspirou.

— Eu te *amo*, Zander — disse ela devagar, e parou.

Zander semicerrou os olhos e franziu um pouco a testa.

— Por que isso parece ter um *mas* no final?

— Eu te *amo*, mas não sei se sou boa para você — disse Bonnie com tristeza. — Vejo você e Shay juntos... Cuidando um do outro, lutando lado a lado, preocupando-se com a Alcateia juntos, e não posso fazer isso. Talvez o Alto Conselho dos Lobos tenha razão sobre o que vocês precisam.

— O Alto Conselho... Bonnie, o que eles têm a ver com isso? Eles não decidem o que eu quero. — A voz de Zander se elevou.

— Não posso ser isso para você, Zander. Sei lá. Talvez nós dois precisemos de um tempo para entender o que o futuro nos reserva. O que é melhor para nós. Mesmo que não seja... — Sua voz falhou e ela engoliu em seco antes de continuar. — Mesmo que não seja para ficarmos juntos. — Ela fitava as mãos entrelaçadas, torcendo-as, incapaz de olhar nos olhos de Zander. — Eu te amo — disse ela desesperadamente. — Mas talvez não seja só isso que importe.

— Bonnie. — Zander tentou ser racional, andando entre ela e a porta. — Isso é ridículo. Podemos resolver tudo isso.

— Espero que sim. Mas, por enquanto, sei que não é de mim que você precisa a seu lado. — Ela tentava parecer sensata, mas ouvia a voz falhar.

Zander resmungou uma recusa e voltou a estender a mão para Bonnie, mas ela se esquivou. Precisava sair do quarto antes que perdesse a coragem. Tinha certeza de que era a atitude certa, a melhor — Zander tinha responsabilidades, precisava de alguém que o entendesse e fosse uma verdadeira parceira para ele —, mas se ela não fosse embora agora, ia cair estatelada no chão e abraçar suas pernas, implorando que ele não a deixasse ir.

— *Bonnie* — disse Zander quando ela passou por ele. — Fica. — Ela continuou na direção da porta sem responder. Depois de um instante de silêncio, ouviu Zander sentar-se pesadamente na cama.

Ela tentou não olhar para trás, mas não conseguiu deixar de dar uma olhada furtiva em Zander ao fechar a porta. Ele estava recurvado, infeliz, como se estivesse se protegendo de um golpe. Talvez ela tivesse tomado a atitude certa, ou talvez só tivesse arruinado a melhor coisa que já aconteceu em sua vida. Simplesmente não sabia.

23

Guardiões idiotas, pensou Elena, saindo às pressas da academia. *Se querem alguma coisa de mim, por que não me dizem?* Ela e Meredith treinaram antes da aula matinal de Meredith e agora Elena tinha pressa de voltar para casa. Andar sozinha pelo campus a deixava nervosa, e ela não sabia se era paranoia, mas parecia haver alguma coisa perto de Elena. Perto demais.

Os Guardiões gostavam de jogar; resumiam-se a isto. Não eram francos, não eram sinceros. *Nada parecidos comigo*, disse ela a si mesma intensamente. *Não mais, há um bom tempo.* Andrés certamente não era parecido com eles, o que era um fato tranquilizador.

Teve um vislumbre de uma figura pelo canto do olho, só a mais leve impressão de movimento. Por todo o campus, Elena tinha a sensação arrepiante de que era observada. Alguém a seguia.

Elena girou o corpo de repente, mas onde estava certa de ter visto alguém, não havia ninguém.

Sua nuca se eriçou e ela recurvou os ombros, infeliz. Klaus estava ali fora? Ela tentou senti-lo, mas nada. Não conseguia ver uma aura em lugar nenhum.

Pegou o celular e ligou para Stefan. Não queria se arriscar, e se sentiria muito mais segura se não estivesse sozinha. Onde estava todo mundo? Estavam no meio da manhã — embora o campus estivesse mais vazio à medida que os alunos ficavam temerosos e as aulas eram canceladas, devia haver alguém *em algum lugar* por perto.

Stefan não atendeu. Enfiando o telefone de volta na bolsa, ela acelerou o passo.

Quando chegava a seu alojamento, uma voz fria e autoritária falou a suas costas.

— Elena Gilbert.

Elena ficou petrificada e então, devagar, virou-se.

— Sim?

A mulher alta parada diante dela era séria e profissional, o cabelo louro num coque elegante, vestida num simples terninho azul marinho. Olhos azuis pontilhados de dourado fitavam solenemente Elena. Aquela mulher não era Ryannen, a Guardiã da Corte Celestial que uma vez tentou recrutar Elena para suas fileiras, mas era tão parecida que Elena teve de olhar bem para ter certeza. A semelhança incomodava Elena: Ryannen não era nada gentil.

Rapidamente, ela tentou ler a aura da mulher, mas não viu nada além de uma luz branca.

Depois de lançar um olhar rápido e abrangente a Elena, a mulher falou monotonamente:

— Meu nome é Mylea, uma das Guardiãs Principais, e vim administrar seu juramento de Guardiã e atribuir sua primeira tarefa.

Elena de imediato enrijeceu. Era isso que esperava, é verdade. Mas estaria inteiramente pronta?

— Espere um minutinho. Gostaria de saber mais antes de fazer meu juramento. Você é uma das Guardiãs que matou meus pais?

A Guardiã franziu a testa, mostrando uma ruga entre as sobrancelhas perfeitamente arqueadas.

— Não estou aqui para discutir o passado, Elena. Você fez o máximo para despertar seus Poderes antes mesmo que eu a procurasse. Trouxe outro Guardião humano para cá a fim de orientá-la e ensiná-la. Por seus atos, está claro que você está ansiosa pelas responsabilidades e capacidades que só os Guardiões têm. Receberá as informações de que precisa depois de fazer seu juramento.

Aturdida, Elena mordeu o lábio. Tudo o que Mylea dizia era verdade. Elena já aceitara que seria uma Guardiã. Por mais trágica que fosse a morte de seus pais, nada que Mylea dissesse os traria de volta. Ela precisava pensar em todas as pessoas que *podia* salvar com seus plenos Poderes de Guardiã.

Mylea deu de ombros e continuou.

— Sua vida sempre teve esse destino — disse ela calmamente. — Não posso impedir isto, como não posso evitar que as folhas caiam no outono. — Um relance de humor apareceu repentinamente em seu rosto, tornando-o infinitamente mais humano. — O que significa que talvez eu pudesse impedir, mas seria difícil e no fim provocaria grandes danos a você e a seu mundo. O que tiver de ser, será. — E então o toque de humor desapareceu e ela fitou Elena, mais uma vez prática. — O tempo é curto. Responda sim ou não: está preparada para fazer seu juramento e receber sua tarefa?

— Sim — disse Elena, estremecendo. Sua concordância era irrevogável. Agora não havia como mudar de ideia, ela saiba. Mas estava prestes a receber o Poder de que precisava para combater Klaus.

— Então, venha — disse Mylea. Ela levou Elena pela esquina do alojamento e para dentro de um nicho murado onde crescia um carvalho. Fechando os olhos por um segundo, ela assentiu, depois os abriu novamente. — Ninguém nos incomodará aqui. Ajoelhe-se e estenda a mão.

Hesitante, Elena se colocou de joelhos na grama fria abaixo da árvore e estendeu a mão direita. Mylea virou a mão de Elena firmemente para que ficasse de palma para cima e sacou do bolso uma adaga pequena de prata, cravejada de pedras azuis. Antes que Elena pudesse reagir, Mylea rapidamente passou a adaga em curva pela mão de Elena, fazendo brotar sangue em sua esteira. Elena sibilou de dor e automaticamente tentou puxar a mão, mas Mylea a segurava com força.

— Repita comigo — disse ela. — Eu, Elena Gilbert, aspiro a usar meus Poderes para o aperfeiçoamento da raça humana. Aceitarei de bom grado as tarefas dadas a mim e cuidarei para que sejam concluídas. Protegerei os fracos e guiarei os fortes. Reconheço que minhas tarefas são para o bem maior e, se não conseguir cumpri-las, estarei sujeita a perder meus Poderes e ser reinstalada na Corte Celestial.

Elena hesitou; *reinstalada na Corte Celestial?* Mas os olhos de Mylea estavam firmes, e Elena sentia o Poder em volta dela. O sangue escorria de seu pulso enquanto ela repetia as palavras de Mylea, que a incitava quando ela hesitava. O sangue pingava de sua mão nas raízes do carvalho e molhava a terra. Enquanto Elena falava as últimas palavras, o corte em sua mão se curvou, deixando um oito pálido de tecido cicatricial em sua palma.

— O símbolo do infinito e da Corte Celestial. — Mylea abriu um leve sorriso a Elena. Ajudou-a a se levantar e a beijou cerimoniosamente no rosto. — Bem-vinda, irmã — disse ela.

— O que quer dizer "perder meu lugar na Terra e ser reinstalada na Corte Celestial"? Eu sou humana... Meu lugar é aqui.

Mylea franziu o cenho, erguendo o rosto para examinar Elena.

— Você não é mais humana — disse ela. — Este é o preço a pagar.

Elena a olhou boquiaberta, apavorada, mas Mylea gesticulou com desdém e continuou:

— Mas continuará na Terra, desde que cumpra corretamente com seus deveres. E agora, sua primeira tarefa. Um antigo vampiro veio a seu campus, um vampiro que tem causado muitos danos pelo mundo. Ele é forte e inteligente, mas você já o enfrentou e escapou incólume. A história que vocês partilham lhe dará capacidade de derrotá-lo, agora que seu Poder floresce. Antes, ele não era mais uma ameaça. — Elena assentiu, pensando no ano em que Klaus estava morto. — Mas agora ele começou a matar e chamou nossa atenção mais uma vez. Seu destino está selado — continuou Mylea. — Você deve matar o vampiro Damon Salvatore.

Elena arquejou. *Não*, pensou ela, tonta. *Klaus, ela devia dizer Klaus*.

Na fração de segundo em que Elena titubeava, Mylea virou-se com elegância, pegou no bolso uma chave dourada e trabalhada e a torceu no ar.

— Não! — disse Elena, encontrando a voz. Mas era tarde demais. O ar reverberou e Mylea desapareceu.

24

Stefan teve uma forte sensação de *déjà vu*. Ali estava ele de novo, deprimido diante da porta de madeira escura do apartamento de Damon, pronto para fazer um pedido ao irmão, mas sabendo de antemão que suas palavras seriam inúteis. Podia ouvir Damon se movimentando rapidamente dentro de casa, as páginas de um livro sendo folheadas, a respiração rasa, e sabia que o irmão também podia ouvi-lo, hesitando no corredor.

Ele bateu. Desta vez, quando abriu a porta, Damon não resmungou de imediato com Stefan, mas o encarou pacientemente, esperando que ele falasse.

— Sei que você não quer me ver — disse Stefan. — Mas pensei que eu devia lhe contar o que está havendo.

Damon recuou e gesticulou para Stefan entrar.

— Como quiser, maninho — disse ele alegremente. — Mas não posso convidá-lo a ficar muito tempo. Tenho um encontro com uma aluninha deliciosa. — Seu sorriso se alargou quando Stefan estremeceu.

Decidindo não responder a isto, Stefan sentou em uma das elegantes cadeiras verde-claras e cromadas da sala de estar ultramoderna de Damon. Ele parecia melhor do que da última vez em que Stefan esteve ali. Suas roupas e o cabelo estavam arrumados com perfeição e estilo, e a pele clara tinha um leve rubor, absoluto sinal de que Damon estava se alimentando livremente. Stefan fez uma leve careta ao pensar nisso e Damon arqueou uma sobrancelha para ele.

— E então, tem *alguma coisa acontecendo*? — ele quis saber. Sua voz assumiu um tom de ironia nas últimas palavras.

— Katherine voltou — disse Stefan sem rodeios, e teve o prazer de ver o sorriso desaparecer do rosto de Damon. — Klaus a ressuscitou dos mortos de algum jeito.

Damon piscou devagar, os longos cílios pretos velando os olhos por um momento, depois voltou a abrir seu sorriso cruel e ligeiro.

— A dupla dinâmica de novo, hein? Isso deve ser um prato cheio para você e seus humanos.

— *Damon*. — Stefan ouviu a falha na própria voz. Damon construíra um muro em torno de si, mas o verdadeiro Damon ainda estava ali, não estava? Ele não podia ter deixado de se importar com Elena, de se importar com o próprio Stefan, tão absolutamente e em tão pouco tempo, poderia? Para que o plano de Stefan contra Klaus desse certo, precisaria que Damon se importasse. — Klaus está decidido a descobrir a verdade sobre Elena — disse ele rapidamente. — Provavelmente usarão Katherine como arma contra você. Verão como você se separou do restante de nós. Estou lhe implorando, por favor, não diga nada a eles. Você pode não dar mais a mínima para nós, mas pelo menos lembre o quanto odiou Katherine e Klaus.

Tombando a cabeça de lado, Damon semicerrou os olhos especulativamente para Stefan.

— Eu nunca fui o elo mais fraco, maninho — disse ele —, mas, por mera curiosidade, me diga, *que* verdade sobre Elena?

O chão oscilou vertiginosamente sob os pés de Stefan e ele fechou os olhos por um momento. Era um completo idiota. Não pedira detalhes do encontro à meia-noite de Elena com Damon no bosque, simplesmente supôs que ela tinha dito a ele que era uma Guardiã. Podia ter ficado de boca fechada, e Damon não seria um risco para eles, pelo menos não neste aspecto.

Mas não, Damon sabia que Elena era uma Guardiã em potencial, que antes planejavam que ela se juntasse aos Guardiões. Ela lhe contou que as Guardiãs mataram seus pais, tentando pegá-la. E ele sabia que Elena agora tinha Poder, que podia ver a aura das pessoas. Se Damon deixasse escapar este fato a Katherine ou Klaus, seria perigo suficiente. Melhor que Damon fosse alertado com uma verdade parcial. Não é? Stefan meneou a cabeça de leve. Era impossível saber o que Damon faria.

Damon ainda o fitava, os olhos brilhando numa ironia cruel, e Stefan teve a sensação desagradável de que sua indecisão transparecia nitidamente em suas feições, patente a alguém que o conhecia havia tanto tempo como Damon.

— A verdade é que Elena tem ligação com os Guardiões — disse ele por fim. — Klaus usaria isso contra ela, se pudesse. *Por favor, Damon. Você disse que não se importa, mas não pode querer que Klaus mate Elena. Ele quase destruiu você.* — Podia ouvir o tom de súplica na própria voz. *Por favor, meu irmão,* pensou ele, sem saber se Damon estaria lendo seus pensamentos. *Por favor. Não nos abandone. Neste caminho não há nada a não ser dor, para todos nós.*

Damon sorriu brevemente e sacudiu os dedos com desdém para Stefan antes de se afastar.

— Ninguém me fere, maninho — disse ele olhando para trás. — Não por muito tempo. Mas não se preocupe, sei que posso lidar com Katherine, se ela me procurar. — Stefan se aproximou do irmão, para olhá-lo nos olhos novamente.

— Se alguma coisa me acontecer — disse ele sombriamente —, diga que cuidará de Elena. Você a amou. Ela poderia amar você, se... se as coisas fossem diferentes. — Independentemente do que acontecesse, Elena não podia ficar desprotegida.

Por um momento, a máscara de indiferença de Damon pareceu se erguer, sua boca ficou rígida e os olhos negros como a meia-noite se estreitaram.

— O que quer dizer com se alguma coisa acontecer com você? — perguntou ele incisivamente.

Stefan balançou a cabeça.

— Nada. São tempos perigosos, só isso.

Damon o encarou um pouco mais, depois a máscara voltou ao lugar.

— Todos os tempos são perigosos. — Ele abriu um leve sorriso. — Agora, se me der licença... — Ele partiu para a cozinha e, depois de alguns minutos, Stefan percebeu que não ia voltar.

Stefan se levantou e hesitou apenas brevemente antes de se voltar para a porta. O encontro correu bem, como ele, de forma sensata, podia esperar: Damon não dera garantias de seu silêncio, mas também não os ameaçou e parecia desdenhar de qualquer sugestão de que talvez pudesse ajudar Katherine e Klaus. No que dizia respeito à proteção de Elena, só o que Stefan podia fazer era expressar sua opinião. Sabia que, se realmente fosse necessário, o irmão tomaria a atitude correta.

Stefan se despediu, sem ter resposta, e foi para a porta. Pelo que podia imaginar, Damon já tinha saído por uma janela e estava voando pelo campus como um corvo.

O coração ficou apertado ao pensar em deixar o irmão agora, sem uma despedida, mas ele seguiu em frente. Se os dois sobrevivessem, ele e Damon se ligariam novamente como irmãos. Não podia perder essa esperança. Mas não sabia quando ou como isso aconteceria. Talvez perdesse o irmão por mais um ou dois séculos. A ideia o fez se sentir triste e indescritivelmente sozinho.

25

Os pés de Matt se arrastavam enquanto andava lentamente na direção das portas do ancoradouro. Em sua mão, o saco que ele carregava batia violentamente, o coelho dentro dele esperneando e se contorcendo. Chloe seria capaz de acalmá-lo com um toque de seu Poder.

Matt não gostava de pegar animais para ela se alimentar. Não deixava de sentir pena das pobres criaturinhas, com os olhos arregalados de pavor. Mas ele era responsável por Chloe. E ela precisava de muito sangue para manter o controle; Stefan os avisara disto. Não ajudou em nada ver que o exército de vampiros de Klaus a assustara. Eles eram muito mais poderosos do que ela, e Chloe sabia que não mostrariam misericórdia a uma vampira que lutava contra eles. Pior ainda, a empolgação da batalha agitara o impulso de Chloe de beber sangue humano. Ela não confiava em si mesma perto dos outros, então se manteve isolada em seu esconderijo desde então.

Mas jamais machucaria Matt; garantia isso a ele toda noite, abraçando-o forte, fria contra o corpo quente dele, descansando no escuro a cabeça em seu ombro.

Uma tábua rangeu sob os pés de Matt e ele baixou os olhos para a água que batia nas estacas abaixo. O molhe rangeu novamente, desta vez ao longe, como se mais alguém andasse por ele.

Matt hesitou. Não devia haver mais ninguém ali. Ele avançou novamente, com cautela, e ouviu o eco de outra tábua rangendo ao longe, só um segundo depois de seu próprio passo.

— Olá? — chamou ele no escuro, e se sentiu um idiota. Se seus inimigos estivessem lá fora, a última coisa que ele queria era chamar sua atenção.

Ele se aproximou mais alguns passos da entrada do ancoradouro. O rangido não reapareceu; em vez disso, ouviu um respingo no lago raso. Talvez os ruídos fossem de um animal.

Ele se pôs a correr, batendo as portas do ancoradouro. E se alguma coisa tivesse apanhado Chloe? O olhar de Matt foi atraído para a plataforma no meio do ancoradouro.

Klaus se postava triunfante diante dele, a pele iluminada em prata pelo luar que entrava pelas fissuras do teto. Uma capa de chuva surrada cobria sua figura larga, e deitada em seus braços havia uma garota sangrando, uma estranha.

Meu Deus. Ela era nova, talvez do primeiro ano, talvez uma menina do ensino médio da cidade, e seu cabelo escuro e longo estava colado no sangue que escorria do pescoço. Ela não oferecia resistência, mas fitava Matt com um olhar apavorado que o lembrou, de um jeito nauseante, a expressão do coelho quando ele o tirou da armadilha.

Ele largou o saco automaticamente, ouvindo o baque às suas costas. O coelho saiu e disparou porta afora. Precisava ajudar a menina. Klaus voltou os olhos para ele por uma fração de segundo e Matt ficou paralisado, os músculos se retesando inutilmente contra a força que o mantinha preso ao chão.

— Olá, menino. — Klaus abriu rapidamente seu sorriso selvagem. — Veio participar da festa? Sua namorada e eu esperávamos por você.

Matt seguiu o olhar de Klaus até Chloe, espremida num canto, o mais distante possível de Klaus e da menina, os joelhos contra o peito. Havia uma pequena marca de mordida em seu pescoço, como se Klaus já tivesse bebido dela também, e ela estava extraordinariamente pálida. *Ela precisa se alimentar*, pensou Matt, como se pudesse lhe entregar o coelho que estava em suas mãos um instante atrás. Chloe estava claramente assustada, mas havia algo mais em seu rosto. O estômago de Matt se revirou de tristeza quando identificou o que era: *fome.*

— Mas onde estávamos mesmo? — Klaus se virou para Chloe. — Ah, sim. Se você deixar, tudo será muito fácil. — Sua voz era branda e tranquilizadora. — Conte-me tudo. Conte-me o segredo que esses *humanos* escondem. Como os bruxos protegeram Elena de mim? Se me contar, deixarei que se una a mim. Você não ficará sozinha. Não terá de sentir medo, nem culpa, mais nada. — Seu rosto se retorceu de desdém enquanto dizia a palavra *humanos*, e ele continuou, a voz descendo a um tom mais grave. — Prove a menina — disse ele. — Você pode tê-la. Sei que sente o cheiro da deliciosa doçura de seu sangue. Isto não é jeito de viver, escondida, envergonhada, alimentando-se de bichos. Venha a mim, Chloe — disse ele, agora autoritário.

Ela se desenroscou lentamente, levantando-se. Seus olhos estavam fixos em Klaus e na menina, que chorava baixinho nos braços do vampiro. Pela alteração no queixo de Chloe, Matt via que seus caninos tinham se alongado. Klaus acenou, e Chloe avançou um passo trôpego.

Lutando para gritar, para de alguma maneira deter Chloe, Matt percebeu que sua língua estava tão paralisada quanto o resto do corpo, presa pelo Poder de Klaus. O máximo que podia fazer era soltar um gemido baixo e abafado.

Mas Chloe ouviu. Lambeu os lábios, depois lentamente desviou os olhos do pescoço da garota e se concentrou em Matt. Olhou-o por um bom tempo, em seguida recuou, espremendo-se de novo na parede. Os ossos de seu rosto pareciam pontudos e o sangue seco em seu próprio pescoço rachava e descascava enquanto ela meneava a cabeça.

— Não — disse ela baixinho.

Klaus sorriu novamente e estendeu a menina para ela.

— Vamos lá — insistiu. Sua vítima gemeu e fechou os olhos, enrugando o rosto de sofrimento. Chloe ficou encostada na parede, aparentemente hipnotizada pelo longo filete de sangue que escorria do pescoço da garota e se empoçava no chão aos pés dela.

Klaus estendeu o braço para Chloe e a pegou pela mão.

— Diga o que quero saber e poderá tê-la. Ela tem um gosto tão *bom*. — Ele puxou Chloe. Ela ofegou audivelmente, dilatando as narinas ao se aproximar do cheiro do sangue, e se deixou ser arrastada para mais perto. Klaus soltou a mão de Chloe e acariciou seu rosto.

— Pronto — disse, como se falasse com uma criança pequena. — Você conseguiu. — Colocando a mão em concha em sua cabeça, ele a empurrou com firmeza para baixo, guiando-a ao pescoço da menina que segurava.

Matt tentou lutar, mas não conseguia se mexer, não conseguia gritar para Chloe. A língua dela passava rapidamente pelos lábios.

E então Chloe se afastou de Klaus, passando por baixo de sua mão.

— Não! — Ela repetiu, desta vez mais alto.

Klaus rosnou, um ruído ensandecido, e com um giro rápido quebrou o pescoço ensanguentado da menina, largando-a no chão.

— Diga a seus amigos que eles terão notícias minhas em breve. — A voz de Klaus era uniforme e fria. Ele parecia *menos* insano do que de costume e por algum motivo o coração de Matt se encolheu de medo. — Descobrirei a verdade. Eu os separarei, um por um, até conseguir o que quero.

Seguindo em direção à porta, Klaus olhou para cima, estendendo a mão para o alto e, com um estrondo de trovão, um raio estalou no céu claro e sem nuvens, incendiando o ancoradouro.

Virando uma página do livro de psicologia, Bonnie se recusava terminantemente a pensar em Zander. Sentia falta dele — claro que sentia —, mas ela ficaria *bem*.

Sem levantar a cabeça, verificou as outras ocupantes do quarto. O suave arranhar de uma caneta vinha da cama de Elena, onde ela escrevia em seu diário. E, no chão, Meredith e Alaric murmuravam baixinho, de mãos entrelaçadas, pela primeira vez sem afiar armas ou examinar livros de feitiços, só curtindo um ao outro.

A não ser pela dor constante e oca no coração de Bonnie, tudo estava bem. Alguém bateu violentamente na porta e todos levantaram a cabeça, prontos para entrar em modo de luta. Meredith se colocou de pé num salto e pegou a faca na mesa, segurando-a fora de vista enquanto entreabria a porta.

Matt e Chloe, sujos de sangue e cobertos de cinzas, cambalearam pela porta.

Meredith foi a primeira a reagir, pegando Chloe e virando-a sob a luz para examinar a mordida no pescoço. Estava em carne viva e era horrível, e Chloe quase desmaiou nos braços de Meredith antes de Alaric apoiar a jovem vampira na cadeira de Bonnie.

— O que houve? — perguntou Bonnie.

— Klaus. — Matt estava ofegante. — Klaus esteve no ancoradouro. Tem... Ah, meu Deus... ele deixou um corpo lá. E incendiou o lugar. Mas ela está morta. Sei que já estava morta antes de pegar fogo.

Os dedos de Elena voaram ao telefone, enviando uma mensagem rápida, e um instante depois Stefan estava ali, apreendendo a situação com um olhar. Ele se ajoelhou diante de Chloe, examinando a ferida com os dedos cautelosos.

— Agora o sangue animal não basta para curá-la — disse ele a Matt, que observava com uma expressão tensa e amedrontada, os lábios apertados e pálidos. — E provar sangue humano pode atirá-la do abismo. — Ele mordeu o próprio pulso e o estendeu para os lábios de Chloe. — Isto não é o ideal, mas é melhor do que algumas alternativas ruins.

Matt assentiu rigidamente e Stefan segurou a mão de Chloe enquanto a menina vampira bebia de forma voraz de seu braço.

— Está tudo bem — disse ele. — Você vai ficar bem.

Depois que Chloe bebeu o suficiente para começar a se curar da mordida de Klaus, ela e Matt explicaram o que aconteceu.

— Klaus me ofereceu a menina se eu contasse o que sabia sobre Elena e por que ele não conseguiu matá-la com a adaga — disse ela. Seus olhos baixaram ao chão. — Foi... — Ela parou. — Eu tive vontade de dizer sim.

— Mas não disse — contou Matt. — Chloe se saiu muito bem. Ela rompeu a Influência de Klaus.

— Mas ele disse que viria atrás de nós, um por um, até conseguir o que queria? — perguntou Bonnie com a voz fraca. — Isso é ruim. É muito ruim. — Seu coração batia forte, martelando no peito.

Elena suspirou, enfiando o cabelo atrás das orelhas.

— Sabíamos que ele viria atrás de nós — observou.

— Sim — disse Bonnie, a voz trêmula. — Mas, Elena, ele pode entrar em meus *sonhos*. Já fez isso antes, quando nos contou que estava chegando. — Ela se abraçou com força e respirou fundo, tentando manter a voz firme. — Não sei se posso impedi-lo de ver coisas em meus sonhos.

Houve uma pausa desconfortável na conversa.

— Eu não tinha pensado nisso — admitiu Meredith.

— Gente, desculpe — disse Elena, a voz entrecortada. — Ele vem atrás de vocês por *minha* causa. Queria poder defender vocês. Preciso ficar mais forte.

— Você ficará — disse Meredith com firmeza.

— E não é realmente culpa sua — disse Bonnie, apoiando-a, tentando se livrar do próprio pânico. — Se a alternativa é você morrer, prefiro que ele venha atrás de nós.

Elena abriu um sorriso desanimado.

— Eu sei, Bonnie. Mas mesmo que eu consiga ter mais Poder, não sei como podemos proteger você em sonhos.

— Existe algum jeito de ela proteger os próprios sonhos? — perguntou Stefan, virando-se para Alaric, o especialista em pesquisa. — Sonho consciente ou coisa assim?

Alaric assentiu pensativamente.

— É uma boa ideia. Vou procurar agora mesmo. — Ele sorriu de forma tranquilizadora para Bonnie. — Vamos descobrir alguma coisa. Sempre descobrimos.

— E todos devemos ficar juntos — disse Stefan, olhando em volta, os olhos verdes confiantes. — Klaus não pode nos separar.

Houve um murmúrio de aprovação e Bonnie automaticamente estendeu a mão, pegando as de Matt e Meredith. Logo todos estavam de mãos dadas e Bonnie sentiu uma vibração de Poder, talvez de Elena, talvez de Stefan, talvez dela mesma, percorrer a roda. Talvez fosse de todos eles.

Mas essa sensação de Poder não era a única coisa que Bonnie sentia. Todos estavam nervosos; todos estavam com medo. Klaus podia vir atrás de qualquer um e era impossível saber o que ele faria.

26

Stefan e Elena enfim estavam sozinhos no quarto de Elena, aproveitando o pequeno intervalo que tinham para ficar juntos. Bonnie, Meredith e Alaric estavam na biblioteca estudando controle de sonhos, e Stefan oferecera seu quarto para Matt e Chloe passarem a noite, agora que o esconderijo no ancoradouro tinha sido destruído.

Stefan colocou as mãos em concha com delicadeza no rosto de Elena.

— O que há de errado? — perguntou ele, preocupado com o que via nos olhos dela. Elena achou que estivesse escondendo muito bem seus temores, mas Stefan sempre foi capaz de ver através de suas máscaras. Ela estava feliz por eles finalmente estarem a sós. Não queria que os outros soubessem, não ainda. Eles não estavam determinados a proteger Damon, não como Stefan e ela própria.

— Uma Guardiã Principal me procurou hoje e me obrigou a fazer o juramento de Guardiã. Ela me deu a primeira tarefa.

Por um momento, a expressão de Stefan se iluminou.

— Mas isso é uma notícia maravilhosa. Agora você vai ter acesso a mais Poder para combater Klaus, não?

Elena meneou a cabeça.

— Minha tarefa não é matar Klaus — disse ela, categórica. — Eles querem que eu mate Damon.

Stefan, de olhos arregalados, em choque, recuou, tirando a mão do rosto de Elena.

— Eu *não* vou fazer isso — disse ela. — Você sabe que não vou. Mas temos de pensar em como contornar essa questão. Se eu simplesmente me recusar, eles — sua boca ficou seca — vão me banir para a Corte Celestial. Eu não ficaria mais na Terra.

— Não. — Os braços de Stefan a envolveram novamente, abraçando-a com força. — Nunca.

Elena colocou o rosto em seu pescoço.

— Não posso fazer isso — sussurrou ela. — A Guardiã me disse que Damon estava matando novamente e eu *ainda* não consigo me obrigar a machucá-lo.

Ela sentiu Stefan enrijecer com a notícia, mas quando olhou em seus olhos, viu que estavam firmes.

— Elena, eu amo meu irmão. Mas, se Damon estiver assassinando inocentes, temos de impedi-lo. Custe o que custar.

— Não posso matar Damon — repetiu Elena. — As Guardiãs já levaram duas pessoas que eu amo e não vou deixar que levem mais ninguém. Temos que encontrar outra solução.

— E se Damon mudar? — perguntou Stefan. — Se ele não for mais uma ameaça aos humanos, os Guardiões mudarão de ideia?

Elena balançou a cabeça.

— Não sei. Mas Damon não nos dá ouvidos; está completamente fechado. E se dissermos a ele que os Guardiões o querem morto?

O lábio de Stefan tremeu num leve e triste sorriso, só por um momento.

— Talvez. Ou talvez ele retome seus ataques só para desafiá-los. Damon riria do Diabo se tivesse vontade.

Elena concordou. Era verdade, e ela sabia que Stefan estava compartilhando tanto o afeto quanto o desespero que Damon inspirava nela.

— Talvez Andrés tenha alguma ideia — sugeriu Stefan. — Ele sabe muito mais sobre os Guardiões do que nós. Tem certeza de que podemos confiar nele?

— Claro que podemos — disse Elena automaticamente. Andrés era *bom*, ela sabia disso, sem nenhuma sombra de dúvida. E ele lutou ao lado deles contra Klaus.

Segurando firmemente o ombro de Elena, Stefan olhou de novo em seus olhos, a expressão severa.

— Sei que podemos confiar em Andrés para fazer o que é certo. Mas podemos confiar que ele vá salvar um vampiro... Um vampiro violento? Nem *eu* sei se isso é certo.

Elena engoliu em seco.

— Acho que podemos confiar que Andrés me apoie — disse ela cuidadosamente —, mesmo contra os Guardiões. Ele acredita em mim. — Ela torcia desesperadamente para que isso fosse verdade.

Stefan abriu um sorriso melancólico.

— Então amanhã conversamos com Andrés. — Ele a puxou para um abraço e passou a mão em seu cabelo. — Mas esta noite vamos ficar um tempo juntos, você e eu — disse ele, a voz rouca.

Houve um longo silêncio enquanto Elena deixava que Stefan a abraçasse.

— Quero que Damon viva — declarou Stefan finalmente. — Quero que mude. Mas se por acaso tiver de decidir entre ele e você, escolheria você. Não existe mundo para mim sem você, Elena. Desta vez não vou permitir que você se sacrifique.

Elena não respondeu, recusando-se a fazer qualquer promessa que talvez não fosse capaz de cumprir. Tinha esperanças de que, por enquanto, o amor que fluía entre os dois fosse o bastante.

Na manhã seguinte, Stefan e Elena sentaram-se com James e Andrés na pequena cozinha ensolarada de James. Os quatros tinham xícaras de café e bagels à frente, e Stefan mexia seu café sem beber, só para manter as mãos ocupadas. Não comia nem bebia muito, mas as pessoas ficavam mais à vontade se pensassem que o fazia. Era um ambiente matinal animado, exceto pela expressão completamente confusa de James.

— Não entendo — disse ele, olhando de Elena para Stefan, aturdido. — Por que estão tentando salvar um *vampiro*?

Elena abriu a boca, mas a fechou e pensou por um momento.

— Ele é irmão de Stefan — disse ela sem rodeios depois de um instante. — E nós o amamos.

James lançou a Stefan um olhar chocado, e Stefan tentou lembrar se James tinha alguma ideia de que ele também era vampiro. Na realidade, achava que não.

Elena continuou:

— Damon combateu a nosso lado e salvou muita gente. Precisamos dar a ele a oportunidade de melhorar. Não podemos esquecer todo o bem que ele fez.

Andrés assentiu.

— Você reluta em matá-lo quando pode haver outra maneira de controlar os desvios de conduta dele.

James meneou a cabeça.

— Não sei se chamaria devorar pessoas de "desvio de conduta". Desculpe, Elena. Acho que não posso ajudá-la. — Stefan se retesou, sentindo a colher de café entortar na mão.

— Vamos corrigi-lo — disse Elena. Seu queixo estava empinado e decidido. — Ele não será perigo para mais ninguém.

Andrés suspirou e colocou as mãos sobre a mesa, qualquer vestígio de humor desaparecendo de seu rosto.

— Você fez um juramento — disse ele em voz baixa. — Os Guardiões acreditam em regras e, como você concordou com as regras deles, deve cumprir sua tarefa ou sofrer as consequências. Mesmo que aceite sua remoção para a Corte Celestial, a tarefa simplesmente será passada a outro Guardião Terreno. — Ele fez uma careta, e Stefan ficou devastado. Andrés queria dizer que talvez fosse o próximo designado a matar Damon. Se Elena de algum modo abandonasse o trabalho, teriam de combater Andrés.

Os olhos Elena brilhavam de lágrimas.

— Deve haver algum jeito de consertar isso. Como eu invoco a Guardiã Principal? Talvez eu possa argumentar com ela. Klaus é muito mais perigoso que Damon. Mesmo que você não concorde comigo quanto a salvar Damon, deve entender que é em Klaus que precisamos nos concentrar.

— Não pode chamá-la — disse Andrés com desânimo. — Eles só aparecem para atribuir uma tarefa, ou quando a tarefa é concluída. — Ele balançava lentamente cabeça. — Elena, não existe meio-termo aqui. Você já está sentindo o impulso de cumprir sua missão, não está? E só vai piorar.

Elena baixou a cabeça nas mãos, apoiando os cotovelos na mesa. Stefan tocou seu ombro e ela se encostou nele enquanto ele canalizava um apoio silencioso a ela. Depois de um instante, ela levantou a cabeça, a boca firme de determinação.

— Tudo bem. Então, vou tentar outra coisa. Não vou desistir.

— Eu ajudaria, se pudesse — falou Andrés. — Mas se sua tarefa for transmitida a mim, não terei alternativa.

Elena assentiu e se levantou rispidamente. Stefan começou a seguir seus movimentos, mas ela pôs a mão em seu ombro e gentilmente o fez se sentar de novo.

— Preciso fazer isso sozinha — disse ela num tom lamentativo. Deu um leve beijo em seus lábios quentes, e Stefan tentou lhe enviar todo amor e confiança que podia.

Também preciso tratar de um assunto, pensou ele. Não sabia quando voltaria. Ele percebeu com uma onda súbita de pânico que esta talvez fosse a última vez que se viam. Seus braços se apertaram em volta dela, e ele a manteve junto dele pelo maior tempo possível. *Por favor, Elena, tenha cuidado.*

Foi fácil encontrar Damon. Quando Elena se abriu à dor perturbadora que sentia dentro de si o dia todo, mal precisando tocar em seu Poder, o caminho até Damon apareceu a sua frente, e ela só precisou seguir o preto e vermelho nítidos.

Desta vez, levava a um prédio de aparência miserável com uma placa na frente que dizia BILHAR DO EDDIE. Estava aberto, mas só havia alguns carros no estacionamento. Mais parecia um lugar noturno. Francamente, não fazia em nada o gênero de Elena, e ela ficou meio nervosa ao atravessar as portas. *Eu estive na Dimensão das Trevas*, lembrou-se. *Sou uma Guardiã. Não há nada aqui que possa me assustar.*

O barman a fitou nos olhos por um momento e voltou para suas tarefas, polindo os copos. Havia dois homens sentados a uma mesinha redonda no canto, fumando e conversando em voz baixa. Nem mesmo ergueram os olhos para ela. Todas as mesas de sinuca, exceto uma, estavam desocupadas.

Ali, no meio da sala, Damon se recostava na mesa de sinuca, alinhando o taco para fazer uma jogada. Ele parecia durão com sua jaqueta de couro, pensou Elena, mais durão e de certo modo menos elegante do que de costume. Havia um homem mais baixo e de cabelo mais claro atrás dele. Ao dar a tacada, Damon virou os olhos para Elena, frios, negros e sem transparecer nada.

— Fim do jogo — disse ele brevemente ao companheiro, apesar das bolas coloridas que ainda se espalhavam pela mesa.

Damon pegou um maço de notas no canto da mesa e o enfiou no bolso. O sujeito de cabelo cor de areia parecia prestes a reclamar, mas mordeu o lábio e olhou o chão, permanecendo em silêncio.

— Você não desiste, não é mesmo? — disse Damon, atravessando a sala na direção de Elena em alguns passos rápidos. Parecia que a analisava com seu olhar sombrio e contemplativo. — Já falei que não serei mais de nenhuma ajuda a vocês, princesa.

Elena sentiu o rosto esquentar. Damon sempre a chamava de sua *princesa*, mas desta vez o apelido não tinha o afeto que costumava trazer. Agora parecia desdenhoso, como se não quisesse ter o trabalho de usar seu nome verdadeiro. Ela enrijeceu, usando a raiva súbita para ajudá-la a falar.

— Você está com problemas, Damon — disse ela bruscamente. — Os Guardiões Principais o querem morto. Deram a mim a tarefa de matá-lo. — Por um momento, teve a impressão de ver Damon se sobressaltar, então continuou: — Não quero fazer isso, Damon — disse ela, deixando que um tom suplicante surgisse na voz. — *Não posso*. Mas talvez não seja tarde demais. Se você mudar de atitude...

Damon deu de ombros.

— Faça o que precisa, princesa — disse ele despreocupadamente. — Os Guardiões não conseguiram me manter morto antes... Não estou preocupado demais agora. — Ele ia se virar, mas Elena deu um passo para o lado e bloqueou seu caminho.

— Precisa levar isso a sério, Damon — advertiu ela. — Eles vão *matar* você.

Damon suspirou.

— Francamente, acho que estão exagerando. Então eu matei alguém. Foi uma menina, em um mundo de um milhão delas. — Ele olhou para trás, para a mesa de sinuca. — Jimmy? Organize as bolas.

Sentindo ter levado um soco no estômago, Elena ficou ofegante, depois o seguiu de volta à mesa. Jimmy arrumou as bolas e Damon começou, posicionando cuidadosamente o taco.

— Como assim, você matou alguém? — disse ela enfim, numa voz fina.

Algo que ela não conseguia identificar muito bem apareceu no rosto de Damon, mas logo depois sumiu.

— Acho que exagerei — disse ele despreocupadamente. — Acontece com os melhores de nós. — Ele encaçapou uma bola e contornou a mesa para dar outra tacada.

A mente de Elena rememorava o que havia visto: a menina que ela e Stefan encontraram inconsciente no bosque, a garota de quem Damon esteve se alimentando perto das quadras esportivas. Elas ficaram bem no final, não ficaram? E ela e Stefan cuidaram para que chegassem em casa sãs e salvas. Um pavor se revirou em seu íntimo quando ela finalmente percebeu o que ele dizia. Damon tinha matado mais alguém, alguém que eles não descobriram. Ela alimentava suas esperanças, mas ele estava matando de novo e ela nem sequer sabia.

Elena fez um esforço para ver a aura de Damon. Tornou-se visível quase de imediato. Elena estremeceu de medo com o que via. Era tão escura, toda a cor praticamente transformada em negro, raiado de manchas sinuosas e repulsivas de vermelho, cor de sangue seco. Não havia mais nada ali? Ela viu um fio de azul-esverdeado perto do corpo de Damon, mas, com a mesma rapidez com que apareceu, foi novamente coberto pelas trevas.

Ainda assim, aquele vislumbre de cor lhe deu um mínimo de esperança. Damon ainda não era um caso perdido. Não podia ser.

Por impulso, ela o seguiu até o outro lado da mesa e colocou a mão em seu braço. Seus músculos sofreram uma contração, como se ele estivesse prestes a se afastar, depois se imobilizaram.

— Por favor, Damon. Sei que este não é você. Você não é um assassino, não mais. Eu te amo. Por favor.

Damon colocou o taco com cuidado na mesa e a fuzilou com os olhos, o corpo tenso e ereto.

— Você *me ama*? — perguntou ele numa voz baixa e tensa. — Você nem mesmo me conhece, princesa. Eu não sou seu cachorrinho... Sou um vampiro. Você sabe o que isso quer dizer? — Involuntariamente, Elena recuou um passo, alarmada com a fúria nos olhos de Damon, e os lábios dele se ergueram num leve e malicioso sorriso. — Jimmy — disse ele, olhando para trás. O homem com quem estava jogando se aproximou dos dois, ainda segurando o taco.

— Sim? — disse ele hesitante, e Elena percebeu em seu tom: ele tinha medo de Damon. Olhando em volta, via o barman desviando os olhos apressadamente, como se também tivesse medo. Os dois homens da mesa do canto tinham se mandado enquanto ela falava com Damon.

— Me dê o seu taco — disse Damon, e Jimmy o entregou. Damon o quebrou em dois com a facilidade com que a própria Elena teria rasgado uma folha de papel e olhou especulativamente os pedaços nas mãos. De uma metade, estendiam-se lascas irregulares de madeira, e Damon entregou essa parte a Jimmy.

— Agora pegue isso e crave em si mesmo — disse ele calmamente. — Continue até que eu diga para você parar.

— Damon, não! Não faça isso — disse ela a Jimmy. — Lute.

Jimmy hesitou, olhando o taco, e Elena sentiu o súbito *estalo* de Poder enquanto o rosto de Jimmy ficava distante e sonhador e ele erguia o taco de sinuca, o enfiando com força na própria barriga. Enquanto o taco fazia contato, ele soltou o ar asperamente, mas seu rosto continuou despreocupado, a mente desligada do que fazia o corpo. Jimmy puxou o taco, e Elena pode ver uma longa mancha de sangue onde uma das lascas tinha se enterrado no corpo.

— Pare com isso! — gritou Elena.

— Mais forte — ordenou Damon — E mais rápido. — Jimmy obedeceu, o taco entrando e saindo rudemente. Agora o sangue escorria de sua camisa. Damon olhava com um leve sorriso e um brilho nos olhos. — Ser um vampiro — disse ele a Elena — significa que gosto de ter o controle. Também gosto de sangue. E não dou a mínima para a dor humana, como você não dá a mínima para a dor do inseto em que pisou quando andava pela rua.

— Por favor, pare com isso. — Elena estava apavorada. — Não o machuque mais.

O sorriso de Damon se alargou e ele desviou os olhos de Jimmy, voltando toda a atenção para Elena. Mas os braços de Jimmy continuaram a golpear, cravando o taco de sinuca em si mesmo sem que Damon se concentrasse nele.

— Só vou parar se você for embora agora, princesa — disse Damon.

Elena piscou para reprimir as lágrimas. Ela era mais forte do que ele pensava. E provaria isso.

— Tudo bem. Eu vou. Mas Damon — ela se atreveu a tocar em seu braço de novo, um toque rápido e suave —, o que você disse quando entrei é verdade. Eu *nunca* desisto.

Algo pareceu se alterar em Damon quando ela encostou nele, o mais sutil abrandamento das linhas severas de seu rosto, e Elena quase sentiu que o havia atingido. Mas um segundo depois ele tinha a frieza e a distância de sempre.

Elena virou o corpo rapidamente se afastou, de cabeça erguida. Atrás dela, ouviu Damon falar asperamente, e os grunhidos de dor de Jimmy cessaram.

Será que imaginou a mudança momentânea na expressão de Damon? *Por favor, por favor, que tenha sido real*, suplicou Elena em silêncio. Certamente ainda restava alguma coisa naquele estranho furioso atrás dela, algo do Damon que ela amava. Não podia perdê-lo. Mas, ao sentir um aperto no peito, imaginou se já não o teria perdido.

27

O céu de fim de tarde estava azul-escuro e dourado do sol, e Stefan estava agradecido pela sombra das árvores. *Que tipo de vampiro provoca um confronto à luz do dia?*, ele podia imaginar Damon se perguntando ironicamente antes de responder ele próprio à pergunta: *um vampiro muito idiota, Stefan.*

O sol o deixava ligeiramente cansado, como sempre acontecia; sua consciência da luz era uma pulsação surda e constante como uma dor de cabeça, apesar do anel que o protegia. Klaus era mais velho do que Stefan e mais forte. O sol não o incomodaria tanto.

Mas Stefan não queria enfrentar Klaus na escuridão. O pelo de sua nuca se eriçou de inquietação com a ideia: depois de tanto tempo como vampiro, agora o próprio Stefan tinha medo de um monstro das trevas.

Deteve-se ao chegar à clareira do bosque onde tinha encontrado a família de Klaus. O sangue era a melhor maneira de atrair a atenção de qualquer vampiro. Stefan deixou os caninos se alongarem e, estremecendo, mordeu o próprio pulso.

— Klaus! — gritou ele, virando-se em semicírculo, de braço estendido para que o sangue pingasse no chão a sua volta. — *Klaus!*

Stefan parou e escutou os ruídos do bosque: o leve estalo de um animal se movendo pelo mato, o rangido de galhos ao vento. A uma boa distância, mais perto do campus, ouvia um casal andando pelo bosque, rindo. Nenhum sinal de Klaus. Respirando fundo, Stefan se encostou ao tronco de uma árvore, aninhando no peito o braço que sangrava, protegendo-o. Pensou no calor de Elena, em seu beijo suave. Tinha de salvá-la.

De suas costas, veio uma voz grave e irônica.

— Olá, Salvatore.

Stefan girou o corpo, cambaleando, alarmado. Será possível que não tenha ouvido a chegada do vampiro mais velho?

A capa de chuva esfarrapada de Klaus estava suja, mas ele a usava como um manto real. Sempre que via Klaus, ficava impressionado com sua altura, com seus olhos claros e aguçados. Klaus sorriu, e diminui mais uma vez a distância entre os dois, parando perto demais. Tinha um cheiro nauseante de sangue, fumaça e alguma coisa sutilmente putrefata.

— Chamou-me, Salvatore? — perguntou Klaus. Ele pôs a mão amigavelmente no ombro de Stefan.

— Eu queria conversar. — Stefan tentava não se retrair com o toque de Klaus. — Tenho uma proposta a fazer.

— Deixe-me adivinhar. — O sorriso de Klaus se alargou. — Você acha que devemos resolver nossas diferenças como cavalheiros? — Ele soava alegre. Seus dedos apertaram o ombro de Stefan como um tornilho e os joelhos de Stefan cederam. Klaus era tão forte, ainda mais do que Stefan se lembrava. — Embora eu aprecie o sangue que você e seu irmão cederam para me trazer de volta, sou eu quem tem as cartas deste jogo, Salvatore. Não preciso jogar segundo as suas regras.

— Nem todas as cartas. Você não pode matar Elena — revelou Stefan, e Klaus deixou a cabeça tombar para um lado, refletindo.

— E vai me dizer como? Já se cansou de sua dama loura? Realmente me perguntava por que ela ainda era humana depois de todo esse tempo. Querendo a saída do amor eterno, não? Muito inteligente.

— Quero dizer que ela não pode ser morta — disse Stefan obstinadamente. Ele ergueu a cabeça, altivo, tentando projetar confiança. Klaus precisava acreditar nele. — Mate-me no lugar dela. Sou eu quem você mais odeia.

Klaus riu, mostrando os caninos afiados.

— Oh, não é tão inteligente, afinal de contas. É na verdade nobre e triste. Então a saída é para Elena. Ela prefere envelhecer e morrer em vez de viver para sempre em seus braços? Seu grande romance pode não ser tão forte quanto você pensava.

— Fui eu que culpei você pela morte de Katherine — continuou Stefan, sem se abalar. — Tentei matá-lo em Fell's Church. Pode fazer o que quiser comigo. Matar-me, obrigar-me a me unir a seu exército de seguidores. Não vou lutar contra você. Mas deixe Elena em paz. Você não conseguirá matá-la, deixe-a em paz.

Klaus riu novamente. De repente, puxou Stefan para mais perto e o cheirou profundamente, apertando o nariz no pescoço do outro vampiro. Seu próprio cheiro era dominador; o fedor doce e apodrecido revirava o estômago de Stefan. Com igual rapidez, Klaus empurrou Stefan.

— Você fede a mentiras e medo. Elena pode ser morta, e eu o farei. Você sabe disso e teme.

Stefan se obrigou a olhar fixamente nos olhos de Klaus .

— Não. Ela é intocável — declarou ele com a maior firmeza que pôde. — Mate-me no lugar dela.

Klaus o golpeou quase languidamente com uma das mãos, e Stefan voou pelo ar. Com um estalo alto, bateu em uma árvore e deslizou ao chão, tentando recuperar o fôlego.

— Ah, Salvatore — disse Klaus num tom de reprovação, assomando acima de Stefan. — Eu odeio você. Mas não quero matá-lo, não mais.

Do chão, Stefan conseguiu levantar a cabeça e resmungar, intrigado. — *O que, então?*

— É melhor matar Elena e deixar você viver — disse o vampiro mais velho, os dentes brancos reluzindo à luz do sol. — Eu a matarei bem na sua frente e me certificarei de que a imagem da morte dela o assombre para sempre, aonde quer que você vá. — Seu sorriso se alargou. — Este será o seu destino.

Klaus virou-se decididamente e saiu da clareira, sem usar a velocidade de vampiro. Pouco antes de sair da vista de Stefan, olhou para trás e fez uma saudação de dois dedos.

— Verei você em breve. Você e sua amada.

Stefan deixou a cabeça tombar no chão da floresta. A coluna ainda estava rachada no lugar onde bateu quando Klaus o atirou na árvore. Tinha fracassado. Klaus estava convencido de que havia um jeito de matar Elena e não desistiria até descobrir.

Assim que pudesse, Stefan voltaria a Elena e aos outros, dando-lhes mais chances de combater Klaus. Mas uma infelicidade fria e sombria brotava dentro dele e, naquele momento, Stefan se deixou imergir naquela escuridão.

28

Bonnie andava descalça pelo campus, a calça do pijama de sorvete de casquinha batendo nos tornozelos. *Ah, que ótimo*, pensou ela com desânimo. *Esqueci de me vestir de novo.*

— Está pronta para a prova? — perguntou Meredith animadamente ao lado dela. Bonnie parou e a encarou, desconfiada.

— Que prova? Não fazemos nenhuma matéria juntas, fazemos?

— Ah, *Bonnie* — disse Meredith, suspirando. — Você não leu os e-mails? Houve algum tipo de confusão, parece, e vamos todos ter que fazer uma enorme prova de espanhol que perdemos no ensino médio, ou não teremos realmente nos formado.

Bonnie a encarou, petrificada de pavor.

— Mas eu fiz francês — disse ela.

— Bem, sim — respondeu Meredith. — E por isso você deveria estar estudando esse tempo todo. Vem, vamos nos atrasar. — Ela começou a apressar o passo, e Bonnie a seguiu cambaleando, tropeçando nos cadarços do All Star de cano longo.

Espera um segundo, pensou. *Eu não estava descalça um minuto atrás?*

— Peraí, Meredith — disse ela, parando para recuperar o fôlego. — Acho que isto é um sonho. — Mas Meredith continuou correndo de forma inabalável pela calçada, os cabelos longos negros esvoaçantes deixando Bonnie para trás.

Sem dúvida um sonho, pensou Bonnie. *Na realidade, tenho certeza de que já sonhei isso antes.*

— Odeio esse sonho — murmurou ela.

Tentou se lembrar das técnicas de sonho consciente sobre as quais estivera conversando com Alaric. *Isto é um sonho*, disse ela a si mesma intensamente. *Nada é real e posso mudar o que quiser.* Olhando para si mesma, fez com que os tênis se amarrassem sozinhos e trocou a calça de pijama por jeans e uma camiseta preta.

— Melhor assim — disse ela. — Tudo bem, deixa a prova pra lá. Acho que quero... — As possibilidades voavam por sua mente, mas ela se esqueceu de todas, porque de repente Zander estava diante dela. O maravilhoso e querido Zander, de quem ela sentia falta de todo o coração. E Shay.

— Detesto meu subconsciente — resmungou Bonnie consigo mesma.

Zander contemplava Shay, um leve sorriso no rosto, aquele olhar de adoração que devia ser reservado só para Bonnie. Enquanto Bonnie observava, ele passou a mão gentilmente no rosto de Shay, virando seu rosto para ele. *Mude isso!*, Bonnie gritou consigo mesma quando os lábios de Shay e Zander se encontraram num beijo suave e demorado.

Antes que conseguisse se concentrar, porém, tudo escureceu por um segundo e ela sentiu um forte e doloroso puxão ao ser arrancada do sonho. Quando seus olhos se abriram, estava em outro lugar, uma brisa soprando os cachos de seu cabelo. E, olhando para ela, assustadoramente perto, estava Klaus, rindo, a expressão vibrante

— Olá, ruivinha — disse ele. — Não era assim que Damon costumava chamar você?

— Como sabe disso? — perguntou Bonnie, desconfiada. — E onde estou, aliás? — O vento ficou mais forte, soprando mechas do cabelo em seu rosto, que ela afastava.

— Estive vasculhando muito a sua mente, ruivinha. Ainda não posso penetrar em tudo, mas consegui pegar alguns fragmentos. — Ele deu um sorriso largo e sedutor. Ele era mesmo muito bonito, pensou Bonnie de forma descontrolada, se não fosse tão obviamente louco. Klaus continuou: — Por isso escolhi este lugar para termos a nossa conversa.

A mente de Bonnie clareou um pouco, e ela olhou em volta. Estavam ao ar livre, em uma plataforma minúscula, encoberta por uma cúpula em arco. Em todas as direções, propagava-se uma extensão azul e, bem abaixo, um toque de verde. Ah, meu Deus. Estavam num lugar muito alto.

Bonnie *detestava* altura. Obrigando-se a desviar os olhos da longa queda de cada lado, ficou imóvel no meio da plataforma, o mais distante possível das laterais, e olhou furiosa para Klaus.

— Ah, é? — disse ela. Não era a melhor fala do mundo, mas era o máximo que conseguia naquelas circunstâncias.

Klaus sorriu animadamente.

— Um dos fragmentos que encontrei foi sua lembrança da visita de orientação no campus. Propuseram levá-la à torre do sino, não foi? Mas *você* disse — e de repente um eco sinistro da voz de Bonnie se elevou em volta deles, jocoso, mas com um toque de medo verdadeiro — *de jeito nenhum, se eu subir tão alto terei pesadelos horríveis por uma semana!* — Enquanto a voz da lembrança de Bonnie esmorecia, Klaus sorriu. — Então, pensei que este seria um bom lugar para nossa conversa franca.

Bonnie se lembrava nitidamente do incidente. A torre do sino, o ponto mais alto do campus, era um lugar popular, mas Bonnie não podia nem olhar para ela sem sentir um embrulho no estômago. Zander e os amigos gostavam de se reunir no terraço de prédios, mas eles normalmente eram muito mais espaçosos do que a torre do sino. Neles, Bonnie podia ficar longe da beirada. Além disso, naquelas festas, Bonnie tinha o grande, tranquilizador e protetor Zander, o que fazia toda a diferença.

No entanto, não ia deixar que Klaus percebesse que estava conseguindo atingi-la. Cruzando os braços de forma desafiadora, ela olhou cuidadosamente apenas para Klaus.

— Eu estava brincando na visita — mentiu. — Só não queria subir toda aquela escada.

— Que interessante — disse Klaus, alargando o sorriso, depois ergueu as mãos. Não tocou em Bonnie, mas ela se viu subitamente escorregando para longe dele, como se ele a estivesse empurrando com força. Por fim, suas costas se chocaram contra o parapeito da plataforma e ela bufou de forma impotente.

— Não minta para mim, ruivinha — disse Klaus com suavidade, aproximando-se dela. — Sinto o cheiro do seu medo.

Bonnie cerrou os dentes e não disse nada. Não olhou para trás.

— Conte-me o segredo de Elena, ruivinha. — A voz de Klaus ainda era suave e sedutora. — Você é a bruxa dela, então deve saber. Por que não consegui matá-la na batalha? Você fez alguma coisa?

— Não tenho ideia. Talvez sua faca estivesse cega. — Bonnie o provocou.

Ela gritou involuntariamente quando os pés de repente deixaram o chão. Ela estava... ai, meu Deus... pendurada no ar como uma marionete suspensa por cordas invisíveis. Então aquelas cordas a puxaram para trás, os tornozelos batendo dolorosamente no alto do parapeito, e depois foi arrastada, impotente, ficando pendurada no vazio. Bonnie teve um vislumbre apavorante do campus muito abaixo antes de fechar os olhos. *Não me deixe cair*, ela rezou. *Por favor, por favor.* Seu coração martelava com tanta força que ela não conseguia respirar.

— Dizem que se você morre nos sonhos, morre de verdade na cama — disse Klaus suavemente, parecendo estar bem ao lado dela. — E sei por experiência própria que este ditado é bem verdadeiro. — Ele soltou uma risada baixa, excitada de forma nauseante. — Se eu a deixar cair, recolherão seus pedaços das paredes do quarto por semanas — ameaçou ele. — Mas não precisa ser assim. Basta me dizer a verdade e eu a deixo descer gentilmente. Prometo.

Bonnie cerrou bem os olhos e o maxilar. Mesmo que estivesse disposta a trair Elena — e ela *não estava*, nunca estaria, independentemente de qualquer coisa, disse ela a si mesma com firmeza —, não acreditava que Klaus cumpriria sua promessa. Lembrava-se, um tanto confusa, de como Vickie Bennett tinha morrido nas mãos de Klaus. Ele a despedaçou, e o sangue ficou espalhado como se uma criança tivesse jogado uma lata de tinta vermelha pelo quarto cor-de-rosa. Talvez Klaus tenha matado Vickie nos sonhos dela.

Klaus deu uma gargalhada, e o ar ao redor de Bonnie se alterou novamente.

— O que está havendo? — perguntou uma voz confusa, assustada e muito familiar. Os olhos de Bonnie se abriram.

Ao lado dela, em pleno ar, pendia Zander. Toda a cor tinha deixado seu rosto, o que fazia com que aqueles olhos grandes e apavorados parecessem mais incrivelmente azuis do que de costume. Ele se debatia no ar com as duas mãos, lutando para encontrar algo em que se segurar.

— Bonnie? — perguntou ele, a voz rouca. — Por favor, o que está acontecendo?

— Sua namorada, ou ex-namorada, recusa-se a me dizer algo que quero saber — respondeu Klaus. Ele estava sentado no parapeito da torre do sino, as pernas penduradas no ar. Sorria para Zander. — Pensei que trazer você talvez pudesse servir de incentivo.

Zander olhou para Bonnie de forma suplicante.

— Diz a ele, por favor, Bonnie — implorou. — Preciso que isto acabe. Me deixe descer.

Bonnie engoliu em seco, apavorada.

— Zander. Zander. Oh, não. Não o machuque.

— O que vai acontecer com Zander agora é culpa sua, ruivinha — lembrou-lhe Klaus.

Então algo fez sentido. *Espere aí*, disse uma voz na cabeça de Bonnie. A voz, fria e cética, parecia a de Meredith. *Zander não tem medo de altura. Ele adora.*

— Pare — disse ela a Klaus. — Este não é o Zander. É só uma coisa que você inventou. Se está descobrindo coisas em minha cabeça, fez um péssimo trabalho. O Zander não é *nada* parecido com isso.

Klaus soltou um rosnado agudo de irritação, e o Zander que tinha criado ficou mole no ar ao lado dela, com a cabeça virada de lado. Parecia perturbadoramente morto desse jeito e, embora ela soubesse que não era real, precisou desviar o olhar.

Ela sabia esse tempo todo que isso tudo era um sonho, é claro. Mas tinha se esquecido do aspecto central do controle de sonhos: *eles não eram reais.*

— Isto é um sonho — murmurou ela para si mesma. — Nada é real e posso mudar o que quiser. — Ela olhou para o falso Zander e, com um peteleco, o fez desaparecer.

— Você é bem inteligente, não? — comentou Klaus e então, com a mesma facilidade com que abria a mão, a deixou cair.

Bonnie arquejou, apavorada, depois se lembrou de criar um chão sob seus pés. Tropeçou ao pousar, torcendo o tornozelo, mas não se machucou.

— Ainda não acabou, ruivinha. — Klaus desceu do parapeito e andou pelo ar na direção dela como se pisasse em algo sólido, a capa de chuva suja batendo na brisa. Ele ainda ria, e havia algo no som que apavorava Bonnie. Sem sequer pensar, ela contraiu a mente e o *atirou* o mais longe que pôde.

O corpo de Klaus voou para trás, flácido como uma boneca de trapos, e Bonnie teve apenas um segundo para ver sua expressão assustada transformar-se em fúria antes que fosse apenas um pontinho preto caindo no horizonte. Enquanto Bonnie observava, o ponto parou de cair, virou-se e se ergueu, voltando a ela. Movia-se numa velocidade alarmante e, assim que ela conseguiu distinguir, o contorno de uma grande ave predatória, talvez um falcão, mergulhou na direção dela.

Hora de acordar, pensou Bonnie.

— É só um sonho — disse ela. Não aconteceu nada. Klaus estava se aproximando, ficando muito perto dela. — É só um sonho — repetiu Bonnie — e posso acordar quando eu quiser. Quero acordar *agora*.

E ela realmente acordou, aquecida embaixo do edredom, na própria cama aconchegante.

Depois de uma arfada de puro alívio, Bonnie começou a chorar, soluços profundos, feios e sufocados. Estendeu a mão até a mesa, procurando o celular. As imagens de Zander, o rosto cheio de desejo beijando Shay, pendiam fracamente no ar, presas a ela. Não eram do verdadeiro Zander; Bonnie sabia disso racionalmente. Mas mesmo assim precisava ouvir a voz dele. Quando ia apertar discar, hesitou.

Não era justo ligar para ele, era? Foi ela que disse que deviam dar um tempo, para Zander pensar no que seria certo para ele, não só como pessoa, mas como Alfa de uma Alcateia. Não seria justo ligar para ele só para que ela se sentisse melhor, só porque Klaus usou a imagem dele no sonho.

Ela desligou o celular e o jogou de volta à mesa, chorando ainda mais alto.

— Bonnie? — A cama afundou quando Meredith saiu da própria cama e se sentou na beira da dela. — Você está bem?

Pela manhã, Bonnie contaria tudo a Meredith e aos outros. Era importante que soubessem que Klaus tinha entrado em seu sonho novamente e que as técnicas pesquisadas por Alaric permitiram que Bonnie desta vez o afugentasse. Mas não podia falar nisso agora, não no escuro.

— Um pesadelo — respondeu ela em vez disso. — Fique aqui um pouquinho, está bem?

— Tudo bem — disse Meredith, e Bonnie sentiu o braço magro e forte da amiga em seus ombros. — Vai ficar tudo bem, Bonnie — disse Meredith, acariciando suas costas.

— Eu não acho — disse Bonnie, depois enterrou a cabeça no ombro da amiga e chorou.

29

Ao atravessar o pátio, Meredith enfiou as anotações de economia na bolsa. Pela primeira vez em muito tempo, quase se sentia uma universitária normal: grupos de alunos sentados na grama, casais de mãos dadas passeando pelas calçadas. Um corredor passou encostando em Meredith e ela deu um passo para o lado. Com a morte do último dos vampiros Vitale, os ataques no campus tinham cessado e o medo que mantinha a todos trancafiados diminuía. Não sabiam que um inimigo muito mais medonho espreitava nas sombras.

O exército de Klaus devia estar caçando, mas se mantinham discretos. É claro que isso era bom, mas significava que as aulas de Meredith, depois de três cancelamentos, recomeçaram. E eles tinham muito material para colocar em dia antes das provas de meio de ano.

Meredith teria de achar um jeito de encaixar os estudos, o treino e a patrulha, e também estava decidida a não perder nenhum tempo com Alaric enquanto ele estivesse na Dalcrest. Um sorriso irreprimível brotou no rosto de Meredith só de pensar nele: as sardas de Alaric, a mente aguçada de Alaric, os beijos de Alaric. Iria se encontrar para jantar com ele na cidade em alguns minutos, percebeu ela, olhando o relógio.

Quando levantou a cabeça novamente, viu Cristian, sentado sossegadamente num banco um pouco além da calçada, erguendo os olhos para encontrar os dela.

Meredith procurou a faca pequena que carregava na bolsa. Não podia levar seu bastão para a aula e, na verdade, não esperava ter problemas no meio do campus em plena luz do dia. Podia muito bem repreender a si mesma: foi uma idiota e se permitiu ficar de guarda baixa.

Cristian se levantou e se aproximou dela, estendendo as mãos, sem ameaçá-la.

— Meredith? — disse ele calmamente. — Não vim aqui para brigar.

Meredith segurou firmemente a faca, mantendo-a escondida na bolsa. Tinha gente demais por perto para ele atacar sem colocar em risco espectadores inocentes.

— Não foi o que me pareceu no bosque — lembrou-lhe ela. — Não finja que não estava trabalhando para Klaus.

Cristian deu de ombros.

— Lutei contra você — disse ele —, mas não estava tentando feri-la. — Meredith se recordou de ficar de frente para Cristian na batalha com os vampiros de Klaus. Eles tiveram uma luta equilibrada que deixou claro que foram treinados pelos mesmos pais: cada golpe que ele dava, ela bloqueava automaticamente; sempre que ela tentava bater, ele parecia prever o movimento. — Pense — disse Cristian. — Klaus me transformou algumas semanas atrás, mas me lembro de tudo que aconteceu antes. Treinávamos o tempo todo, mas agora sou um vampiro *e* um caçador. Devo ser mais forte e mais rápido que você. Se eu quisesse matá-la, teria feito isso.

Era verdade. Meredith ficou hesitante, e Cristian seguiu pela lateral da calçada, sentando-se novamente no banco. Depois de um instante, ela se juntou a ele. Não soltou a faca, mas não conseguia reprimir a curiosidade que tinha por Cristian — seu irmão, seu irmão *gêmeo*. Ele era mais alto e mais largo do que ela, mas o cabelo tinha exatamente o mesmo tom castanho. Ele tinha a boca da mãe, uma covinha sutil à esquerda, e o nariz que herdara do pai.

Quando por fim ela olhou nos olhos de Cristian, ele estava triste.

— Você não se lembra realmente de mim, não é? — perguntou ele.

— Não — respondeu Meredith. — E do que *você* se lembra?

Na realidade que ela conhecia, Klaus roubara Cristian quando ele era bebê e o criou como se fosse dele. Mas no mundo alterado pelas Guardiãs, o irmão gêmeo teria crescido com ela até ser enviado a um colégio interno para fazer o ensino médio. A maioria das pessoas tocadas pelo sobrenatural neste mundo — por exemplo, Tyler — tinha dois conjuntos de recordações, duas sequências diferentes de acontecimentos se sobrepondo. Agora que Klaus tornou Cristian um vampiro mais uma vez, será que ele se lembraria das duas infâncias?

Mas Cristian meneava a cabeça.

— Eu me lembro de ter sido criado com você, Meredith. Você é minha irmã gêmea. Mas... — Ele soltou um riso triste e incrédulo, na realidade apenas um sopro de ar, e balançou a cabeça. — Lembra que papai nos fez aprender o código Morse? Só por precaução, segundo ele dizia? E costumávamos enviar mensagens pela parede entre nossos quartos quando deveríamos estar dormindo? — Ele a olhou com esperança, mas Meredith negou com a cabeça.

— Papai me fez aprender o código Morse, mas eu não tinha ninguém para quem enviar mensagens.

— Klaus disse que, na sua realidade, ele me tirou de casa e me tornou vampiro quando éramos muito pequenos. Mas ainda é estranho para mim que você não se lembre de nada. Nós somos... Éramos próximos — disse ele, triste. — Costumávamos ir à praia todo verão, quando eu voltava do internato. Até o verão passado, quando me alistei. Costumávamos encontrar bichinhos e mantê-los nas poças de maré, como se fossem nossos minúsculos aquários. — Seus olhos cinza, cercados de cílios pretos e densos, estavam arregalados e tristes. Eram parecidos com os olhos da própria Meredith, talvez de um tom mais claro, mas neste momento lembravam-na mais intensamente da mãe. Com um sobressalto, percebeu que o exército deve ter dito aos pais dela que agora Cristian estava desaparecido.

— Sinto muito — disse ela, e realmente sentia. — Não me lembro nem mesmo de ir à praia quando criança. Acho que meus pais... nossos pais... perderam o gosto pelas férias em família depois que você sumiu.

Cristian suspirou e colocou a cabeça entre as mãos.

— Eu queria que você tivesse tido a chance de me conhecer quando era humano. Num minuto estou deitado no quartel, cercado por um bando de homens, perguntando o que deu em mim para me alistar logo depois da escola, e no minuto seguinte esse vampiro me pega e me fala um monte de loucuras, que eu sempre fui dele, que ele ajeitaria as coisas. — Ele soltou outro riso triste. — Tanto treinamento e o primeiro vampiro que conheço consegue imediatamente me pegar. Papai ficaria louco.

— A culpa não é sua — disse-lhe Meredith, e estremeceu ao perceber que, sim, o pai deles ficaria louco. É claro que ficaria mais triste e indignado, mas definitivamente acharia que Cristian deveria ter oferecido mais resistência.

Cristian arqueou uma sobrancelha cínica para ela e os dois riram. Era estranho, percebeu Meredith: por um momento, partilhando o sentimento exato do que significava ser filha de Nando Sulez, ela realmente sentira que Cristian era seu irmão.

— Queria ter encontrado você quando ainda era humano — disse ela. — Pensei que haveria mais tempo.

Ela seria uma pessoa diferente se tivesse sido criada com o irmão?, perguntou-se Meredith. Os ataques de Klaus a sua família mudaram seus pais: os desta realidade, que não perderam o filho, eram menos reservados, de afetos mais abertos. Se ela tivesse sido criada por aqueles pais e com Cristian a seu lado, alguém com quem combater, alguém a quem ajudar a suportar o peso das expectativas dos pais, alguém que conhecesse todos os segredos da família, como ela seria? Tinha se sentido menos só no breve tempo em que conheceu Samantha: outra caçadora, semelhante, de sua idade. O irmão teria mudado tudo, pensou Meredith com melancolia.

— Não estou interessado no jogo de Klaus — contou Cristian. — Agora sou vampiro e para mim é complicado lidar com isso. É difícil reprimir o que sinto quando estou perto de Klaus. Mas ainda sou seu irmão. Ainda sou um Sulez. Não quero perder isso. Quem sabe não podemos passar algum tempo juntos? Agora você podia me conhecer. — Ele olhava para ela com tristeza.

Meredith engoliu em seco.

— Tudo bem — respondeu ela, e permitiu que seus dedos se afrouxassem no punho da faca. — Vamos tentar.

Querido Diário

Preciso me preparar. Se os Guardiões não alterarem minha tarefa, meus Poderes se concentrarão em localizar e destruir Damon, e não Klaus. Preciso ser capaz de derrotar Klaus sozinha, descobrindo meu Poder por mim mesma.

Hoje, por uma hora, Andrés e eu tentamos ativar mais de meu Poder.

Foi um fracasso completo.

Andrés concluiu que podia ser útil aprender a deslocar as coisas com a mente, então dobrou folhas de papel por toda a casa de James e me estimulou a imaginar que protegia meus amigos do mal as fazendo se mexer. Foi repugnante imaginar Stefan, Bonnie ou Meredith à mercê de Klaus, e eu queria salvá-los. Sabia que se pudesse deslocar uma estaca na hora certa, mudaria as coisas numa luta. Mas eu nem sequer conseguia mexer uma folha de papel.

No entanto, vou estar o mais preparada possível. Se não puder usar meus Poderes de Guardiã para derrotar Klaus, lutarei com ele cara a cara. Se não posso ser morta pelo sobrenatural, tenho uma vantagem imensa. Meredith e Stefan têm me ensinado a lutar, a usar armas.

Klaus é muito pior do que Damon poderia ser: quando penso nisso, consigo me lembrar das muitas vezes em que Damon salvou inocentes em vez de matá-los — Bonnie, os humanos da Dimensão das Trevas, metade de nossa escola. A mim. Devo minha vida a ele. Repetidas vezes, mesmo quando estava indeciso, ele se afastou das trevas tranquilas e veio para o lado certo, o lado que salvava os indefesos. Sei que ele se desgarrou novamente...

Elena se interrompeu. Não conseguia suportar pensar nisto: Damon voltando a matar. Mas ela respirou fundo e enfrentou a verdade.

... Mas talvez a culpa seja nossa, minha e de Stefan, por não mostrarmos a ele que nos importamos. O problema é que depois que consegui Stefan de volta, só no que pensava era em prendê-lo junto a mim para que nunca mais me escapasse. Damon precisa de nós, embora jamais admita isso, e vamos lutar com as trevas que o encobrem. Vamos salvá-lo. Se puder lembrar os Guardiões de tudo que Da-

mon fez por nós no passado, verão que ele não é perverso. Podem ser racionais, mesmo que sejam frios e distantes.

Antigamente eu odiava a ideia de ser uma Guardiã, de me tornar menos humana. Mas agora sei que isto é um dom, uma obrigação sagrada de proteger o mundo. Como Guardiã, posso impedir que alguns morram, que outros sofram. Depois que tiver em plena posse de meu Poder, posso usá-lo para derrotar o alvo certo. Ainda pode ser que eu mate Klaus.

— Liguei para Alaric e disse que o encontraria daqui a uma hora — disse Meredith. — Tenho de conversar com vocês primeiro. — Ela mexia uma colher de açúcar no chá com tanto cuidado, com movimentos tão precisos, que Elena teve certeza de que Meredith tentava se controlar para não ficar histérica.

Pelo mesmo motivo, Elena sabia, Meredith tinha chamado os três para se encontrar com ela na cafeteria: Elena, Bonnie e Matt, os amigos mais antigos de Meredith, o grupo unido que suportara tanta coisa juntos. Meredith amava Alaric e confiava nele de todo coração, assim como Elena com Stefan, mas às vezes só queria seus melhores amigos presentes.

— Cristian disse que quer ser a minha família — contou Meredith. — Não está interessado em lutar ao lado de Klaus. Mas como posso acreditar nele? Perguntei a Zander o que ele pode sentir em Cristian, mas ele não conseguiu ter certeza. Disse que às vezes, se a pessoa tem muito envolvimento emocional, seu Poder não funciona. — Ela olhou compassivamente para Bonnie. — Zander sente sua falta — disse ela, e Bonnie encarou o próprio colo.

— Eu sei — disse ela baixinho. — Mas não posso ser a pessoa que ele precisa. — Elena apertou sua mão embaixo da mesa.

Matt esfregou a nuca.

— Talvez Cristian esteja dizendo a verdade — sugeriu. — Chloe deixou Ethan e parou de beber sangue. E existem vampiros bons... Nós sabemos disso. Veja só o Stefan.

— Aliás, como está a Chloe? — perguntou Bonnie. — Você tem ficado o tempo todo com ela.

— Stefan a levou para caçar no bosque — respondeu Matt. — Ela tem medo de ir sozinha desde que Klaus a atacou, mas Stefan disse que ela vai sobreviver, que não pode se esconder para sempre. E eu tenho um jogo mais tarde, então Stefan pode fazer companhia a ela, ajudá-la a aliviar o desejo de sangue.

— Pelo menos parece que Cristian quer tentar — disse Elena a Meredith. — Tenho medo de ter perdido Damon. Ele foi tão violento. Foi como se quisesse que eu desistisse dele. — Ela não contou a Meredith e aos outros que Damon confessou despreocupadamente ter matado alguém, mas contou da cena brutal e apavorante no salão de bilhar.

Meredith olhou a superfície do chá por um momento, depois ergueu os olhos para os de Elena.

— Talvez você devesse mesmo — aconselhou ela com calma.

Elena balançou a cabeça, negando imediatamente, mas Meredith insistiu.

— Você sabe do que ele é capaz, Elena. Se ele realmente quiser ser *mau* novamente, tem força e inteligência suficientes para realmente ser. Os Guardiões podem ter razão. Talvez ele seja uma ameaça até maior do que Klaus.

Elena cerrou os punhos.

— Não posso, Meredith — disse ela, a voz entrecortada. — *Não posso*. E não posso deixar que mais ninguém faça isso. É *Damon*. — Os olhos dela e de Meredith se encontraram. — Cristian era sua família... Então você não pode matá-lo sem lhe dar uma chance. Bom, Damon também passou a ser minha família.

Bonnie olhava para as duas, os olhos arregalados.

— O que podemos fazer? — perguntou ela.

— Escutem — disse Matt de repente. — Meredith era uma caçadora quando conheceu Stefan e Damon, embora o resto de nós não soubesse disso. Ela *odiava* vampiros, certo? — Todos concordaram com a cabeça. — Então — ele se virou para Meredith —, como você superou isso?

Meredith piscou.

— Bom — disse ela devagar —, eu sabia que Stefan não era um assassino. Ele amava demais Elena e tentava proteger as pessoas.

Damon... — Ela hesitou. — Por um bom tempo, achei que devia ter matado Damon. Era meu dever. Mas ele mudou. Ele lutou do lado certo.

Ela olhou para a mesa novamente, a expressão severa.

— O dever é importante, Elena — disse ela. — Caçadora ou Guardiã, somos as únicas responsáveis por salvar os inocentes do mal. Não pode ignorar isso. — Os olhos de Elena se encheram de lágrimas.

— Exatamente — disse Matt. — Então, se Damon mudar de novo? Se conseguirmos fazer com que aja de forma diferente... Bom, se vocês conseguirem; ele nunca me daria ouvidos... Então podíamos mostrar aos Guardiões que ele não é uma ameaça.

— Existe um motivo para que os Guardiões não estejam preocupados com Stefan — acrescentou Bonnie.

— Talvez — disse Elena. Ela sentiu os ombros caíram e automaticamente enrijeceu a coluna. Não ia desistir, por mais desesperançada que lhe parecesse a ideia de fazer com que Damon mudasse de comportamento. — Talvez eu possa colocá-lo de volta nos trilhos. Não deu certo na primeira vez, mas isso não quer dizer que não possa tentar outra abordagem — disse ela, forçando um tom mais otimista. Era só insistir, pensar numa maneira de trazer Damon mais uma vez para o lado do bem.

— Ou podemos tentar mantê-lo trancafiado até que ele mude — sugeriu Matt, meio de brincadeira. — Talvez Bonnie e Alaric possam pensar em alguma espécie de feitiço calmante. Vamos bolar alguma coisa.

— Exatamente — disse Meredith. Elena olhou para ela, que abriu um leve e desanimado sorriso. — Talvez Damon mude a tempo de se salvar. E talvez Cristian esteja dizendo a verdade. Se tivermos sorte, nenhum dos dois terá de morrer. — Ela estendeu o braço por cima da mesa e apertou a mão de Elena. — Vamos tentar — disse ela, e Elena assentiu, apertando de volta.

— Pelo menos temos uns aos outros — disse Elena, olhando em volta e encontrando os olhares solidários de Bonnie e Matt. — Aconteça o que acontecer, nunca será a pior coisa do mundo, não se eu tiver vocês a meu lado.

30

Ao contrário do irmão, que quase entrou para o time de futebol americano da Robert E. Lee High School em Fell's Church, Damon não gostava de jogar futebol. Jamais gostou de esportes em equipe, mesmo quando era jovem e estava vivo. A sensação de ser uma parte anônima de um grupo, só uma engrenagem numa grande máquina projetada para levar a bola de uma extremidade a outra do campo, parecia uma afronta a sua dignidade. Para piorar, Matt — *Mutt*, Damon agora precisava se lembrar de dizer — adorava o esporte. Ele era o astro ali no campo da Dalcrest; Damon tinha de reconhecer isso.

Mas agora, cerca de quinhentos anos depois que ele ter parado de respirar, certamente não se incomodaria em perder tempo vendo humanos tentarem levar uma bola de um lado a outro do campo.

A multidão, por outro lado... Descobriu que gostava da multidão num jogo de futebol.

Cheios de energia, todos se concentravam na mesma coisa e seu sangue pulsava sob a pele, ruborizando o rosto. Agradava a Damon o cheiro do estádio: suor, cerveja, cachorro-quente e entusiasmo. Gostava dos uniformes coloridos das líderes de torcida e da possibilidade de uma briga nas arquibancadas quando as paixões se acirravam. Gostava do brilho das luzes no campo durante jogos noturnos e da escuridão nas extremidades das arquibancadas. Gostava...

Damon perdeu o fio do raciocínio quando os olhos avistaram uma garota de cabelo dourado claro, de costas para ele, sentada sozinha na arquibancada. Cada linha dessa figura estava gravada em sua memória para sempre: ele a observou com paixão e devoção, e por fim com ódio. Ao contrário de todos os outros, ele jamais a confundiu com Elena.

— Katherine — sussurrou ele, passando pela multidão na direção dela.

Nenhum humano o teria ouvido na turba, mas Katherine virou a cabeça e sorriu, tão doce que o primeiro instinto de Damon de atacá-la foi eliminado por um turbilhão de lembranças. A tímida menina alemã que chegou ao *palazzo* de seu pai, tantos anos atrás, quando Damon era humano e Katherine era quase igualmente inocente, sorrira para ele daquele jeito.

Assim, em de vez lutar, sentou-se no lugar ao lado de Katherine e simplesmente olhou para ela, mantendo a expressão neutra.

— Damon! — exclamou Katherine, o sorriso assumindo certa malícia. — Senti sua falta!

— Considerando que da última vez que nos vimos você cortou minha garganta, não posso dizer o mesmo — disse Damon secamente.

Katherine fez uma expressão de arrependimento irônico.

— Ai, você nunca deixa que as coisas virem águas passadas — disse ela, fazendo beicinho — Ora, vamos, eu vou me desculpar. Agora é passado, não é? Nós vivemos, morremos, sofremos, nos curamos. E aqui estamos nós. — Ela colocou a mão em seu braço, fitando-o com os olhos brilhantes e aguçados.

Damon afastou sua mão incisivamente.

— O que está fazendo aqui, Katherine?

— Não posso visitar minha dupla preferida de irmãos? — Katherine fingiu mágoa. — Nunca se esquece o primeiro amor.

Os olhos de Damon encontraram os dela, e ele manteve a expressão cuidadosamente vaga.

— Eu sei — disse ele, e Katherine ficou paralisada, aparentemente insegura pela primeira vez.

— Eu... — disse ela, então sua hesitação desapareceu e ela voltou a sorrir. — É claro que devo alguma coisa a Klaus também. — Ela falou despreocupadamente. — Afinal, ele me trouxe de volta à vida e agradeço por isso. A morte foi horrível. — Ela arqueou uma sobrancelha para Damon. — Ouvi dizer que você sabe tudo sobre isso.

Damon sabia e, sim, a morte foi terrível e, ao menos para ele, aqueles primeiros momentos de retorno foram os piores. Mas ele afastou o pensamento.

— Como pretende recompensar Klaus? — perguntou ele, mantendo o tom de voz suave e quase indolente. — Diga o que está passando por essa cabecinha calculista que você tem, *Fraulein*.

O riso de Katherine ainda era tão ressonante e borbulhante quanto o riacho da montanha com a qual Damon o tinha comparado em um soneto, quando era jovem. Na época era um *idiota*, pensou, irritado.

— Uma dama precisa ter seus segredos — disse ela. — Mas vou dizer a você o que disse a Stefan, meu querido Damon. Não tenho mais raiva de sua Elena. Se depender de mim, ela está em segurança.

— Para ser franco, eu não me importo — disse Damon friamente, mas sentiu um nó de preocupação surgir no peito.

— Claro que não se importa, meu querido. — Katherine falou num tom reconfortante e desta vez, quando colocou a mão no braço de Damon, ele deixou que ali permanecesse. — Agora — disse ela, acariciando-o. —, vamos nos divertir um pouquinho? — Ela apontou com o rosto para o campo de futebol, para as líderes de torcida que agitavam seus pompons à margem do campo. Damon sentiu uma leve pulsação de Poder emanar dela e, enquanto olhava, a menina na extremidade da fila deixou cair os pompons e sorriu. Com uma expressão distante e sonhadora, ela se colocou em movimento, o corpo descrevendo o que Damon reconheceu como os passos lentos e estudados de uma *bassadanza*, uma dança que ele não via havia centenas de anos.

— Lembra? — disse Katherine baixinho ao lado dele.

Tinham dançado isso juntos, não tinha como Damon esquecer, no salão da casa do pai, na noite em que ele voltou desonrado da universidade e colocou os olhos nela pela primeira vez. Ele assumiu o controle de outra líder de torcida, fazendo-a se mover nos passos ainda familiares do parceiro masculino na dança. *Um passo à frente na ponta do pé, um passo à frente na do outro; incline o corpo na direção do seu par, pés unidos, a mão de lado, e a dama o seguirá.* Ele quase conseguia ouvir a música, atravessando todos os séculos.

A multidão em volta deles se agitava, inquieta, a atenção desviada dos jogadores no campo. A formalidade da dança e o olhar vago no rosto das líderes de torcida os deixavam confusos. Uma vaga sensação de que alguma coisa *não estava certa* permeava o estádio.

Soltando outro riso baixo e ressonante, Katherine mantinha a batida com a mão enquanto todas as líderes de torcida formavam pares, movendo-se no ritmo, a elegância de seus passos divergindo das roupas curtas e coloridas. No campo, o jogo de futebol prosseguia, sem nada perceber.

Katherine sorriu para Damon, os olhos reluzindo com o que quase parecia afeto.

— Podíamos nos divertir juntos, sabe disso — disse ela. — Não precisa caçar sozinho.

Damon pensou. Não confiava nela; tinha de ser um tolo para confiar em Katherine depois de tudo que ela tinha feito. Mas ainda assim...

— Afinal de contas, talvez não seja tão ruim ter você de volta — disse ele. — Talvez.

31

De celular colado na orelha, Elena apertou o botão para repetir o recado. James não pode ter dito o que ela pensou ter ouvido.

Mas o recado era idêntico. "Elena, minha cara", dizia James, com certa empolgação na voz. "Acho que consegui. Acho que há um jeito de matarmos Klaus." Ele parou, como se pensasse bem, e quando voltou a falar sua voz era mais cautelosa. "Mas temos de planejar com cuidado. Venha a minha casa assim que receber esta mensagem e vamos conversar. Esse método... exigirá certa preparação." O recado terminou e Elena franziu o cenho para o telefone, exasperada. Sinceramente, era bem típico de James ser enigmático em vez de deixar alguma informação útil.

Mas ele realmente descobriu alguma coisa... Uma pontada de alegria surgiu no peito de Elena. Saber que Klaus estava solto e que seus Poderes de Guardiã se concentravam não nele, mas em Damon, já era um peso muito grande nos ombros. Não sabia quando, mas tinha a sensação constante e perturbadora de que uma desgraça se abateria a qualquer momento. Se James tinha uma nova ideia, talvez houvesse um fim em vista.

Enquanto atravessava às pressas o campus ensolarado na direção da casa de James, Elena mandou rapidamente uma mensagem para que Stefan se encontrasse com ela lá. Ele assumira o comando de seu exército contra Klaus, tomando as decisões e organizando as patrulhas enquanto ela tentava expandir seus Poderes de Guardiã, então, se James tinha encontrado uma solução, queria que ele estivesse presente.

Ainda não tinha recebido resposta de Stefan quando chegou à porta de James. Provavelmente estava em aula; disse que o curso de filosofia havia recomeçado, agora que já fazia mais de uma semana que o corpo de um aluno tinha aparecido no campus. Ah, tudo bem, eles podiam o atualizar assim que chegasse.

Elena tocou a campainha e esperou com impaciência. Depois de um minuto, tentou novamente, em seguida bateu na porta. Ninguém atendeu. Andrés, ela se lembrava, pretendia passar a tarde na biblioteca e depois sair para jantar.

É possível que James tenha precisado sair rapidamente. Pegando o celular de novo, Elena discou seu número. Tocou, tocou novamente. Elena ergueu a cabeça. Teve certeza de ter ouvido o toque do celular de James dentro da casa.

Então ele saiu e esqueceu o telefone, pensou Elena, nervosa, mudando o apoio do corpo de um pé a outro. Isso não queria dizer que havia alguma coisa errada.

Será que se sentava na varanda e esperava por James? Stefan provavelmente logo chegaria. Ela olhou o relógio. Eram cinco horas. Tinha absoluta convicção de que a aula de Stefan terminava às cinco e meia. Mas logo escureceria. Não queria ficar ali sozinha depois do anoitecer. Não com o exército de Klaus à solta em algum lugar.

E se *houver mesmo* algum problema? Por que James saiu, quando pediu a Elena que viesse? Se estava dentro de casa e não atendia... O coração de Elena martelava com força. Tentou olhar pela janela da varanda, mas as cortinas estavam fechadas e só o que viu foi o próprio reflexo preocupado.

Decidindo-se, Elena estendeu a mão e segurou a maçaneta. Ela girou com facilidade e a porta se abriu. Elena entrou. Não foi criada para isso — a tia Judith ficaria horrorizada ao saber que Elena entrava na casa de alguém sem convite —, mas Elena tinha certeza de que James compreenderia.

Ela já havia fechado a porta quando notou a mancha de sangue. Era larga e ainda úmida, uma longa faixa de sangue na altura da mão, como se alguém, com as mãos ensanguentadas, tivesse andado pelo corredor, limpando o sangue despreocupadamente nas paredes ao passar.

Elena ficou petrificada, e então, com a mente estupefata, avançou. Algo nela gritava *pare, pare*, mas seus pés continuaram como se não estivessem mais sob seu comando, andando pelo corredor e entrando por fim na cozinha alegre e arrumada.

A cozinha ainda estava banhada pela luz do sol que entrava pelas janelas a oeste. As panelas de cobre penduradas no teto refletiam a luz, iluminando todos os cantos.

Em toda parte, em todas as superfícies reluzentes, havia manchas grandes e escuras de sangue.

O corpo de James estava deitado na mesa da cozinha. Elena, em um só olhar, soube que ele estava morto. Devia estar morto — ninguém podia sobreviver com as entranhas espalhadas pelo chão daquele jeito —, mas ainda assim se aproximou. Ainda se sentia entorpecida, mas percebeu que tinha levado a mão à boca, reprimindo um gemido. Fez um esforço e afastou a mão, engolindo em seco. *Ah, meu Deus.*

— James. — Ela apertou seu pescoço com os dedos, procurando a pulsação. Sua pele estava quente e pegajosa de sangue, mas não havia nenhum batimento cardíaco. — Oh, James, oh, não — sussurrou ela de novo, apavorada e lamentando muito por ele.

Ele tinha sido meio apaixonado por sua mãe quando era estudante, ela se lembrou; era o melhor amigo de seu pai. Podia ser conservador e nem sempre era corajoso, mas a tinha ajudado. E ele era divertido e inteligente, não merecia de maneira nenhuma morrer desse jeito só porque ajudou Elena. Não havia dúvidas de que isto se devia a ela: Klaus viera atrás de James porque ele estava do lado de Elena.

Ela procurou por seus Poderes de Guardiã, tentando sentir a aura dele, ver se havia algo que pudesse fazer, mas não lhe restava aura. O corpo de James estava ali, mas tudo o que fazia dele uma pessoa se fora.

Lágrimas quentes escorreram pelo seu rosto, e Elena as enxugou furiosamente. Sua mão estava pegajosa do sangue de James e, nauseada, ela a limpou nos panos de prato antes de pegar novamente o celular. Precisava de Stefan. Stefan podia ajudar.

Nenhuma resposta. Elena deixou um recado breve e tenso, e guardou o telefone. Precisava sair dali. Seria insuportável ficar mais tempo neste cômodo com cheiro de matadouro e a casca triste e acusativa de James na mesa. Podia esperar por Stefan do lado de fora.

Quando estava prestes a sair, algo chamou sua atenção. Na mesa da cozinha, a única coisa que não estava suja de sangue, havia uma única folha de papel imaculada, de material de escritório caro. Elena hesitou. Havia algo de familiar naquilo.

Quase a contragosto, ela voltou lentamente à mesa, pegou a folha e a virou. Estava igualmente em branco do outro lado.

Da última vez, lembrou-se ela, *havia impressões digitais sujas*. Talvez Klaus tivesse lavado as mãos depois limpá-la nas paredes. Uma raiva profunda e ardente crescia dentro dela. Parecia uma violação tão grande, depois... de fazer *isto* com o pobre James, Klaus ter lavado as mãos na pia que James sempre mantinha limpa, secando os dedos nas toalhas cuidadosamente arrumadas.

Ela sabia o que esperar do recado de Klaus, mas mesmo assim ficou tensa, sibilando involuntariamente quando as letras pretas começaram a aparecer no papel, escritas a golpes irregulares como se cortadas com uma faca invisível. Ela leu com um pavor crescente.

> Elena
> *Eu lhe disse que descobriria a verdade. Ele tinha muito a dizer quando o deixei morrer.*
> Até a próxima
> Klaus

Elena se curvou como se tivesse levado um murro na barriga. *Não*, pensou. *Por favor, não.* Depois de tudo por que passaram, Klaus descobrira seu segredo. Agora encontrara um jeito de matá-la — disso Elena tinha certeza.

Precisava se recompor. Precisava continuar. Elena estremeceu uma vez, sacudindo o corpo, depois respirou fundo. Cuidadosamente, dobrou a folha de papel e colocou no bolso. Stefan e os outros deveriam vê-la.

Ela ainda estava agindo no automático ao sair, fechando firmemente a porta da casa de James. Havia uma mancha de sangue em seus jeans, e ela a esfregou distraidamente por um momento, depois levantou a mão e olhou os riscos vermelhos. De repente se contorceu de dor, vomitando nos arbustos perto da porta.

Ele sabia. Oh, Deus, Klaus sabia.

32

— Obrigado por vir — disse Cristian. Ele sorriu para Meredith do banco de supino. — Sei que você não se lembra, mas a gente costumava malhar muito juntos.

— É mesmo? — disse Meredith, interessada. Podia acreditar tranquilamente nisso: qualquer um criado pelo pai dela teria se esforçado muito para se destacar fisicamente. — Qual dos dois era melhor?

O sorriso de Cristian se alargou.

— Era uma disputa muito acirrada, na realidade. Você era um pouco mais rápida do que eu e melhor com o bastão e nas artes marciais, mas eu era mais forte e melhor com as facas e os arcos.

— Sei. — Meredith era boa com as facas, pensou ela. É claro que em sua realidade, na realidade real, lembrou-se, ela era muito mais experiente na batalha do que Cristian. — Talvez a gente deva ver se isto ainda é verdade. — Ela o desafiou. — Eu me fortaleci muito, sabia?

Cristian riu.

— Meredith, agora sou um vampiro. Tenho certeza de que também fiquei mais forte.

Assim que as palavras saíram de sua boca, ele abaixou o rosto.

— Um vampiro — repetiu ele, passando a mão pela boca. — É difícil de acreditar, sabe? — Ele balançou a cabeça. — Eu me transformei na coisa que deveria odiar. — Ergueu os olhos para Meredith, a expressão triste.

Uma onda de piedade tomou Meredith. Ela se lembrava de como se sentira, antes que as Guardiãs mudassem tudo, quando soube que Klaus a deixou errada, uma garota viva com dentinhos de vampira e necessidade de sangue.

Isso passou. Mas agora Cristian estava transformado e desolado.

— Existem vampiros bons, sabe? Meus amigos, Stefan e Chloe, lutaram conosco contra Klaus. Stefan salvou muita gente. — Cristian assentiu, mas não disse nada.

— Tudo bem — disse Meredith, imitando o melhor que podia o tom objetivo de hora-de-treinar do pai. De nada adiantaria Cristian se remoer com sua infelicidade. — Chega de papo furado. Mostre o que você sabe fazer.

Cristian sorriu, acolhendo a mudança de clima, e voltou a se estender no banco, as mãos no haltere preso ao suporte sobre sua cabeça.

– Tira do suporte para mim — disse ele. — Quero ver o quanto estou forte agora.

Parte disto a fez se lembrar dolorosamente de Samantha, pensou Meredith, de como as duas treinavam juntas, provocando-se a lutar com mais intensidade, por mais tempo e melhor. Talvez, pensou Meredith enquanto acrescentava pesos à barra acima de Cristian, ele quisesse treinar depois.

Meredith começou com 100 quilos, que ele levantou facilmente, com um sorriso irônico.

— Tenha dó — disse ele. — Levantava isto quando estava vivo.

Não havia mais ninguém na sala, então Meredith não precisava ser sutil ao carregar os pesos. Cristian levantou tudo o que ela lhe dava, os braços musculosos mas magros subindo e descendo como pistões.

— Eu sou tão forte — disse ele frivolamente, sorrindo para ela.

Meredith reconhecia este sorriso. Era o mesmo que via no espelho em seu próprio rosto quando de repente ficava assustadoramente feliz. Quando conseguiu sua faixa preta. Na noite depois de Alaric beijá-la pela primeira vez.

Talvez pudessem passar por tudo isso, tornar-se uma equipe. Meredith deixou-se imaginar caçando com Cristian, lutando ao lado dele. Ele era um vampiro — um vampiro bom, disse ela a si mesma forçosamente, como Stefan — mas também era um caçador. Um Sulez.

— Sua vez — disse Cristian, baixando a barra em seu suporte com um estrondo. Estava tão carregada de pesos que a própria barra vergava.

Meredith riu.

— Sabe que não posso levantar isso tudo. Você venceu, está bem?

— Ah, sem essa. Vou te dar um desconto porque você é humana. E, sabe como é, mulher. — Meredith levantou a cabeça para rebater que ser mulher tinha muito pouco a ver com o que ela era capaz de levantar e percebeu um brilho provocativo nos olhos dele. Nessa hora ela podia acreditar que ele era seu irmão. Cristian começou a retirar os pesos e devolvê-los a seus suportes.

— Tudo bem — disse Meredith e, meticulosamente, limpou o banco, embora na realidade não estivesse suado: ao que parecia, suor era uma das coisas que os vampiros não tinham.

Cristian começou por 75 quilos, pesado mais administrável, e observou Meredith começar uma série.

— E aí — disse ela, mantendo a voz despreocupada, concentrada em erguer e baixar a barra. — Como é?

— Como é o quê? — perguntou Cristian, distraído. Ela só podia vê-lo pelo canto do olho, examinando os pesos, pegando o que colocaria a seguir.

— Ser vampiro.

— Ah. — Cristian andou pela sala, fora de vista de Meredith, mas sua voz era clara e pensativa, um tanto sonhadora. — Na verdade, é bem legal. Posso ver e sentir o cheiro de tudo. Todos os meus sentidos melhoraram tipo mil por cento. Dizem que terei mais Poder, que serei capaz de me transformar em animais e aves, e obrigar as pessoas a fazerem o que quero.

Ele parecia animado com a perspectiva, o tom perdendo a amargura que tinha quando falou de ter se tornado algo que odiava, e Meredith desejou poder ver seu rosto.

— Mais? — perguntou ele animadamente enquanto pairava sobre ela, os outros pesos na mão. Seu sorriso era afável, nada transparecia.

— Tudo bem — disse ela, e em vez de ajudá-la a devolver a barra a seu suporte, ele simplesmente a segurou com uma das mãos e colocou um peso a mais de cada lado. Meredith gemeu quando ele a soltou: era mais pesada do que ela costumava fazer, mas ainda conseguia levantar. Era quase demais, mas não queria que Cristian percebesse isso. Engraçado como ainda havia competição, apesar de sua força de vampiro, e ela teria de dar o máximo de si.

Cristian ainda estava muito perto, vendo-a erguer os pesos, e os braços de Meredith tremiam e se retesavam depois de algumas repetições.

— Os detalhes são mais nítidos, sabe? — disse Cristian de repente. — Posso até ouvir o sangue correndo por suas veias daqui mesmo.

Meredith ficou gelada e sem fôlego. Havia algo de faminto no modo como ele falou de seu sangue.

— Segura a barra — pediu ela. — Está pesada demais. — Ela precisava se levantar.

Cristian segurou a barra, mas em vez de devolver ao suporte, acrescentou cuidadosamente mais peso de cada lado.

— Pare com isso — reclamou Meredith. Agora estava pesado demais, e Cristian devia saber disso. Ela estava com um problema, um problema de verdade, mas precisava manter a calma, precisava que Cristian não percebesse que ela sentia medo.

— Você se esqueceu de uma coisa sobre os vampiros — disse Cristian, depois sorriu para ela, aquele mesmo sorriso fraterno e provocador. — Papai ficaria tão decepcionado. — Ele soltou a barra e ela desceu para o peito de Meredith; não conseguia sustentá-la.

Ela gemeu quando a barra caiu, conseguindo reduzir a queda o suficiente para que não quebrasse sua caixa torácica, mas sem fôlego ou energia para se concentrar em qualquer coisa que não fosse proteger o peito do peso mortal dos halteres. Não conseguia respirar, não conseguia falar e virou a cabeça para olhar o irmão, o coração batendo com força, soltando um gemido abafado e sem fôlego. Ninguém a ouviria. Podia morrer ali, nas mãos do próprio irmão.

Cristian continuava.

— Um vampiro, como você deve saber de nosso treinamento, Meredith, focaliza-se completamente em seu senhor quando é transformado.

Talvez conseguisse movimentar a barra, aliviar este peso que a pressionava, impelindo todo o ar dos pulmões. Não conseguia respirar. Manchas pretas flutuavam diante de seus olhos.

— Só o que importa para mim é Klaus, o que Klaus quer — informou Cristian. — Se você fosse uma boa caçadora, teria se lembrado de que o vínculo supera todo o resto. Não sei como você pode ter imaginado que minha família humana — o tom de sua voz mudou ao pronunciar a palavra, como se houvesse algo de repulsivo nela — importaria mais do que isto.

Meredith empurrava a barra inutilmente, agora tonta de dor. Tentou sinalizar com os olhos para Cristian, desesperadamente: *tudo bem, que fosse, fique com Klaus, se deve ser assim, mas não me mate desse jeito. Deixe-me levantar para que possamos lutar como fomos treinados.*

Cristian agora estava ajoelhado ao lado dela, o rosto muito próximo.

— Klaus quer você morta — sussurrou ele —, você e todos os seus amigos. Farei o que puder para que ele fique feliz. — Seus olhos cinza, como os da mãe, sustentaram o olhar de Meredith enquanto ele segurava a barra que ela agarrava e a pressionava ainda mais para seu peito.

Tudo ficou escuro por um momento. Flores vermelhas brotavam e explodiam na escuridão e Meredith percebeu, confusa, que era seu cérebro enviando sinais aleatórios quando começava a se desligar pela carência de oxigênio.

Ela começou a flutuar, como se estivesse suspensa em um mar escuro. Seria bom repousar. Estava cansada demais.

E então uma voz vociferou na escuridão da mente de Meredith, a voz de seu pai. *Meredith!*, disse. Era impaciente, firme, mas não grosseira, o tom exato que a tirava da cama para correr algumas voltas antes da escola, estimulando-a a treinar tae kwon do quando ela só queria sair com os amigos. *Você é uma Sulez*, disse a voz. *Precisa lutar!*

Com um esforço quase sobre-humano, Meredith abriu os olhos. Tudo era um borrão e ela se sentia muito lenta, como se tentasse se mexer debaixo d'água.

A mão de Cristian tinha se afrouxado na barra. Deve ter pensado que ela desistira de lutar.

Meredith usou cada grama de força que tinha e empurrou a barra para cima e para longe dela, derrubando o desatento irmão vampiro com a barra por cima dele. Teve um vislumbre da expressão assustada e enfurecida de Cristian antes de correr com a maior velocidade possível, as pernas fracas, o coração martelando, arquejando, saindo da sala de pesos e da academia, pegando as ruas do campus.

Precisou reduzir o passo ao se aproximar do alojamento, as pernas doloridas e os pulmões em brasa, agora que a onda original de adrenalina tinha passado. Meredith tentou se impelir para a frente, mas cambaleava. A qualquer momento, Cristian poderia alcançá-la. Poderia alcançá-la agora, é claro.

Na frente do alojamento, criou coragem e girou o corpo. Não havia ninguém. Ele pretendia matá-la sozinha, em segredo, e sem dúvida tentaria novamente. Meredith destrancou a porta e entrou, trôpega, jogando-se no primeiro degrau da escada.

Ainda ofegava e sufocava com o choro. Meredith quis conhecer o irmão, mas ele se fora; agora era da família de Klaus.

Enquanto esfregava os músculos tensos, lentamente percebeu o que precisava fazer. Teria de matar Cristian.

33

Damon lambeu meticulosamente um vestígio de sangue das costas da mão e sorriu para Katherine. Eles toparam com um casal que atravessava o bosque pouco depois do amanhecer e se alimentaram juntos; e agora era o meio da manhã, o sol jorrava pelas árvores e lançava sombras pretas e douradas na trilha. Damon estava satisfeito e contente, pronto para ir para casa e dormir durante as horas mais iluminadas do dia. Uma leve inquietação passou por sua mente quando se lembrou da expressão de pânico de sua vítima, mas afastou a ideia: era um vampiro; era isso que devia fazer.

Limpando delicadamente os cantos da boca, Katherine virou o rosto para ele, delicada e manhosa como um passarinho.

— Por que não matou a sua? — perguntou ela.

Dando de ombros, na defensiva, Damon pegou os óculos escuros do bolso e os colocou. Para ser inteiramente franco, não sabia por que não tinha matado a menina esta manhã, por que não tinha matado nenhuma de suas vítimas desde a corredora loura que caçou mais de uma semana antes. Lembrava que tinha sido bom matar, a adrenalina ao sentir a vida da garota passando para ele, mas não estava ansioso para repetir a experiência, não quando o gosto que ficava depois era de culpa. Não queria sentir nada por eles; queria beber o sangue e partir. Se isso significava deixá-los vivos, para Damon, tudo bem.

Protegido pelos óculos de sol, não pronunciou nada disso, apenas sorriu ironicamente para Katherine e perguntou:

— Por que você não matou o seu?

— Oh, estamos todos muito discretos. Se houver mortes demais, este campus entrará em pânico de novo. Klaus quer que os humanos fiquem felizes e à vontade, para ele caçar enquanto acaba com a sua garota e os amigos dela. — Katherine olhou para Damon enquanto ela ajeitava o longo cabelo dourado, e ele manteve a expressão cuidadosamente vaga. O que quer que Katherine quisesse dele, não ia conseguir trazendo Elena para a conversa.

— É claro. Você voltou da morte muito mais saudável e prática, minha cara. — Katherine sorriu formando covinhas, e fez graciosamente uma cômica mesura.

Eles andavam tranquilamente, ouvindo os trinados e o canto dos pardais, tentilhões e tordos no alto. O chocalhar acelerado de um pica-pau batendo numa árvore soou um tanto distante e Damon ouvia o farfalhar e os passos de pequenas criaturas pelo mato. Ele se espreguiçou voluptuosamente, pensando em sua cama.

— E então — disse Katherine, rompendo o confortável silêncio entre eles. — Elena. — Ela disse de novo, estendendo as sílabas como se as saboreasse: "E-le-na".

— O que tem ela? — A voz de Damon soava despreocupada, mas ele sentia um calor desagradável na nuca.

Katherine fixou seus olhos azuis e maliciosos nele, e Damon franziu a testa por trás dos óculos de sol.

— Fale-me dela — disse suavemente, uma expressão sedutora. — Eu quero saber.

Damon parou de andar e puxou Katherine de frente para ele.

— Pensei que você não tivesse mais raiva de Elena. — Ele fugiu da pergunta. — Devia deixá-la em paz, Katherine.

Katherine deu de ombros graciosamente.

— Não estou com raiva dela. Mas Klaus está. — Seus olhos brilhavam. — Achei que não se importasse mais com Elena. Você deixou isso muito claro. Por que não me diz alguma coisa?

— Eu... — O coração de Damon palpitou, mais rápido do que seu batimento lento e costumeiro de vampiro. — Simplesmente não quero — disse ele por fim.

Katherine riu baixinho, seu lindo riso com tom de sino.

— Oh, Damon. — Ela meneou a cabeça com ironia. — Em teoria, você pode ser mau, mas seu coração é puro demais. O que aconteceu?

Com uma careta, Damon se afastou dela, soltando sua mão.

— Meu coração não é puro — disse ele com raiva.

— Você amoleceu. Não gosta mais de machucar as pessoas.

Damon empurrou os óculos no nariz e deu de ombros.

— Vai passar.

Mãos frias tocaram seu rosto, e Katherine tirou gentilmente os óculos escuros de Damon, olhando em seus olhos.

— O amor muda a pessoa — disse ela. — E nunca desaparece, por mais que você queira. — Erguendo-se na ponta dos pés, ela o beijou de leve no rosto. — Não cometa o erro que cometi, Damon — disse ela com tristeza. — Não reprima o amor, tenha a forma que tiver.

Damon ergueu a mão para tocar o ponto em que os lábios de Katherine o deixaram. Sentia-se abalado e perdido.

Entregando-lhe os óculos, Katherine suspirou.

— Eu não lhe devo nenhum favor, Damon, mas estou me sentindo sentimental. Sua Elena agora está em aula. No Rhodes Hall. Não sei exatamente o que Klaus vai fazer, mas ele planeja alguma coisa. Talvez você queira ir até lá impedi-lo.

Pegando os óculos escuros, Damon a encarou, confuso.

— O quê?

Havia algo suave e melancólico nos olhos de Katherine, mas sua voz era firme.

— É melhor correr — disse ela, erguendo uma sobrancelha.

Damon sentia que uma criatura viva abria caminho com as garras por seu peito, algo imenso e doloroso. Então, afinal, o amor era assim?

— Obrigado — disse ele, distraído.

Ele se afastou de Katherine alguns passos e se pôs a correr. Invocou seu Poder e começou a se transformar, sentindo o corpo se torcer ao assumir a forma de um corvo. Um instante depois estava no alto, estendendo as asas para pegar uma corrente de ar e voar rapidamente até o campus.

34

Elena saía por último da sala de aula de inglês do primeiro ano, ainda enfiando o caderno na bolsa. Fechando bem o zíper, levantou a cabeça e viu Andrés esperando pacientemente no corredor, na frente de sua sala.

— Oi — disse ela. — O que está havendo?

— Stefan e eu achamos que não é uma boa ideia você ficar sozinha agora — disse ele, colocando-se ao lado dela. — Ele e Meredith também têm aula, então vou acompanhar você aonde for.

— Eu tenho meus próprios Poderes, sabia? — Elena respondeu com certa arrogância. — Mesmo que ainda não sejam de combate, não sou uma donzela em perigo.

Andrés assentiu, baixando lenta e solenemente cabeça.

— Perdoe-me — disse ele com formalidade. — Não acho que nenhum de nós deva ficar sozinho agora. A morte de James prova isso.

— Desculpe. Sei que é difícil para você, especialmente porque estava hospedado na casa dele.

Andrés concordou.

— Sim. — Ele fez um esforço visível para ficar mais animado, jogando os ombros para trás e colando um sorriso no rosto. — Mas devo tirar proveito da oportunidade de ter mais tempo com minha encantadora e linda amiga.

— Oh, neste caso... — Elena aproveitou a deixa e pegou o braço que Andrés oferecia. Enquanto andavam pelo corredor, ela o examinou com atenção pelo canto do olho. Apesar de suas boas maneiras, Andrés parecia pálido e cansado, as linhas nos cantos dos olhos mais pronunciadas. Ele agora parecia ter bem mais de 20 anos.

A morte de James o afetou profundamente. Parecia mais real, de certo modo, do que a morte de Chad. Aconteceu na casa de James, não no campo de batalha, provando que a morte pode chegar a eles em qualquer lugar. Quando Elena se olhou no espelho algumas manhãs atrás, o rosto que a fitava era mais severo, os olhos envoltos pelo cinza.

Ainda assim, precisavam continuar, pelos outros. Fazer das tripas coração, como diziam quando você mantém o ânimo encontrando a felicidade que pode.

Apertando afetuosamente o braço de Andrés, Elena perguntou:

— Como está se ajeitando no quarto de Matt? — A polícia tinha isolado a casa de James, então Matt ofereceu o quarto desocupado ao visitante. Matt tinha voltado a acampar com Chloe no ancoradouro meio incendiado.

— Ah. — O rosto de Andrés relaxou num sorriso quando eles entraram no elevador e apertaram o botão para o térreo. — A vida no alojamento é muito estranha para mim. Sempre tem alguma coisa acontecendo.

Elena ria da história que Andrés contou de um calouro bêbado entrando em seu quarto às três da manhã e das próprias tentativas educadas e atrapalhadas de conduzir o invasor a seu próprio quarto quando o elevador parou com um solavanco violento.

— O que está havendo? — disse Elena, preocupada.

— Talvez seja um problema elétrico. — A voz de Andrés revelava dúvida.

Elena apertou novamente o botão do térreo, e o elevador soltou um rangido grave e começou a se sacudir. Os dois ofegaram e se equilibraram, apoiando as mãos nas paredes.

— Vou tentar o botão de emergência — disse Elena. Ela o apertou, mas nada aconteceu.

— Que estranho — disse ela, e se encolheu com o tom de insegurança na própria voz. — Também parece desligado. — Ela hesitou. — Você tem uma arma? — Andrés fez que não com a cabeça, pálido.

O elevador chocalhou novamente e as luzes se apagaram, deixando os dois no escuro. Elena encontrou a mão quente de Andrés e a apertou.

— Isto... Acha que pode ser uma coincidência? — sussurrou ela. Andrés apertou sua mão, tranquilizador.

— Não sei. — Sua voz estava perturbada. — Consegue ver alguma coisa?

É claro que não, Elena estava prestes a dizer. O elevador estava escuro como breu. Nem sequer conseguia enxergar Andrés, apesar do fato de ele estar muito perto dela, abraçando-a, protetor. Depois percebeu o que ele quis dizer e fechou os olhos por um momento para procurar bem no fundo de si, invocando seu Poder.

Quando voltou a abrir os olhos, via o verde caloroso e vivo da aura de Andrés iluminando o escuro. Mas à beira de sua consciência havia mais alguma coisa.

Uma escuridão ainda mais densa se aproximava. Era um incômodo olhar para ela, que parecia ser exalada pelas frestas da porta do elevador, amorfa como uma névoa. Por instinto, Elena fechou os olhos e virou o rosto, enterrando-o no ombro de Andrés.

— Elena! — disse ele, alarmado. — O que foi?

Por um bom tempo, nada aconteceu. Houve um momento em que ela relaxou, mesmo a contragosto — *não tem nada aqui*, pensou ela, capturada por uma onda de alívio, *não tem nada aqui*.

— Está tudo bem — respondeu Elena com um leve riso de constrangimento por trás das palavras. — Eu só...

E então uma placa do teto do elevador foi chutada e a escuridão a cercou completamente. Encolhendo-se, Elena levantou a cabeça, esforçando-se para enxergar alguma coisa.

— Olá, minha linda. — A voz de Klaus vinha de cima. — Estava esperando por mim, não é? — Sua voz era despreocupada, como se ele tivesse aparecido para bater um papo.

— Oi, Klaus. — Elena tentava manter a voz firme. Ela se apertou em Andrés. Sentia que estava caindo.

— Sei o que você é — disse Klaus com presunção, num tom cantarolado. Veio uma batida alta da lateral do elevador, e Elena e Andrés deram um salto, ofegantes. — Sei qual é o seu segredo. — *Bang*. — Não posso matar você com magia nenhuma. — *Bang*. — E não posso matar você com meus vampiros. — *Bang*. Ele batia as grandes botas pretas na lateral do elevador, percebeu Elena. Devia estar sentado na beira da portinhola de acesso de serviço no teto, com as pernas penduradas. Suas botas bateram mais uma vez e Klaus disse alegremente: — Mas sabe de uma coisa? Se eu cortar este cabo aqui no alto do elevador, você não vai sobreviver.

Elena se retraiu. Ela andava de elevador todo dia e nunca lhe ocorreu o quanto eram vulneráveis. Sua aula de inglês ficava no nono andar. Estavam pendurados a uma altura muito, muito alta e os cabos eram a única coisa que os impediam de cair diretamente no porão.

Ao lado dela, Andrés puxou o ar em silêncio, e Elena viu a aura verde a sua volta começar a se avolumar. Ele tentava formar um escudo protetor para abrigar os dois, percebeu Elena, como fizera na batalha contra Klaus e seus vampiros.

— Pare com isso — vociferou Klaus acima deles, e um dardo de escuridão partiu dele, atingindo o crescente escudo verde de Andrés, que rachou e se esvaziou como um balão furado. Andrés gritou de dor.

Elena abraçou Andrés, protetora, mas sentia que ele se preparava para tentar novamente. Sua respiração era áspera e apavorada.

— Meu Poder vem da terra, Elena — sussurrou ele. — Tão aqui no alto, não sei se posso ajudar. Mas vou tentar.

Acima deles, no escuro, Klaus ria prazerosamente.

— Pode ser tarde demais, menino — disse ele, e mais de uma vez houve um ruído estranho de algo arranhando, o guincho de metal contra metal.

— Ele está cortando o cabo — sussurrou Andrés em seu ouvido. De novo havia uma leve luz verde a sua volta enquanto tentava expandir a aura, mas não aumentaria com rapidez suficiente para protegê-los, Elena sabia.

Acabou, pensou Elena, e pegou a mão de Andrés. Nunca teve medo de cair, mas agora estava apavorada.

E então veio um baque de cima, e outro, uma série de ruídos de pés e socos e de repente um corpo passou disparado por eles e caiu pesadamente no chão. Dois corpos, percebeu Elena, debatendo-se e rosnando a seus pés. Ela tentou se concentrar, respirando firme, e depois de um instante viu novamente a aura de Klaus, mais escura do que o preto e, num embate com ela, um emaranhado de vermelho-sangue, cinza sombrio e azul luzidio.

— Damon — sussurrou Elena.

Encoberto pelo escuro, mal se conseguia enxergar Damon, que conseguiu empurrar Klaus e se colocar de pé.

— Elena. — Ele estava ofegante, e uma onda de poder de Klaus o jogou contra a parede. Ele soltou um grunhido de dor. Elena estendeu o braço e tentou puxá-lo, mas ele foi espremido, o corpo preso na parede. Klaus riu sombriamente.

Houve um clarão de verde.

De súbito, Damon se soltou. Caiu da parede em cima de Elena, e ela cambaleou, segurando-o naquele segundo que ele precisou para recuperar o equilíbrio.

— Tire-a daqui! — gritou Andrés. — Não vou aguentar muito!

Klaus, a expressão contorcida de fúria, estava preso pela barreira verde e reluzente da aura protetora de Andrés, o verde sinistro iluminando seu rosto. Enquanto Elena encarava boquiaberta, Klaus forçou a mão pelo verde. Damon pegou Elena nos braços e pulou para o poço do elevador.

Elena não teve tempo nem de respirar quando Damon arrombou uma porta com os pés no alto do poço, e ela se viu caída no piso do lado de fora da porta do elevador, no último andar do prédio. Não havia salas de aula ali, apenas escritórios, e o corredor estava silencioso.

Damon estava ao lado dela, ainda a segurando e ofegando asperamente. Escorria sangue do nariz dele, e ele puxou o braço que a envolvia para limpá-lo com a manga da camisa.

— Temos de voltar — disse ela, assim que conseguiu falar.

Damon a encarou.

— Está brincando comigo? — Ele estava ofegante. — Nós mal conseguimos escapar.

Elena balançou a cabeça teimosamente.

— Não podemos abandonar Andrés.

O olhar de Damon ficou furioso.

— Seu amigo do elevador tomou a própria decisão — disse ele friamente. — Ele queria que eu salvasse você. Acha que vai agradecer se eu descer lá em vez de tirar você daqui?

Veio um estrondo do poço do elevador, abalando o prédio. Elena se colocou de pé, usando a parede para se equilibrar. Sentia-se frágil, mas decidida, como se fosse feita de vidro e aço.

— Nós dois vamos voltar — disse ela. — Não importa o que Andrés tenha escolhido. Não vou sair daqui sem ele. Leve-me lá para baixo.

Damon cerrou o maxilar e lançou-lhe um olhar mais furioso. Elena simplesmente ficou imóvel e esperou, impassível.

Por fim Damon praguejou em voz baixa e se levantou.

— Que fique registrado — disse ele, pegando-a novamente pelos braços e puxando-a para perto dele — que tentei salvá-la e que você é a pessoa mais irritantemente teimosa que conheci na vida.

— Também senti sua falta, Damon — disse Elena, fechando os olhos e colocando o rosto em seu peito.

Durante a subida pelo poço, Elena percebeu que Damon deve tê-la envolvido em um manto de seu Poder, por que o percurso foi tranquilo e quase instantâneo. Na descida, aparentemente ele não se incomodou em protegê-la. Seu cabelo voava para cima e a pele do rosto ardia com o vento que passava. *Ele está me segurando*, dizia ela a si mesma, mas seu corpo gritava que ela estava despencando.

Eles caíram no topo do elevador em meio a uma nuvem de poeira, e Elena engasgou e tossiu por vários minutos, enxugando as lágrimas do rosto.

— Temos de entrar — disse ela freneticamente, tateando no escuro assim que conseguiu voltar a falar. O elevador deve ter desmoronado quando atingiu o fundo do poço. Em vez de uma caixa de metal, sentia bordas afiadas, longos pedaços quebrados de vigas espatifadas e os restos das paredes. — Talvez Andrés ainda esteja vivo — disse ela a Damon. Ela se ajoelhou e começou a tatear pelo que antes era o teto do elevador. O espaço por onde Klaus e Damon tinham passado devia estar por ali em algum lugar.

Damon a segurou pelas mãos.

— Não. Você não disse que agora consegue enxergar a aura? Use seu Poder. Não tem ninguém ali.

Ele tinha razão. Assim que Elena olhou verdadeiramente, pôde ver que não havia vestígio do verde de Andrés ou aquele negro terrível e arrepiante que Klaus carregava.

— Acha que eles morreram? — sussurrou ela.

Damon deu um leve e amargo sorriso.

— Duvido. É preciso mais do que uma queda de elevador para matar Klaus. E se seu amiguinho humano do escudo estivesse morto aqui dentro, eu sentiria o cheiro do seu sangue. — Ele balançou a cabeça. — Não, Klaus escapou novamente. E levou o seu Andrés.

— Temos de salvá-lo — disse Elena e, quando Damon não respondeu imediatamente, ela puxou sua jaqueta de couro, trazendo-o para mais perto a fim de olhar de forma autoritária em seus olhos negros e insondáveis. Damon a ajudaria, quisesse ou não. Não ia deixar que ele escapasse novamente. — Temos de salvar Andrés.

35

Elena se movia com rapidez. Não podia parar, não podia pensar no que estaria acontecendo com Andrés, ou que talvez fosse tarde demais. Precisava manter a frieza e o foco. Pegou o telefone e ligou para os outros, informando-os da situação e lhes dizendo para se prepararem para uma luta e encontrá-la numa clareira no bosque à margem do campus.

— Marcamos a batalha com Klaus — disse ela a Damon, recolocando o telefone rapidamente na bolsa. — Desta vez, vamos vencer.

Eles passaram no quarto de Elena para deixar sua mochila e, quando chegaram à clareira, os outros já estavam reunidos. Bonnie e Alaric viam juntos o livro de feitiços enquanto Stefan, Meredith, Zander e Shay falavam de tática do outro lado da clareira. Os olhos de Zander, percebeu Elena, voltavam-se para Bonnie, mas ela estava concentrada em seu livro. Todos os outros estavam ocupados afiando estacas ou arrumando as armas.

Houve um silêncio quando Elena entrou com Damon. A mão de Meredith se apertou em seu bastão e Matt puxou Chloe para mais perto dele, protegendo-a.

Elena olhava para Stefan, que avançou um passo, a boca rigida.

— Damon me salvou de Klaus — anunciou ela, alto o bastante para que todos ouvissem. — Ele agora vai lutar conosco.

Stefan e Damon se olharam dos dois extremos da clareira. Depois de um instante, Stefan assentiu, sem jeito.

— Obrigado.

Damon deu de ombros.

— Eu tentei me afastar — disse ele —, mas acho que você não consegue sem mim. — A boca de Stefan formou um leve e relutante sorriso, e os irmãos se afastaram, Damon indo na direção de Bonnie e Alaric, e Stefan se aproximando de Elena.

— Tem certeza de que você está bem? — perguntou ele, passando as mãos de leve em seus ombros, como se quisesse se certificar de que ela não sofrera nenhum ferimento óbvio.

— Estou ótima — respondeu Elena, e o beijou. Ele a puxou para mais perto, e ela se inclinou em seu abraço, reconfortando-se na força dos braços de Stefan. — Andrés segurou Klaus, Stefan. Ele foi muito corajoso e disse a Damon para me tirar de lá. Eles me salvaram. — Ela conteve o choro. — *Não podemos deixar que Klaus o mate.*

— E não vamos — prometeu Stefan, a boca encostada em seu cabelo. — Vamos chegar a tempo.

Elena reprimiu as lágrimas.

— Não tem como saber disso.

— Faremos o máximo possível — disse-lhe Stefan. — Terá de ser o suficiente.

O sol estava baixo no céu e a luz da tarde se esparramava pela relva entre as árvores. Elena passou os minutos seguintes afiando estacas. Não tinham madeira da árvore sagrada, mas o freixo comum pelo menos machucaria Klaus. E qualquer madeira mataria seus descendentes vampiros.

— Muito bem — disse Stefan finalmente, chamando a todos. — Acho que estamos prontos, na medida do possível. — Elena olhou o grupo reunido: Meredith e Alaric de mãos dadas, parecendo fortes e preparados para qualquer coisa. Bonnie, o rosto corado e os cachos esvoaçantes, mas de queixo empinado, em desafio. Matt e Chloe, pálidos mas determinados. Zander, por enquanto ainda na forma humana, lançando olhares tristonhos e confusos para Bonnie, flanqueado por Shay e os outros lobisomens, com um espaço entre eles.

Damon se postava sozinho do outro lado do círculo, observando Elena. Quando Stefan limpou a garganta, preparando-se para falar, Damon desviou os olhos para o irmão. Ele parecia resignado, pensou Elena. Não feliz, mas também sem raiva.

Stefan sorriu levemente para Elena ao lado dele e olhou o resto do grupo.

— Vamos encontrar Andrés. Hoje vamos resgatá-lo e mataremos Klaus e seus vampiros. Agora somos uma equipe, todos nós. Ninguém... Nenhum de nós aqui, ninguém neste campus ou na cidade... estará seguro enquanto Klaus e seus seguidores estiverem vivos. Já vimos o que eles são capazes de fazer. Mataram James, um homem gentil e instruído. Mataram Chad, que era inteligente e leal. — Os lobisomens se remexeram, zangados, e Stefan prosseguiu. — Atacaram gente inocente no campus e na cidade nas últimas semanas e antes disso os vampiros do exército de Klaus abateram inocentes por todo o mundo. Temos de fazer o que pudermos. Somos os únicos que podem derrotar as trevas, porque somos os únicos aqui que sabem a verdade. — Seus olhos pararam nos de Damon e permaneceram ali por um longo tempo até o irmão finalmente virar o rosto, mexendo nos punhos da jaqueta. — É hora de tomarmos posição.

Houve um murmúrio de concordância e uns se viravam para os outros, pegando suas armas e se preparando para a luta. Elena deu um abraço firme e apertado em Stefan, o coração explodindo de amor. Ele tentava ao máximo cuidar de todos.

— Está preparada, Elena? — perguntou Stefan, e ela o soltou, assentindo, passando a mão rapidamente nos olhos.

Respirando fundo, ela procurou bem dentro de si mesma, pensando em proteção, no mal, tentando incitar seu Poder, como Andrés ensinara.

Quando abriu os olhos, sentiu um algo forte e quase inegável atraí-la para Damon. Incapaz de se conter, ela avançou antes de sentir a mão de Stefan em seu braço, impedindo-a.

— Não. Você deve encontrar Klaus.

Elena assentiu, evitando os olhos assustados de Damon. A atração a Damon era intensa: tentou ignorá-la, mas sabia que era o apelo de sua tarefa de Guardiã. Fechando novamente os olhos, respirou e se concentrou em Klaus. Passavam imagens rápidas e sucessivas por sua mente: seu beijo frio e brutal, seu riso enquanto batia os pés no teto do elevador, como jogara o corpo destroçado do pobre Chad pela clareira.

Desta vez, quando abriu os olhos, a atração sombria dentro dela a levava para fora da clareira, para longe de Damon, e ela quase podia sentir o gosto da névoa densa, escura e perniciosa da aura de Klaus.

Elena seguiu a direção que o Poder lhe dava, e os amigos foram atrás, próximos uns dos outros. Pelo caminho, Zander, Shay e os outros lobisomens que podiam se transformar sem lua já mudavam, saltando ao lado dos humanos com as orelhas aprumadas, procurando qualquer ruído de ataque, de boca aberta para pegar os aromas trazidos pelo vento.

Deram a volta pela beira do campus, mantendo-se junto das árvores, tentando ficar fora de vista. Elena esperava que seu Poder os levasse mais para dentro do bosque, para onde haviam lutado antes com Klaus, mas em vez disso ele o atraía de volta ao campus.

No fundo do campus havia antigos estábulos. Ao se aproximarem, o miasma das trevas parecia atraí-la para o prédio e uma igual escuridão se acumulava no alto. Nuvens negras pairavam sobre o estábulo, baixas e ameaçadoras. Zander virou as orelhas para a frente, enrijecendo a cauda, e um dos lobisomens na forma humana — Marcus, Elena achava — inclinou a cabeça como se escutasse.

— Zander disse que não é uma tempestade natural — informou Marcus com apreensão.

— Não — disse Elena. — Klaus sabe manipular os raios.

Os lobisomens olharam alarmados por um momento, erguendo as cabeças peludas, as orelhas retas, e voltaram a se concentrar na porta do estábulo, ainda mais preocupados do que antes.

— Ele sabe que estamos chegando — disse Stefan, tenso. — É o que mostram as nuvens de tempestades. Ele está preparado para nós. Bonnie, Alaric, para os lados. Fiquem longe da luta, mas lancem a maior quantidade de feitiços que puderem. Damon, Meredith, Chloe, quero vocês comigo na frente. Zander, faça o que acha melhor para a Alcateia. Matt e Elena, peguem as armas, mas fiquem na retaguarda.

Elena assentiu. Parte dela queria se rebelar por ter de ficar para trás enquanto os amigos estavam em batalha, mas fazia sentido. Ela e Matt eram fortes, mas não tanto quanto vampiros e lobisomens, e não eram tão capazes de proteger a si mesmos e aos outros como aqueles que usavam magia. Se ela devia matar Damon, supunha que algum poder mágico de luta por fim apareceria, mas não sabia se a leitura de aura e o rastreamento seriam úteis, agora que tinham encontrado Klaus.

Ao chegarem à porta, houve um segundo de hesitação.

— Pelo amor de Deus — disse Damon, com desdém. — Eles sabem que estamos aqui fora. — Batendo com uma elegante bota italiana no meio das portas do estábulo, ele as abriu.

Foi apenas a velocidade de seus reflexos de vampiro que garantiu a sobrevivência de Damon. Assim que as portas se abriram, caiu uma viga pesada e pontuda que fora cuidadosamente alojada no alto das portas. Damon conseguiu desviar para o lado automaticamente, a tempo de um golpe atingi-lo apenas no ombro, lançando-o para trás e para fora da porta, em vez atravessar seu peito. Com a mão no ombro, ele se curvou e caiu no chão de terra.

Logo em seguida, Elena avançou, levemente consciente da presença de Matt a seu lado. Os outros, os combatentes, atravessavam as portas: Meredith com seu bastão, Stefan com o rosto retorcido de fúria, lobisomens lançando-se para o confronto.

Com a ajuda de Matt, Elena tirou Damon do caminho e examinou seu peito, verificando o ferimento. A viga tinha penetrado o ombro, deixando uma ferida por onde os punhos de Elena podiam entrar. A terra abaixo dele já estava escura e ensopada de sangue.

— Parece bem sério — disse Matt.

— Não vai me matar. — Damon respirou profundamente, segurando a ferida com uma das mãos, como se pudesse unir suas bordas. — Voltem para a luta, seus idiotas.

— Alguém passando com uma estaca pode te matar — vociferou Elena. — Você não pode se defender sozinho desse jeito. — A atração de seu Poder para Damon lhe causava um comichão novamente. *Ele está indefeso*, disse algo dentro dela. *Acabe com ele.*

Ela sentiu uma presença às costas e se virou apressadamente quando Stefan, saindo da luta, ajoelhou-se na lama ensanguentada ao lado do irmão, examinando-o clinicamente. Eles trocaram um longo olhar, e Elena entendeu que se comunicavam em silêncio.

— Tome — disse Stefan. Ele mordeu o próprio pulso e o estendeu para a boca do irmão. Damon o olhou fixamente, depois bebeu de forma intensa, a garganta trabalhando.

— Obrigado — disse ele por fim. — Guarde alguns vampiros para mim. Chegarei lá em um segundo. — Ele se recostou, respirando fundo. Elena via que ferida já se fechava, a carne e os músculos novos por baixo da pele rasgada.

Stefan girou o corpo e voltou para o estábulo, com Matt atrás dele. Elena se curvou sobre Damon na lama e esperou até que ele se apoiasse nos cotovelos, cansado, depois se colocasse de pé.

— Ai. Agora não estou em minha melhor forma, princesa. Mas eles estragaram minha jaqueta e isso me dá motivo para lutar. — Ele abriu um eco pálido de seu sorriso luminoso de costume.

— Bom, já que veio até aqui. — Elena manteve com dificuldade um tom leve. Resistiu ao impulso de escorá-lo para o estábulo, e ele andava firmemente quando chegaram às portas.

O interior do estábulo parecia o inferno. Damon praguejou e passou rapidamente por ela, atirando-se na batalha.

Os amigos de Elena travavam um combate renhido; Elena podia perceber isso apenas com um olhar. Meredith estava envolvida no que parecia uma dança de combate com um vampiro moreno de pés ligeiros que só podia ser seu irmão gêmeo. Bonnie e Alaric ficaram em cantos opostos do estábulo, de braços erguidos, entoando alto, lançando algum feitiço de proteção para seus aliados. Andrés também estava ali, ela via, amarrado e jogado de qualquer jeito numa parede, mas pressionava as mãos na terra e erguia uma onda verde de Poder protetor.

Os lobisomens passavam pela turba, lutando juntos, na forma humana e de lobo, como uma Alcateia. Damon, Stefan e até Chloe se engalfinhavam com vampiros, enquanto Matt rapidamente cravava uma estaca nas costas de um oponente de Chloe.

De repente, a mente de Elena clareou. Ela ficara para trás, como Stefan ordenou, acostumada a ser frágil, menos guerreira do que os outros. Mas agora não podia ser morta pelo sobrenatural.

Segurando firmemente sua estaca, Elena se atirou na batalha com energia. Seu Poder a impelia, e ela procurou e viu Damon lutando com um dos vampiros de Klaus, os dentes à mostra e ensanguentados. O Poder de Elena a impelia a atacá-lo e ela reprimia suas emoções. *Damon não*, disse ela a si mesma severamente.

Um vampiro moreno de expressão alegre a fez girar, segurando-a pelo ombro, e tentou cravar as presas em seu pescoço. Com um golpe de sorte e velocidade, Elena meteu a estaca em seu peito.

Na primeira arremetida, não enterrou fundo o suficiente para atingir o coração do vampiro. Por um segundo, tanto Elena quanto o vampiro se olharam com a estaca a meio caminho de seu peito, depois Elena invocou suas forças e enterrou mais fundo. O vampiro se curvou no chão, pálido e de certa forma menor. Elena, num triunfo selvagem, procurou o próximo adversário.

Mas havia vampiros demais. E, no meio de tudo, com o rosto brilhando de prazer, estava Klaus. A pouca distância dele, Stefan cravou uma estaca no oponente e investiu contra Klaus com as presas à mostra.

Klaus ergueu as mãos para uma abertura no teto arruinado e, com um estrondo de trovão, um raio caiu. Klaus riu e o apontou para Stefan, mas Bonnie, também rápida como um raio, ergueu as mãos e gritou algo em latim. O raio mudou de rumo em pleno ar, atingindo uma das antigas baias e explodindo sua porta. A baia se incendiou rapidamente. Klaus gritou, um grunhido alto e furioso, e ergueu as mãos, arrancando Stefan do chão.

Elena gritou e tentou correr até Stefan, mas havia coisas demais pelo caminho, combatentes demais em luta. Por que não podia liberar mais de seus Poderes? Ela os sentia ali, nas portas trancadas de sua mente, e sabia que seria mais forte se conseguisse alcançá-los.

Seu Poder a impelia, e Elena involuntariamente desviou os olhos de onde Stefan tinha caído e viu Damon rasgar a garganta do adversário.

Num átimo, Elena compreendeu.

— Damon! — gritou ela, e ele logo estava a seu lado, limpando o sangue da boca com as costas da manga.

— Você está bem? — perguntou ele.

— Lute contra mim — disse Elena, e ele encarou, espantado. — Lute comigo! Só assim posso ativar meu Poder.

Damon franziu o cenho. Depois assentiu e bateu em seu braço. Não foi muito forte, certamente não pelos padrões de Damon, mas doeu e a jogou para trás.

Algo dentro de Elena se abriu e o Poder tomou seu corpo. De repente, sabia como agir. Agora estava repleta do Poder, pronta para desencadeá-lo, inteiramente concentrado em Damon. *Ele não*, disse ela a seu Poder novamente. *Damon não*. Com o que lhe pareceu um imenso esforço físico, ela desviou a atenção, de volta a Klaus e Stefan.

Ela agitou a mão, uma das vigas do palheiro se soltou e ela a jogou na direção de Klaus, derrubando-o de costas enquanto Stefan se levantava com dificuldade.

Ouviu-se um grito agudo, quase inaudível com o crepitar mais alto das chamas, e Elena girou o corpo, vendo Bonnie nas mãos de um dos vampiros de Klaus, espernenado e lutando furiosamente. A mão dele se fechava em sua boca para impedir que lançasse mais feitiços.

Com um ímpeto de fúria, Elena jogou uma tábua lascada no peito do vampiro e o viu cair sem vida no chão.

Klaus agora estava em pé novamente. Stefan foi atacado por outro dos descendentes de Klaus, e mais perto dela Damon lutava com um vampiro imenso, ruivo e de aparência brutal. *Um viking,* pensou Elena, e seguiu na direção de Klaus, empurrando o fogo à frente. Precisava manter o fogo longe dos amigos e em volta do próprio Klaus.

As chamas agora estavam à volta de Elena. Mas, olhando para trás, via que o ar ali era mais claro. Os amigos lutavam e parecia que podiam vencer. Enquanto Elena olhava, Meredith apertou o bastão no coração do irmão e ele lhe disse alguma coisa. Os dois estavam longe e as chamas eram ruidosas demais para Elena ouvir as palavras dele, mas o rosto de Meredith se contorceu num triste sorriso quando ela cravou o bastão no coração de Cristian.

Elena tossiu várias vezes. Era difícil ter fôlego em meio a toda aquela fumaça, e seus olhos ardiam. Usou a mente para empurrar as chamas para mais perto de Klaus. Mas este novo Poder era exaustivo demais, e ela estava tonta. Sentia que o Poder se esgotava, uma vez que não estava mais concentrada em Damon, e ela tentou se agarrar a ele. Elena tossiu novamente, ofegante. Klaus olhava furiosamente para ela, estendendo os braços, e suas mãos imundas, sujas de cinza, lama e sangue, roçaram seu braço.

Ela congregou o que restava de sua energia e despejou suas forças no novo Poder, forçando as chamas entre os amigos e os vampiros de Klaus aumentarem, obrigando-os a se separarem, os amigos a se afastarem do canto do estábulo onde ela enfrentava Klaus. Em volta de Klaus e Elena, o fogo rugia.

— Elena! Elena! — Conseguia ouvir as vozes deles aos gritos, e vislumbrou o rosto agoniado de Stefan pouco antes de as paredes desabarem em cima dela e de Klaus, derrubando os dois.

36

Stefan cerrou os punhos, cravando as unhas nas palmas para reprimir a névoa de infelicidade que o engolfava. Elena não estava morta. Não acreditaria nisso.

A plena escuridão caíra, e os bombeiros finalmente apagaram as chamas que consumiram o antigo estábulo. Trabalhavam cuidadosamente nos destroços, retirando um corpo após outro.

Do lado de fora da barreira de proteção, protegidos por um grupo de árvores, Stefan e os outros esperavam. Meredith e Bonnie se abraçavam, Bonnie aos prantos. Andrés estava sentado no chão, tonto e em silêncio, os olhos fixos nos movimentos lentos dos bombeiros.

Stefan se lembrou da expressão de Elena quando a parede em chamas caiu em cima dela. Parecia tão resignada, tão tranquila ao olhar para ele pela última vez, as chamas que ela interpôs entre os dois aumentando rapidamente. A parede caiu tão rápido — como Elena teria escapado?

Stefan sentiu a mão de alguém em seu ombro, e quando ergueu os olhos viu Damon tirar os olhos sérios dele e encarar o que restava do estábulo.

— Ela não está ali, sabe disso — disse Damon. — Elena tem uma sorte dos diabos. Jamais ficaria presa ali.

Stefan se curvou um pouco na direção da mão do irmão. Estava cansado e tomado de tristeza, e havia um conforto na familiaridade de Damon.

— Ela morreu duas vezes antes de se formar no ensino médio — disse ele a Damon com amargura. — Não sei se chamaria isto de sorte. E nas duas vezes a culpa foi nossa.

Damon suspirou.

— Mas ela voltou — disse ele gentilmente. — Nem todos conseguem fazer isso. Quase ninguém, na verdade. — Seus lábios se curvaram num meio sorriso. — A não ser eu, é claro.

Stefan desviou os olhos, em brasa.

— Não brinque com isso — disse ele num murmúrio baixo e furioso. — Como... pode... brincar com uma coisa dessas? Você não se importa nem um pouco? — Mas não devia estar surpreso. Damon passou as últimas semanas mostrando, com violência e capricho, o pouco que se importava com qualquer um deles.

Damon o fitou com os olhos negros.

— Eu me importo. Você sabe que sim. Mesmo quando não quero. Mas sei que ela não está morta. Se você não confia na sorte de Elena, pense em Klaus. É preciso mais do que um incêndio para matá-lo.

— O fogo mata os vampiros — disse Stefan obstinadamente. — Mesmo os Antigos.

— Ele brincava com raios — disse Damon, e estremeceu. — Acho que não existe muita coisa que possa matar Klaus.

Os bombeiros interromperam a busca, cada centímetro de madeira queimada e terra revirado, e cobriam os corpos com lonas escuras.

Vou verificar, disse Damon para Stefan em silêncio e, transformando-se em corvo, voou pela noite, pousando em uma árvore perto dos cadáveres.

Alguns minutos depois estava de volta, na forma humana e de pé enquanto atingia o chão e cambaleava alguns passos, menos elegante e equilibrado do que o normal. Stefan estava vagamente consciente de todos, seus aliados, reunidos em volta, mas tinha os olhos fixos e suplicantes em Damon. Ele abriu a boca, mas a pergunta que precisava fazer não saiu. *Elena está lá?*, pensou ele, desesperado. *Está?*

Se Elena se foi, se ela se sacrificou para salvá-lo, Stefan estaria morto na manhã seguinte. Não havia nada para ele sem ela.

— Elena não está lá — disse Damon de forma sucinta. — Nem Klaus. Todos são descendentes de Klaus.

Bonnie soltou um soluço curto e entrecortado de alívio, e Meredith apertou firmemente sua mão, com os nós dos dedos empalidecendo.

— Klaus deve tê-la levado — disse Stefan, e o mundo voltava a entrar em foco, agora que ele tinha um propósito. — Temos de encontrá-los antes que seja tarde demais.

Seus olhos encontraram os de Damon, verdes e negros, exatamente na mesma expressão: medo e esperança em igual medida. Damon assentiu. Os dedos de Stefan relaxaram onde agarravam a camisa de Damon, e ele puxou o irmão num breve abraço, tentando lhe enviar todo o amor e gratidão de que nunca foi capaz de colocar em palavras. Damon estava de volta. E se alguém podia ajudar Stefan a salvar Elena, era ele.

— Existe alguma coisa que você possa fazer? — perguntou Stefan a Andrés. Ele ouvia o tom suplicante na própria voz.

Ao redor, os outros estavam tensos, esperando pela resposta. Bonnie cuidava do ombro de Shay, colocando um curativo numa mordida grave de vampiro, e os dedos habilidosos enrijeceram de ansiedade até que Shay soltou um gemido baixo.

— Espero que sim — disse Andrés. — Vou tentar. — Ele se ajoelhou e estendeu as palmas das mãos no chão abaixo das árvores. Observando, Stefan sentiu os estalos de Poder no ar. Andrés ficou imóvel, os olhos castanhos semicerrados e focalizados. Novas folhas de grama brotavam pela terra, enroscando-se em seus dedos.

— Isto não é tão eficaz quanto o Poder de rastreamento de Elena — explicou ele —, mas às vezes posso sentir as pessoas. Se ela estiver tocando a terra, saberei onde está.

Andrés ficou sentado pelo que pareceu um longo tempo, o rosto tranquilo e atento. Ao cravar os dedos mais fundo, enterrando suas pontas no solo ao pé de uma bétula, a árvore desenrolou folhas novas.

— Mais rápido — ordenou Damon, a voz baixa e perigosa, mas Andrés não exibiu nenhuma reação. Era como se tivesse se enterrado tão fundo em si mesmo, ou em sua comunhão com a terra, Stefan não sabia bem o quê, que não conseguia ouvir mais ninguém.

A pulsação de Stefan martelava mais acelerada do que conseguia se lembrar de antes de ter se tornado vampiro. Ele cerrava e abria os punhos, tentando se conter para não sacudir Andrés. O Guardião fazia o que podia, e distraí-lo não apressaria seu trabalho. Mas Elena, ah, Elena.

Ao longe, ele ouvia Matt procurando no bosque, chamando, "Chloe! Chloe!" A jovem vampira tinha conseguido sair do estábulo;

Stefan tinha certeza de tê-la visto, escurecida de cinzas, mas ilesa. Agora, porém, não a encontravam em lugar nenhum. O coração de Stefan se compadeceu de solidariedade. A menina que Matt amava também estava desaparecida.

— Estranho — disse Andrés. Foi primeira palavra que pronunciou depois de algum tempo, e a atenção de Stefan imediatamente se voltou para ele. Andrés ergueu a cabeça a fim de olhar para Damon e Stefan, a testa enrugada, confuso. — Elena está viva — disse ele. — Tenho certeza de que está viva, mas parece que está embaixo da terra.

Stefan relaxou o corpo de alívio: viva. Ele olhou para Damon, buscando confirmação.

— Os túneis? — perguntou ele, e Damon assentiu. Klaus devia tê-la levado para os túneis que cruzavam o subterrâneo do campus, aqueles usados pela Vitale Society.

Meredith, sentada ali perto com Alaric, levantou-se rapidamente.

— Onde fica a entrada mais próxima? — perguntou ela.

Stefan tentou imaginar o labirinto de passagens que Matt tinha desenhado para ele antes da batalha contra os vampiros Vitale. Havia muitas áreas em branco e entradas mal desenhadas em seu mapa mental, porque Matt só percorrera uma pequena parte do que parecia um labirinto vasto e retorcido por baixo do campus e talvez da cidade. Mas, pelo que ele sabia...

— O esconderijo dos vampiros — disse Stefan, decidido.

37

O ombro de Elena bateu em alguma coisa dura, e ela soltou um leve ruído de protesto. Só queria dormir, mas alguém não a deixava descansar. Suas pernas doíam.

Sua cabeça se chocou em alguma coisa e a perspectiva de Elena se alterou. Alguém a puxava pelas pernas, ela percebeu, o resto do corpo deslizando pelo chão. Seu cabelo se prendeu, puxando a cabeça antes que se soltasse, e ela gemeu novamente. Devagar, ela abriu os olhos.

— Voltou para mim, pequena? — perguntou Klaus, desconcertante e jovial. Era ele que a arrastava, percebeu Elena, e embora estivesse escuro ele claramente sentira quando ela acordou. Ele riu, o riso sombrio e perturbador fazendo-a se encolher. — Não posso matá-la com meus dentes, nem com minha adaga, mas uma faca comum funcionará, não acha? Posso amarrá-la e jogá-la no lago para que se afogue. O que você acha?

A boca de Elena estava seca, e ela precisou de algumas tentativas para emitir algum som.

— Eu acho — disse ela por fim, sem muita clareza — que Stefan virá me salvar.

Klaus riu novamente.

— Seu precioso Stefan não conseguirá encontrá-la. Agora ninguém poderá salvá-la.

Eles não colocavam os pés no esconderijo desde que tinham saído com Chloe, na noite da ressurreição de Klaus. Quando chegaram, um leve cheiro de verbena ainda perdurava no porão e a pele de Stefan reagiu com uma comichão. Meredith puxou um alçapão no chão e Stefan entrou primeiro, seguido pelos outros.

Todos setavam presentes, exceto Matt, de armas em punho, trazendo lanternas, tensos e prontos para a luta. Matt ficou procurando por Chloe. Bonnie, Alaric e Meredith mantinham-se bem juntos, os rostos pálidos e tensos. Shay, Zander e os outros lobisomens também permaneciam unidos, atentos a qualquer ruído ou cheiro no escuro. E Damon, Stefan e Andrés formavam a vanguarda, cada um deles atento a qualquer sinal de Elena.

Parecia que tinham andado quilômetros pelas passagens subterrâneas que se estreitavam, de passagens de concreto a túneis empoeirados cavados na terra. Andrés parava frequentemente e tocava o chão e as paredes, escutando com as mãos antes de decidir por uma direção.

— Vocês vieram por aqui quando lançaram o gás pelos túneis? — perguntou Stefan a Meredith enquanto esperavam com impaciência em um desses intervalos, e ela meneou a cabeça, os olhos arregalados.

— Estamos muito mais fundo do que pensei que fossem os túneis — respondeu ela. — Não sabia que a Vitale Society tinha algo tão complexo.

— Será que foi mesmo a Vitale Society? — Bonnie interrompeu de repente. — Eles usavam esses túneis, mas continuo com a sensação de que tem algo mais antigo aqui. Algo arrepiante.

Em silêncio, Alaric levantou a lanterna, iluminando uma série de runas entalhadas na pedra acima deles.

— Não consigo ler, mais isto deve anteceder em séculos a Dalcrest.

Agora que Stefan estava concentrado na escuridão, parecia que ela os pressionava de todos os lados e exalava segredos atemporais. Era como se houvesse alguma coisa imensa e adormecida, fora de vista, enrolada em si mesma, esperando para despertar. O peito de Stefan doía de angústia. *Elena...*

A batida constante dos passos de Klaus parou, mas Elena ainda deslizava. Com um choque, percebeu que ele a puxava para si, e se debateu desesperadamente, tentando se livrar dele.

Mas ela estava tão cansada. Usou seu Poder mais do que nunca e se sentia esgotada e impotente. Não podia fazer nada além de lutar debilmente enquanto Klaus a levantava, pegando-a nos braços com gentileza, como se ela fosse um bebê.

— Não — sussurrou ela com a voz rouca.

Ela sentiu a mão de Klaus afagando seu cabelo e estremeceu de repugnância com o toque gentil no escuro. Lutou, fraca, mas o Poder dele a mantinha parada.

— Eu podia ter deixado que o fogo a matasse — sussurrou ele, numa voz íntima e quase terna —, mas que poesia há nisso? Minha mordida não pode feri-la, mas quero sentir o gosto da menina que fascina tanto os vampiros. Nunca provei uma Guardiã. Seu sangue é especialmente doce?

Ele colocou a boca no pescoço de Elena e ela se retraiu. Não conseguia mais lutar. As presas dele pressionavam sua pele, ásperas e exigentes, e parecia que seu pescoço estava sendo aberto. Ela tentou gritar, mas saiu apenas um gemido.

Ele não pode me matar assim, ela se lembrou desesperadamente. Entretanto, parecia que sua vida lhe era sugada.

Andrés estava perfeitamente imóvel, a mão pressionada na pedra.

— O que foi? — disse Stefan asperamente.

Andrés abriu os olhos, a expressão desolada.

— Eu a perdi. Ela estava tão perto, mas agora... Não toca mais a terra. Não sei onde ela está.

— Elena! Elena! — gritou Stefan enquanto corria, passando pelo resto do grupo. Ela não podia estar morta. Atrás dele, escutava as botas de Damon em seu encalço.

À frente das lanternas, fizeram uma curva e entraram na completa escuridão. Stefan concentrou o Poder nos olhos para enxergar.

Pouco à frente, Klaus levantou a cabeça, o sangue escorrendo da boca e pingando pelo queixo. Em seus braços, Elena jazia flácida, o cabelo dourado e sedoso agora embaraçado e sujo, pendurada no braço de Klaus. Stefan rosnou e investiu contra ele.

Klaus lambeu os lábios, a língua rosa e lenta, depois estremeceu com um sorriso no rosto. Lentamente, ainda sorrindo, desabou no chão, e Elena caiu num baque na frente dele. O coração de Stefan afundou ao saltar na direção dela. Elena estava no meio do túnel, imóvel e muito pálida, a cabeça virada de lado e os olhos fechados.

Havia sangue para todo lado, sujando sua camiseta antes branca de um vermelho escuro e denso. Seu pescoço estava coberto de sangue seco.

E, além dela, flácido como um brinquedo descartado, estava Klaus. Embora não houvesse nenhuma marca nele além de um risco de sangue no canto da boca, Stefan não tinha dúvida de que estava morto. Ninguém vivo teria aquela aparência, como se tudo o que fizesse parte dele tivesse desaparecido, deixando um boneco de cera em seu lugar. Especialmente o Klaus que manipulava raios, que reluzia de fúria dourada e putrefata. Ele parecia um cadáver mal conservado.

Mas Elena...

Para espanto de Stefan, Elena se mexeu, agitando os cílios.

Stefan a pegou em seus braços. Ela estava tão pálida, mas seu coração batia firme. Damon pairava acima dele, a boca retorcida de ansiedade.

— Ela vai sobreviver — murmurou Damon, em parte consigo mesmo, em parte para o irmão.

Stefan abriu a boca para concordar, mas só o que saiu foi um soluço entrecortado. Começou a beijar Elena, pontilhando sua face, a boca, a testa e as mãos com beijos leves.

— Stefan — murmurou ela debilmente, e sorriu. — Meu Stefan.

— O que houve? — perguntou Bonnie quando os outros faziam a curva e se aproximavam. Só Andrés ficou imóvel pouco além da curva no túnel, encarando Elena, espantado.

— Ela é a Eleita — sussurrou ele.

— Eleita para quê? — perguntou Elena, ainda sorrindo, zonza. Ela ergueu a mão e acariciou o rosto de Stefan.

Andrés parecia ter dificuldade para falar. Engoliu em seco, lambeu os lábios e engoliu novamente, meio perdido.

— Tem uma lenda — disse ele por fim, hesitante. — Uma lenda dos Guardiões. Diz que um dia uma Guardiã jurada, nascida de uma Guardiã Principal, virá à Terra. Seu sangue, o sangue dos Guardiões transmitido pelas gerações, será o anátema das criaturas mais Antigas das trevas.

— O que isso quer dizer? — perguntou Stefan severamente.

Andrés ergueu a lanterna, iluminando o cadáver patético e diminuído de Klaus.

— Quer dizer — disse ele, a voz assombrada — que o sangue de Elena matou Klaus. Seu sangue matará qualquer um dos Antigos, os vampiros e demônios que andam pela Terra desde o alvorecer da civilização humana... Talvez até antes disso. Isso quer dizer que Elena é mesmo uma arma muito valiosa.

— Espera — disse Damon. — Isto não pode ser verdade. Eu bebi o sangue de Elena. Stefan bebeu o sangue de Elena.

Andrés deu de ombros.

— Talvez suas propriedades só sejam fatais para os Antigos. Os Originais. É o que diz a lenda.

— E o sangue dela é especial — disse Stefan, a voz rouca.

Ele e Damon trocaram um olhar rápido e constrangido. O sangue de Elena era delicioso e inebriante, incontáveis vezes mais poderoso do que qualquer outro sangue que Stefan tinha provado. Achava que a diferença se devia ao amor que eles partilhavam.

— Mas... — disse Bonnie, franzindo a testa. — Seus pais não eram Guardiões, eram? — perguntou ela a Elena.

Elena fez que não com a cabeça, mas seus olhos estavam sem brilho e as pálpebras caíam. Ela precisava de descanso e de cuidados médicos adequados.

— Podemos conversar sobre isso depois — disse Stefan abruptamente, e se levantou, pegando Elena com cuidado e gentileza nos braços. — Ela precisa sair daqui.

— Bom, seja a Eleita ou não — disse Meredith, olhando o monstro morto a seus pés —, Elena matou Klaus. — Todos ergueram o corpo inconscientemente, sorrindo. Não tinham mais nada a temer.

38

— Chloe? — Matt a chamou cautelosamente, enfiando a cabeça dentro de um dos galpões vazios que cercavam os estábulos incendiados. O céu começava a clarear a leste, indicando o fim de uma longa noite. Ainda havia alguns bombeiros e paramédicos perto dos estábulos isolados, revirando as cinzas, então ele precisava fazer silêncio. Respirou fundo, tentando se acalmar. Chloe devia estar em algum lugar, lembrou Matt a si mesmo. Ele a viu depois da luta, cansada mas não gravemente ferida. Provavelmente ela só se retirou, dominada por todo o sangue e pela adrenalina da batalha. Logo apareceria.

O galpão estava às escuras e silencioso. Matt ergueu a lanterna e iluminou as paredes vazias do espaço mínimo: não havia onde alguém se esconder. Quando estava prestes a sair, um arranhar fraco chamou sua atenção. Então não estava inteiramente vazio.

Focalizando a luz da lanterna no chão, teve um vislumbre de olhos brilhantes e um rabo comprido antes que um camundongo disparasse novamente para fora de vista. Nada mais.

— Chloe! — Ele sibilou, indo para o antigo celeiro, a última construção em que ainda não dera uma busca.

Três lobisomens, os mais machucados e ensanguentados da Alcateia depois da batalha, ficaram para trás depois que o resto do grupo saiu para procurar Klaus e Elena. Mas agora tinham ido embora. Ofereceram ajuda a Matt para encontrar Chloe, mas ele os dispensou. Àquela altura, ainda tinha certeza de que a encontraria a qualquer momento.

— Vai ficar tudo bem — dissera Matt a Spencer. — Vá cuidar de seus ferimentos. Eu a encontrarei. Deve ser idiotice ficar tão preocupado.

Spencer sempre pareceu a Matt ter mais gel do que miolos na cabeça, mas ele lhe lançou um olhar surpreendentemente perspicaz.

— Escuta, cara — disse ele em seu sotaque arrastado de surfista rico, ainda conseguindo parecer meio relaxado, apesar da dor que transparecia na voz. — Quero o melhor para você, quero mesmo, mas os vampiros...

— Eu sei. — Matt estremeceu. Ele sabia; podia escrever um livro sobre os motivos para não namorar vampiros, mas isso quando pensava em Elena, não em si mesmo, e antes de ter conhecido Chloe. Agora era diferente. — Vou encontrá-la — dissera ele, extremamente comovido com a preocupação de Spencer. — Mas obrigado. Mesmo.

Ele sentiu certa tristeza ao ver Spencer e os amigos se afastarem, como se fosse a última pessoa que restava no mundo depois dos lobisomens sumirem de vista.

Onde Chloe poderia estar? Saíram do estábulo ombro ao ombro depois que metade do teto desabou. Chloe tremia, tinha as pupilas dilatadas e as mãos sujas de sangue, mas estava com ele.

E então, em algum momento durante o pânico ao perceberem que Elena estava sob o teto em chamas durante o desabamento, Chloe simplesmente sumiu.

Pensar em Elena nas garras de Klaus lhe dava uma pontada de culpa. Era Elena, sua amiga e a garota que foi o sol em torno do qual orbitou por tanto tempo. Ele queria estar presente nas buscas com o resto do grupo. Mas também precisava encontrar Chloe.

O celeiro era frágil, uma de suas largas portas duplas pendia torta por uma única dobradiça. Matt se aproximou dela com cautela — não faria nenhum bem a Chloe se ele ficasse preso embaixo de uma porta de celeiro caída.

A porta meio quebrada vacilou e rangeu, mas não caiu quando ele se espremeu pelo espaço entre a porta e a lateral do celeiro, iluminando o interior com a lanterna. A poeira subiu no facho de luz, partículas flutuando densas no ar.

Em seu interior, alguma coisa se mexeu, e Matt avançou, lançando a luz de um lado a outro. Bem no fundo, viu algo branco.

Ao se aproximar mais um pouco, Matt percebeu que era o rosto de Chloe que olhava fixamente a luz da lanterna, em estado de pânico. Depois de uma longa busca, Matt precisou de um momento para processar o que acontecia: sua primeira reação foi uma simples onda de alívio — graças a Deus ele enfim encontrou Chloe. Depois percebeu que ela estava suja de sangue e que, imóvel em seus braços, estava Tristan.

Chloe piscou vagamente para Matt, depois seu rosto foi tomado de uma percepção consternada. Ela afastou Tristan, horrorizada. O lobisomem soltou um gemido fraco de agonia ao cair no chão com um baque, depois ficou imóvel.

— Ah, não — disse Chloe, caindo de joelhos ao lado dele. — Ah, não. Eu não queria fazer isso.

Matt correu até ela.

— Ele está vivo?

Chloe se esforçou tanto, e ele esteve presente em cada passo da sua jornada, ajudando-a como podia. A vida era bem injusta. Mas agora a cabeça de Chloe estava curvada sobre Tristan e ela passava a mão com urgência por seu corpo, tentando acordá-lo.

Matt se abaixou do outro lado de Tristan e tentou verificar os ferimentos do lobisomem. Meu Deus, o coitado sangrava por todo lado. O cheiro devia parecer um banquete para Chloe.

— Eu sinto muito, Tristan — sussurrou Chloe. — Por favor, acorde.

— Tristan, pode me ouvir? — Matt checava sua pulsação. O coração do lobisomem batia lenta e firmemente, e ele respirava bem. A Alcateia era resistente. Mas os olhos do lobisomem não tinham foco e ele não respondeu quando Matt chamou novamente seu nome, sacudindo-o com gentileza.

— Acho que talvez eu o tenha, hmmmm, acalmado — disse Chloe, magoada. — Como os coelhos.

— Precisamos conseguir ajuda — disse Matt bruscamente, sem olhar para ela.

Ela não respondeu. Matt levantou a cabeça e enxergou horror e culpa em sua expressão, as lágrimas escorrendo pelo rosto redondo, criando rastros pelo sangue em volta de sua boca. Uma vez ela brincou com ele que ficava horrorosa chorando, e agora ela esfregava o nariz que escorria com as costas da manga da blusa. Na semiescuridão, seus olhos pareciam poços escuros de infelicidade.

— Vamos — disse ele, com mais gentileza. — Isso não é o fim do mundo. Vamos recomeçar. Você não devia ter entrado em batalha agora. É difícil demais para você ficar perto de toda aquela ação. Todo aquele sangue. — Contra a própria vontade, sua voz titubeou um pouco na palavra *sangue*. Matt engoliu em seco, infeliz, e continuou, esforçando-se para que a voz saísse mais confiante. — Todos tem alguma recaída quando estão se tratando de um vício. Vamos voltar ao ancoradouro, afastados de todos. Vai ficar tudo bem. — Ele parecia desesperado, até para si mesmo.

Chloe negou com a cabeça.

— Matt... — começou.

— Foi um erro — disse Matt com firmeza. — Tristan vai ficar bem. E você também.

Chloe negou de novo, muda, desta vez com mais força, os cachos que Matt sempre achou tão lindos esvoaçantes.

— Eu não vou — disse ela, infeliz. — Não vou ficar bem. Eu te amo, Matt, amo de verdade. — A voz se interrompeu num soluço, e ela respirou fundo e recomeçou. — Eu te amo, mas não posso viver desse jeito. Stefan tinha razão; agora não estou viva. Não tenho forças suficientes. As coisas não vão melhorar.

— Você tem muita força — argumentou Matt. — Eu vou ajudá-la. — O amanhecer rompia do lado de fora e ele via as cinzas e o sangue que sujavam a pele agora inchada do choro de Chloe, as olheiras fundas sob os olhos.

— Fico muito feliz por você ter ficado um tempo comigo — disse ela. — Você cuidou muito bem de mim. — Ela se curvou para a frente, por cima do corpo inconsciente de Tristan, e o beijou. Seus lábios eram macios e tinham gosto de cobre e sal. A mão de Chloe encontrou a dele, e ela colocou alguma coisa pequena e dura em sua palma.

Afastando-se do beijo, ela disse, a voz fina:

— Espero que um dia encontre alguém que mereça você, Matt. — E se levantou.

— Não... — Matt ficou em pânico, estendendo a mão para ela. — Eu preciso de você, Chloe.

Chloe o olhou de cima, calma e segura. Chegou a abrir um leve sorriso.

— Esta é a atitude certa — disse ela.

Em alguns passos, ela atravessou o celeiro e passou pela abertura entre as portas. O sol agora nascia, e seu corpo era escuro contra a luz rosa e dourada.

Então Matt ouviu uma explosão de chamas e Chloe se transformou num monte de cinzas.

Matt olhou o pequeno objeto duro que ela colocara na palma de sua mão. Era o pequeno broche na forma de um *V*, feito de pedra azul. Ele também tinha um: o distintivo Vitale que Ethan dera a todos quando ele, Chloe e todos os outros aspirantes eram humanos e inocentes. O amuleto de lápis-lazúli que protegia Chloe da luz do dia.

Ele cerrou o punho em volta do broche, ignorando a dor de suas bordas afiadas na mão, e soltou um soluço seco e ofegante.

Ele teria de se levantar em um minuto. Tristan precisava de sua ajuda. Mas, por um momento, baixou a cabeça e deixou que as lágrimas escorressem.

39

Stefan e Elena não conseguiam parar de se tocar. Toques suaves, mãos entrelaçadas, um leve beijo, um carinho no rosto.

— Você está viva — disse-lhe Stefan, de olhos arregalados. — Pensei que tivesse perdido você.

— Nunca — disse Elena, estendendo a mão para puxá-lo mais até que ele se sentasse na cama, com o corpo encostado nela. — Não vou a lugar nenhum sem você.

Klaus estava morto. E Elena tinha *sobrevivido*. O completo assombro de tudo isso a deixava zunindo de alegria.

Mas Stefan tirou seu cabelo do rosto com uma carícia, e sua expressão — amorosa, mas de certo modo ainda tingida de preocupação — fez sua efervescência diminuir.

— Que foi? — perguntou ela, de repente apreensiva.

Stefan balançou a cabeça.

— A tarefa ainda não está concluída. Os Guardiões ainda podem levar você.

Elena fazia o maior esforço possível para evitar esse pensamento, mas agora, com as palavras de Stefan, ela ficou imóvel e deixou que essa informação a dominasse: os Guardiões ainda esperavam que ela matasse Damon. E o castigo por não obedecer seria deixar a Terra. Perder Stefan.

— Eu sempre vou amar você, aconteça o que acontecer — prometeu Stefan. Suas sobrancelhas estavam unidas, e Elena sabia os temores que guerreavam dentro dele: o medo de perder Elena e o medo de perder Damon. — O que quer que você decida, Elena, eu confio em você. — Ele levantou a cabeça, e seu olhar era firme e sincero, os olhos brilhavam.

Elena passou os dedos na testa de Stefan, tentando desfazer as rugas de preocupação.

— Eu acho... — disse ela devagar —, acho que sei de um jeito de salvarmos a mim e a Damon. Espero.

Nessa hora, Andrés bateu gentilmente na porta entreaberta do quarto de Elena, e ela o recebeu com um sorriso.

— Como está se sentindo? — perguntou ele, sério. — Posso voltar mais tarde, se estiver descansando.

— Não, fique. — Ela deu um tapinha na cadeira ao lado da cama. — Quero que me conte tudo o que está acontecendo.

— Se quiserem falar dos Guardiões, posso deixar vocês dois a sós, talvez pegar alguma coisa para Elena comer — disse Stefan. — Não quero que ela fique sozinha.

Stefan beijou Elena mais uma vez e ela tentou transmitir todo o amor e a segurança que sentia naquele abraço. Quando ele finalmente se afastou, as linhas de seu rosto estavam mais suaves, mais relaxadas. O que quer que Elena estivesse planejando, seu olhar lhe garantira, ele estaria com ela. Quando Stefan saiu do quarto, Andrés sentou-se na cadeira ao lado de sua cama.

— Stefan está cuidando de você? — perguntou.

— Ah, sim — respondeu Elena, espreguiçando-se, e tentou se desligar dos pensamentos sérios por um momento. Ela quase morreu, tinha o direito de ser mimada por um dia. — Hoje ele tentou preparar para mim uma coisa chamada *posset*. Supostamente, estou numa fase delicada de minha recuperação. — Ela começou a rir, mas se interrompeu abruptamente quando viu os olhos de Andrés. — Qual é o problema? — Seu tom agora era diferente, mais áspero, e ela se sentou. — O que aconteceu?

Andrés acenou com desdém.

— Não aconteceu nada. Só que talvez devamos conversar quando você tiver se recuperado. O que tenho a dizer não é má notícia, acho que não, mas é... — Ele hesitou. — Surpreendente — concluiu ele por fim.

— Agora você precisa me dizer. Ou vou entrar em coma de tanta preocupação. — Vendo o temor no rosto de Andrés, ela acrescentou apressadamente: — É brincadeira.

— Tudo bem, então. Você sabe como a encontramos nos túneis, correto?

Elena assentiu.

— Klaus estava morto. Você disse que havia uma lenda de que o sangue de uma Guardiã nascida de uma Guardiã Principal mataria os Antigos. — Ela meneou a cabeça. — Esta é a primeira coisa que não entendo. Como posso ter essa história familiar sem saber disso?

— Também tive dificuldades para compreender. As Guardiãs Celestiais não têm filhos, pelo menos até onde sei. Não são — ele franziu o cenho — pessoas, não exatamente. Era nisso que eu acreditava, pelo menos. Acho que nós dois temos muito a aprender. — Ele colocou a mão no bolso do casaco e pegou um pequeno livro com capa de couro. — Trouxe uma coisa para você que espero que esclareça algumas de suas questões. Comecei a ler e percebi que era para os seus olhos, e não para os meus. A polícia finalmente me deixou voltar à casa de James, e encontrei isto lá. Acredito que seja disso que ele estivesse falando quando contou que tinha encontrado um jeito de matar Klaus, e ele escondeu antes que Klaus o matasse. Deve ter sido enviado a ele depois que seus pais morreram.

— Meus pais? O que é? — Elena estendeu a mão e pegou livro. Era estranhamente agradável, como se pertencesse naturalmente a ela.

Andrés hesitou por um bom tempo antes de responder.

— Acho que é melhor você descobrir sozinha — disse ele por fim. Ele se levantou e tocou o ombro de Elena brevemente. — Vou me retirar.

Elena assentiu e o viu partir. Andrés abriu um breve sorriso antes de fechar a porta. Depois, admirada, voltou a atenção ao livro. Era muito simples, sem nenhum desenho ou palavras por fora, e tinha uma capa de couro marrom-claro muito sedosa. Abrindo, viu que era um diário, escrito a mão numa letra grande e arrojada, como se o autor tivesse pressa de colocar na página mil pensamentos e sentimentos.

Não permitirei que levem Elena, ela leu as palavras na metade da primeira página, e ficou ofegante. Olhando a página, saltaram-lhe nomes: Thomas, seu pai, Margaret, a irmã. Seria o diário da mãe? Seu peito de repente endureceu e Elena precisou piscar com força. A mãe, linda e elegante, aquela que era tão engenhosa com as mãos e o coração, que Elena amava e admirava tanto... descobrir isto era quase como ouvi-la falar mais uma vez.

Depois de um momento, se recompôs e recomeçou a ler.

> *Elena fez 12 anos ontem. Eu pegava as velas de aniversário no armário quando a marca da eternidade na palma de minha mão começou a coçar e arder. Ficara quase invisível depois de tantos anos, mas quando olhei minha mão, de repente estava clara como no dia em que fui iniciada em meus deveres.*
>
> *Eu sabia que minhas irmãs chamavam por mim, lembrando-me do que pensavam que eu lhes devia.*
>
> *Mas eu não permitiria que levassem Elena.*
>
> *Não agora e talvez nunca.*
>
> *Não repetiria os erros que cometi, tão desastrosamente, no passado.*
>
> *Thomas compreende. Apesar de ter concordado quando éramos jovens, quando para ele Elena era apenas a ideia de uma criança em vez de sua figura engraçada, determinada e de inteligência afiada. Ele sabe que não podemos deixá-la ir. E Margaret, o doce bebê Margaret, os Guardiões também vão querê-la um dia, devido ao que eu fui no passado.*
>
> *Os Poderes que minhas queridas meninas terão são quase inimagináveis.*
>
> *E então as Guardiãs Celestiais, antes minhas irmãs, querem colocar as mãos nelas o mais cedo possível, querem tê-las para que sejam armas e não crianças, guerreiras perspicazes sem nenhum vestígio de humanidade.*
>
> *Antes, eu as teria deixado partir. Afastei-me de Katherine quando ela era apenas um bebê, fingi que tinha morrido, para que ela pudesse cumprir o destino que acreditava ser inevitável e correto para ela.*

Elena parou de ler. A mãe teve outra filha? Mas o nome devia ser coincidência: a Katherine que ela conhecia, a Katherine de Damon e

Stefan, era centenas de anos mais velha. E o mais distante possível de ser uma Guardiã.

No entanto, havia muitas Guardiãs parecidas com Elena. Ela repassou mentalmente os rostos que vira na Corte Celestial: louras pragmáticas, de olhos azuis, resolutas e frias. Poderia uma delas ter sido sua irmã mais velha? Ainda assim, não conseguia se livrar da inquietação: Katherine, sua imagem especular. Ela continuou a ler.

Mas Katherine era uma criança enfermiça e os Guardiões deram-lhe as costas, rejeitaram o grande Poder que ela poderia ter. Ela não tomou posse de seu Poder durante anos e eles não achavam que ela viveria o suficiente para ver esse dia. Uma criança humana que provavelmente não viveria para crescer não era digna de seu tempo, pensavam eles.

Meu coração se condoeu por ela. Abandonei minha filha a troco de nada. De uma distância cautelosa, eu a vi crescer: bonita e animada, apesar de suas enfermidades, corajosa mesmo à sombra da dor que sofria, adorada pelo pai, amada pela casa. Ela não precisava da mãe que nunca conheceu. Talvez fosse melhor assim, pensei. Ela podia ter uma vida humana e feliz, mesmo que fosse curta.

E então, houve o desastre. Um criado, pensando poder salvá-la, ofereceu Katherine a um vampiro para ser transformada. Minha doce filha, uma criatura de alegria e luz, foi arrastada sem a menor cerimônia para as trevas. E a criatura que realizou o feito era uma das piores de seu gênero: Klaus, um Antigo. Um Original. Se Katherine tivesse tomado posse de seu Poder, se os Guardiões a tivessem tornado uma delas, o sangue de Katherine o teria matado. Mas, sem esta proteção, ele meramente os uniu, vinculando-o a ela com um fascínio que nenhum dos dois compreendia.

Minha querida menina estava perdida, todo seu encanto e inteligência subvertidos no que, muito antes, parecia ser apenas uma boneca quebrada e cruel, um brinquedo de

Klaus. Não sei se a verdadeira Katherine ainda está sujeita a esta vida nas sombras que deve ter agora.

Elena arquejou, um som áspero a seus próprios ouvidos no silêncio do quarto. Agora não havia como negar a verdade. A doença de Katherine, o dom cruel de Klaus e os detalhes que Stefan lhe contara estavam ali. Katherine, que a odiou e tentou matá-la, que amou Stefan e Damon séculos antes da própria Elena, que destruiu Stefan e Damon, era sua *meia-irmã*.

Parte dela queria fechar o diário, jogá-lo no fundo do armário e nunca, jamais voltar a pensar nele. Mas não conseguiu deixar de ler.

Vaguei por muitos anos, lamentando por minha filha, dando as costas às Guardiãs que antes eram minha família. Mas, depois de séculos de solidão, conheci meu doce, sincero e incrivelmente inteligente Thomas e fiquei profunda, desesperada e loucamente apaixonada. Fomos muito felizes por um tempo.

E então as Guardiãs nos encontraram.

Vieram a nós e nos disseram que os Antigos recuperavam seu Poder. Eram fortes demais, cruéis demais. Eles destruiriam a humanidade, se pudessem, escravizariam o mundo nas trevas e no mal.

As Guardiãs me pediram para ter outro filho. Só um Guardião Terreno com o sangue de uma Guardiã Principal poderia matar um Antigo de modo que jamais fosse ressuscitado. Minha situação peculiar — uma Guardiã Principal que abandonou seu posto para ter uma vida humana, que se apaixonara — fazia de mim a única chance que eles tinham.

Thomas sabia tudo de meu passado. Tinha confiança de que eu tomaria a decisão correta, e decidi concordar, com certas condições. Eu criaria uma filha que destruiria os Antigos, mas ela não seria tirada de mim. Não seria criada como uma arma, mas como uma menina humana.

E quando tivesse idade suficiente, teria o direito de escolher: tomar posse de seu Poder ou não.

E eles concordaram. O sangue de Elena, o sangue de Margaret, era precioso demais e eles concordariam com qualquer coisa.

Mas agora eles querem romper este acordo. Querem tirar minha querida Elena, embora ela só tenha 12 anos.

Eu salvarei Elena e Margaret, como não pude salvar Katherine. Eu as salvarei.

Elena já é intensamente protetora dos amigos e da irmã mais nova. Creio que decidirá se tornar Guardiã quando tiver esta opção, decidirá proteger o mundo da melhor maneira que puder. Mas deve ser decisão dela, e não deles. Margaret é nova demais para que eu saiba se terá a estrutura de uma Guardiã. Talvez escolha outro caminho. Mas não importa o que eu pense que elas escolherão, devem ter tempo para amadurecer antes de precisar tomar essa decisão.

Tenho medo. As Guardiãs são impiedosas e não ficarão satisfeitas quando eu me recusar a entregar Elena.

Se alguma coisa me acontecer, e com Thomas, antes que as meninas sejam adultas, fiz o possível para proteger minhas filhas das Guardiãs. Judith, minha melhor amiga, fingirá ser minha irmã e criará Elena e Margaret até a idade adulta. Já lancei alguns encantamentos: enquanto as meninas estiverem sob sua guarda, as Guardiãs não conseguirão localizá-las.

Eu morreria feliz para proteger a inocência delas. As Guardiãs jamais as encontrarão, não antes que sejam mulheres adultas e possam tomar suas próprias decisões.

Não consigo ver o futuro. Não sei o que acontecerá a qualquer uma de minhas filhas mais do que qualquer pai ou mãe, mas fiz o máximo para proteger Elena e Margaret, apesar de não ter sido sensata o suficiente para proteger Katherine. Rezo para que isto baste. E rezo para que um dia, de algum modo, Katherine também encontre seu cami-

nho de volta à luz. Que as minhas três meninas fiquem protegidas do mal.

As lágrimas escorriam pelo rosto de Elena. Parecia que um fardo que carregara por semanas de repente tinha sido arrancado de seus ombros. Seus pais *não pretendiam* entregá-la, não tiveram uma filha só para se livrar dela. A mãe a amava tanto quanto Elena sempre pensou.

Agora precisava refletir cautelosamente. De olhos semicerrados, ela colocou os travesseiros contra a parede e se sentou reta. Margaret por enquanto estava segura com a tia Judith, e isso era bom. Não podia considerar todas as ramificações do fato de *Katherine* ser sua irmã, não agora.

Mas e o fato de que ela, Elena, era especial para os Guardiões, era *preciosa* a eles, que seu sangue tinha Poderes singulares que os Guardiões estavam desesperados para ter a seu lado? A confirmação no diário da mãe podia ser a única peça que faltava para colocar em prática o plano de salvar Damon.

40

Os cubos de gelo tilintaram levemente no copo quando Damon o ergueu num brinde a Katherine.

— A você, querida — disse ele. — A última sobrevivente do exército de Klaus. Que sorte ter perdido a batalha, não?

Com um sorriso irônico, Katherine pestanejou expressivamente, tomando um gole da bebida, depois deu um tapinha no sofá ao lado dela, convidando Damon a se sentar.

— Obrigada por me avisar. Posso ter uma dívida com Klaus por ter me trazido de volta, mas não creio que lhe deva outra morte. Nunca tive intenção nenhuma de lutar outra vez com você e sua preciosa princesa. Posso ser mais velha e mais forte do que você, mas sempre houve sorte demais do seu lado.

— Não é a *minha* preciosa princesa — disse Damon fazendo careta. — É de Stefan. Ela nunca foi realmente minha.

— Ah, ora essa — disse Katherine levianamente —, acho que sempre foi um pouco mais complicado do que isso, não?

Damon semicerrou os olhos.

— Você sabia que Elena era uma Guardiã, não sabia? E nunca contou a Klaus. Por quê?

Um leve e sutilmente presunçoso sorriso atravessou o rosto de Katherine.

— A essa altura você deve ter aprendido que nunca pode pedir a uma mulher para contar todos os seus segredos. E eu sou cheia deles. Sempre. — Damon franziu o cenho. Jamais conseguiu fazer com que Katherine lhe contasse o que não quisesse.

Uma batida na porta interrompeu os dois, e Damon se levantou para atender, encontrando a própria Elena do lado de fora. Seu rosto estava pálido e tenso, e os olhos azuis pareciam imensos enquanto eles se olharam. Damon arqueou uma sobrancelha e abriu seu sorriso mais luminoso, recusando-se a demonstrar o tremor de nervosismo que corria por ele.

Ela se importava com ele — Damon sabia disso. Ele tentou jogar este fato na cara dela, negá-lo, e não deu certo. Mas também havia algo nela que a impelia a *matá-lo*, sua tarefa de Guardiã pressionando pelo cumprimento. Desde que a salvou no elevador, ele sentia Elena se refreando. E ele ainda a amava, provavelmente sempre a amaria. Parte dele queria baixar a cabeça diante dela, aceitar a punição que ela, por dever, devia lhe dar.

E o que quer que acontecesse, ele provavelmente merecia.

Os olhos de Elena passaram por ele e pararam em Katherine, ficando ainda mais pálida, embora ele não imaginasse que isso fosse possível. Damon se virou e descobriu que Katherine estava de pé e absolutamente imóvel a pouca distância, olhando para Elena com um sorriso débil e reservado.

— Então agora você sabe — disse Katherine a Elena. — E é inteligente o suficiente para usar isto.

— Você sabia? Quando nos conhecemos? — perguntou Elena abruptamente, como se as palavras saíssem dela aos trancos, contra a sua vontade.

Katherine fez que não com a cabeça.

— Às vezes se aprende muito quando se está morta — disse ela, alargando o sorriso.

— Sabia do quê? — Damon olhava de uma para outra.

Katherine se aproximou, passando os dedos levemente pelo braço de Damon.

— Como eu disse, uma mulher precisa ter seus segredos — respondeu Katherine. Ela piscou para Elena. — Vou sair da cidade por um tempo. Acho que de agora em diante é melhor que eu fique fora do seu caminho.

Elena concordou.

— Você deve ter razão. Adeus, Katherine — disse ela. — E obrigada.

Um lampejo de humor atravessou o rosto de Katherine.

— Eu digo o mesmo. — Por um momento a semelhança entre as duas pareceu a Damon mais forte do que nunca.

E então Elena, agora toda prática, virou-se para Damon.

— Está na hora de nós dois enfrentarmos as Guardãs. Está pronto?

Damon bebeu rapidamente o que restava do drinque, bateu o copo na mesa de centro de aço polido e praguejou em silêncio sua tolerância de vampiro para o álcool. Podia ser mais fácil, pensou ele, enfrentar o que vinha pela frente se estivesse meio embriagado.

— Estou pronto, como sempre — disse ele com a voz arrastada.

Bonnie respirava os aromas fortes e variados enquanto revia seu estoque de ervas.

— O que isso faz? — perguntou-lhe Matt, erguendo um saco de pétalas roxas.

— É acônito. Usado para proteção — respondeu Bonnie. — Coloque ali, com o corniso e a agrimônia.

— Entendi. — Matt colocou o acônito em uma pilha arrumada em meio a outras ervas, como se fosse a tarefa mais normal do mundo.

Em sua vida, era o mais perto do normal que poderia ser. Faltava a Bonnie um monte de ervas, o que não era de surpreender, depois de todos os feitiços de proteção e força que esteve realizando nas últimas semanas. Logo teria de pegar o carro e ir a Fell's Church pedir à Sra. Flowers ajuda para reabastecer seus suprimentos, agora que as coisas estavam tranquilas.

Ela se contorceu de prazer ao pensar em uma visita normal a sua cidade. Era tão *bom* se sentir segura; já fazia muito tempo que não se sentia assim.

Meredith e Elena também saíram, e Bonnie aproveitou o quarto e o tempo sem elas para espalhar pilhas de ervas secas e frescas por todo o chão. Suas melhores amigas eram maníacas por arrumação e sem dúvida reclamariam da poeira fragrante e dos pedaços de folhas esfareladas que este processo deixaria. Era simplesmente *incrível* se preocupar com uma coisa tão comum quanto o que diria Meredith quando pisasse nos restos uma pilha de celidônia (útil para a felicidade e para escapar de armadilhas).

Quase incrível. Havia uma dor constante em seu íntimo ultimamente, um lembrete do que ela perdera, uma dor que não podia ser curada por erva nenhuma. Mas ela não era a única que sofria.

— Acho você muito corajoso, Matt — disse Bonnie. Matt olhou para ela, assustado com a súbita mudança de assunto.

— Quando a vida lhe der uns limões... — Matt se calou, sem conseguir concluir a piada sem graça. Ela sabia que ele estava arrasado pela perda de Chloe, mas nunca deixou que isso o mudasse. Bonnie admirava isso.

Antes que ela pudesse lhe dizer mais alguma coisa, houve uma batida na porta e ela se retesou. Uma batida inesperada na porta em geral significava desastre.

Todavia, ela se levantou e atendeu, conseguindo no último minuto evitar chutar para dentro dos chinelos de Elena uma pilha pequena de sementes de cinamomo (para sorte e mudanças).

De corpo curvado na soleira da porta, as mãos enfiadas nos bolsos dos jeans, estava Zander. Ele sorriu para ela, inseguro.

— Posso entrar?

O cheiro dele era tão *gostoso*, pensou Bonnie. E também estava lindo; ela teve vontade de envolver os braços nele e agarrá-lo. Vinha sentindo muita falta de Zander.

Mas tinha perdido o direito de agarrar Zander sempre que quisesse; foi ela que se afastou. Assim, em vez de saltar em seus braços, Bonnie só deu um passo para trás para abrir caminho, sentindo umas folhas se esfarelarem em seu calcanhar descalço.

— Ah, oi, Matt — disse Zander ao entrar no quarto, depois parou de repente, os olhos se arregalando ao ver os montinhos de ervas em cada superfície disponível.

— E aí, Zander — disse Matt. — Eu já estava de saída mesmo. Treino de futebol.

Matt lançou um olhar incisivo para Bonnie, que dizia, *não estrague uma segunda chance*. Bonnie sorriu para o amigo quando ele passou pela porta.

— Meu Deus — disse Zander, impressionado ao olhar mais o quarto. Bonnie o seguiu. — Meredith vai *matar* você. Quer ajuda para limpar isso tudo?

— Hmmm. — Bonnie olhou em volta. Agora que via o quarto pelos olhos de Zander, parecia muito pior do que ela havia percebido. — Puxa vida. Talvez sim. Mas sei que não é por isso que está aqui. O que houve?

Zander pegou a mão de Bonnie e juntos eles andaram cautelosamente pelo quarto sem derrubar pilha nenhuma. Quando finalmente chegaram à cama de Bonnie, que devia ser a superfície mais limpa do quarto — ela não gostava do cheiro de ervas em seus lençóis —, eles se sentaram e ele tomou suas mãos nas dele, grandes e quentes.

— Escute, Bonnie. Estive pensando no que você disse, que ser Alfa da Alcateia é uma responsabilidade importante e que preciso de outra lobisomem do meu lado que realmente entenda isso, para ser minha parceira e me ajudar. E você tem razão. A Shay é perfeita para isso.

— Oh — disse Bonnie, a voz diminuta. Algo se esfarelava dentro dela, frágil como uma folha morta. Ela tentou retirar gentilmente as mãos das de Zander, mas ele a apertou mais.

— Não — disse ele, angustiado. — Estou fazendo tudo errado. Vou recomeçar. Bonnie, olhe para mim. — Ela levantou a cabeça, a visão embaçada pelas lágrimas, e encontrou os olhos azuis da cor do mar de Zander. — Você, Bonnie — disse ele suavemente. — Eu amo *você*. Quando estávamos lutando contra o exército de Klaus, vi você lançar feitiços para proteger a todos, com aquela luz intensa no rosto. Você foi tão forte e tão poderosa, e podia ter sido *morta*. Eu podia ter morrido e no fim não ficaríamos juntos. Isso me fez perceber o que eu devia saber o tempo todo: é só você que quero.

A coisa que esfarelava no peito de Bonnie parou sua desintegração seca e começou, em vez disso, a derreter, enchendo-a de calor. Mas ela não podia deixar que Zander sacrificasse o bem da Alcateia por ela.

— Mas nada mudou — disse ela finalmente. — Eu também te amo, mas e se me amar destrói tudo o mais que importa para você?

Zander a puxou para mais perto.

— Não vai. Os lobos do Conselho não podem escolher quem eu amo. Eu não amo a Shay. Eu amo *você*. Shay e eu podemos liderar a Alcateia juntos, mas, se for necessário, prefiro perder isso a perder você. — Ele levou a mão de Bonnie aos lábios e a beijou suavemente, os olhos brilhando. — Posso escolher meu próprio destino. E eu escolho *você*. Se você me quiser.

— Se eu te quiser? — Bonnie sufocava nas lágrimas. Enxugou os olhos e deu um leve soco no ombro de Zander. — Seu idiota — disse ela amorosamente, e o beijou.

41

— Tem certeza de que isso vai fazer o que precisamos? — perguntou Elena a Bonnie. Elas escolheram o quarto espaçoso e organizado de Stefan para invocar a Guardiã Principal. Quando Elena chamou Bonnie, a amiga veio imediatamente, de mãos dadas com Zander. Parecia tão feliz, mas quando entregou a Damon a poção que tinha preparado para ele, seu pequeno rosto se vincou de ansiedade.

— Acho que sim — disse ela. — A valeriana vai deixar o batimento cardíaco ainda mais lento do que o normal e o acônito deve tornar a respiração dele muito rasa. Provavelmente vai ficar muito estranho — disse ela a Damon —, mas não acho que vá te prejudicar.

Damon olhou a mistura verde e grossa na xícara.

— É claro que não vai — disse ele, tranquilizador. — Não se pode envenenar um vampiro.

— Coloquei mel para o gosto ficar melhor — disse Bonnie.

— Obrigado, ruivinha. — Damon lhe deu um leve beijo no rosto. — Mesmo que este plano não funcione, eu estou agradecido. — Bonnie sorriu, um pouco confusa, e ele acrescentou: — É melhor você e o seu lobo saírem daqui. Não queremos que as Guardiãs pensem que vocês estavam envolvidos. — Zander e Damon assentiram um para o outro, e Zander pegou novamente a mão de Bonnie.

Quando saíram, ficaram apenas os três: Elena, Damon e Andrés. Stefan quis ir, para ficar ao lado do irmão no que podiam ser seus últimos momentos, mas Damon não tinha permitido. *Uma Guardiã zangada é perigosa*, dissera ele. E, na melhor das hipóteses, Mylea ficaria muito zangada.

Damon bebeu a poção de Bonnie num longo gole e fez uma careta.

— O mel não ajudou muito — comentou. Elena o abraçou, e ele acariciou gentilmente suas costas. — O que quer que aconteça, não é culpa sua — disse ele. Depois estremeceu e se recostou na parede, colocando a mão no peito. — Ai — disse ele, a voz fraca. — Não me sinto... — Ele revirou os olhos para trás e deslizou pela parede, caindo embolado no chão.

— Damon! — exclamou Elena, depois se conteve. Era isto que *deveria* acontecer. Ele parecia vulnerável daquele jeito, menor, pensou Elena, e desviou os olhos. Isto seria mais fácil se ela não olhasse para Damon.

— Está pronto para invocar a Guardiã? — perguntou Elena a Andrés, e ele assentiu, apertando bem sua mão. Sua boca era tensa e não havia o habitual calor e humor em seus olhos.

Elena se concentrou na ligação que tinha com Andrés, a energia fluindo entre os dois, movendo-se firme e ritmicamente como a maré. Enquanto as energias encontravam o equilíbrio e começavam a crescer, ela abriu à força as portas do Poder que tinha dentro de si.

OH. Assim que seu Poder foi libertado, tudo nela ficou atento, voltando-se repentinamente para Damon. Ela queria... Não queria feri-lo exatamente; não era raiva que o Poder nutria dentro dela, mas algo frio e puro que queria destruí-lo. Não era vingança, nem paixão, mas uma instrução urgente e fria: *isto precisa ser eliminado*.

Ter uma tarefa não cumprida deve ser assim. Seria tão fácil ceder a essa urgência fria, fazer o que esperavam dela. O que ela *queria* fazer.

Não. Ela não podia fazer isso. Ou, pelo menos, *não faria*.

Com um esforço físico, voltou a atenção a Andrés. Com as portas dentro de sua mente bem abertas, podia ver sua extensa aura, tremeluzindo verde em volta dele, preenchendo metade do quarto. Com imensa concentração, ela tentou deslocar a própria aura, fundindo seu dourado no verde de Andrés. Aos poucos, as cores deslizaram entre eles e se misturaram, tomando o quarto. O Poder cantava pelas veias de Elena e tudo o que ela via era tocado de luz. Ela olhou nos olhos de Andrés e o rosto estava repleto de admiração. Eles eram mais fortes assim, tinham mais que o dobro da força, e ela sentiu a invocação sair com a potência de um grito.

— Guardiões — disse Elena, segurando a mão de Andrés. — Mylea. Eu a invoco. Minha tarefa está concluída.

Nada aconteceu.

Por um bom tempo, eles ficaram assim, de mãos dadas, olhando um para o outro, as auras se expandindo e preenchendo o quarto de Poder, sentindo que nada mudava.

Por fim, algo infinitesimal se alterou, só um pequeno ajuste no universo. Não houve mudança física, mas Elena sabia que alguém enfim ouvia, como se tivessem apertado o botão da chamada em espera do telefone.

— Mylea — disse ela. — Eu matei Damon Salvatore. Agora que minha tarefa está concluída, venha me libertar de minha compulsão.

Ainda não houve resposta. E então Andrés lentamente enrijeceu. Seus olhos rolaram para trás e sua aura desbotou, passando do verde a um manto de branco luminoso. Seus dedos tremeram nas mãos Elena.

— Andrés! — chamou ela, alarmada.

Os olhos dele, sem enxergar, fixavam os dela. A aura branca e sinistra em volta dele pulsava.

— Estou chegando, Elena. — A voz de Mylea saiu pela boca de Andrés, decisiva e profissional. Elena podia imaginar a mulher eliminando o nome de Elena de uma prancheta antes de entrar numa espécie de escada rolante interdimensional.

Libertado, Andrés ofegou e cambaleou. Fazendo uma careta como se sentisse um gosto estranho, ele falou.

— Isso foi... esquisito.

Elena não conseguiu evitar olhar para Damon. Seus ossos se destacavam nitidamente, como se a pele clara tivesse ficado mais apertada, e o cabelo preto e liso estava desgrenhado. Ela podia quebrar seu pescoço com a mente, pensou, e mordeu a face interna da bochecha com força, virando novamente o rosto e tremendo.

Mylea passou pelo nada e entrou no quarto. Seus olhos voltaram-se imediatamente para Damon.

— Ele ainda não está morto — disse ela com frieza.

— Não. — Elena respirou fundo. — E eu não deixaria Damon morrer. — Você tem de revogar a tarefa.

A Guardiã Principal suspirou brevemente, mas seu rosto, Elena achou, estava levemente simpático, e quando ela falou, sua voz era calma.

— Preocupava-me que uma tarefa tão vinculada à sua própria vida fosse difícil como seu primeiro dever — disse ela. — Peço desculpas e entendo por que me chamou aqui para completar a tarefa. Você não será castigada por sua ligação tola com um vampiro. Mas Damon Salvatore deve morrer. — Ela estendeu a mão para Damon, e Andrés e Elena deslocaram-se para proteger o corpo inconsciente do vampiro.

— Por quê? — desabafou Elena. Era tão injusto. — Existem vampiros piores do que Damon — disse ela, indignada. — Até recentemente, ele ficou sem matar ninguém por... — Elena não tinha certeza, percebeu, e de qualquer modo este não era seu argumento mais forte. — Por um bom tempo — concluiu ela, sem convicção. — Por que me mandar atrás de Damon quando vampiros verdadeiramente cruéis como Klaus e seus descendentes estavam aqui? — Ela ouvia o que estava quase dizendo: *ele só foi um assassino cruel parte do tempo. Deixe-o ir.*

— Não cabe a você questionar as decisões da Corte Celestial — disse-lhe Mylea severamente. — Repetidas vezes, Damon se provou incapaz de controlar as emoções. Ele não tem a concepção de certo e errado. Achamos que ele pode se tornar um perigo tão grande para a humanidade quanto qualquer um dos Antigos.

— *Pode* — disse Elena. — Quer dizer que vocês acham que ele pode da mesma maneira seguir o caminho contrário. Há uma forte possibilidade de que ele nunca mais volte a matar.

— Esta não é uma possibilidade que estejamos preparados para aceitar — disse Mylea categoricamente. — Damon Salvatore é um assassino e, assim, abriu mão de seu direito a qualquer consideração de nossa parte. Agora, *saiam da frente*.

Era hora de negociar. Elena respirou fundo.

— Vocês precisam de mim — disse ela, e a Guardiã franziu o cenho para Elena. — Eu sou filha de uma Guardiã Principal. Matei Klaus e posso destruir os Antigos mais perigosos, aqueles dos quais vocês não acharão outro jeito de se livrar. Não os ajudarei se você matar Damon.

Ela olhou para Andrés, com o mais leve bater dos cílios, e ele assentiu. Eles concordaram que a parte mais difícil de seu plano seria fazer a Guardiã acreditar que Elena não combateria os Antigos, que deixaria inocentes sofrerem se não conseguisse o que queria. Ao que parecia, pelo menos Andrés achou que tinha sido convincente o bastante para que Mylea acreditasse nela.

Mylea tombou a cabeça de lado e fitou Elena, como se examinasse um novo espécime interessante em algum microscópio especial de Guardiões.

— O vampiro é tão importante para você que se arrisca a uma punição, arrisca-se a ser retirada de casa e atribuída à Corte Celestial?

Elena assentiu, o maxilar cerrado.

— O vampiro deve estar consciente para isto — disse Mylea. Antes que Andrés e Elena tivessem a oportunidade de bloqueá-la novamente, ela se ajoelhou ao lado de Damon e colocou dois dedos em sua testa. Ele piscou e se mexeu, e Mylea se levantou sem um único olhar na direção de Damon, voltando-se para Elena.

— Você arriscaria sua vida por Damon Salvatore? — perguntou-lhe Mylea.

— *Sim* — disse Elena prontamente. Não parecia haver mais nada a acrescentar.

— E quanto a você, vampiro? — Mylea olhou para Damon, por cima do ombro de Elena. — Importa-se tanto com Elena que mudaria de vida por ela?

Damon fez um esforço e se sentou com as costas na parede.

— Sim — disse ele com a voz firme.

Mylea abriu um sorriso levemente desagradável.

— Acho que é o que veremos. — Ela estendeu a mão para os dois. Uniu suas mãos, e Elena fechou os dedos nos de Damon. Ele abriu um leve sorriso e apertou seus dedos, tranquilizador.

— Pronto — disse Mylea depois de um instante. — Está feito.

Aquele impulso na direção de Damon, aquela sensação fria de que ele era um problema que precisava ser eliminado, passou completamente. Era como se essa ligação de repente tivesse se rompido. Mas foi substituída. Ela ainda se sentia *conectada*. Havia uma forte sensação de *Damon* que a impregnava, como se o ar que ela respirava fosse composto dele. Seus olhos se arregalaram e ela percebeu que podia sentir o coração de Damon batendo no ritmo do dela. Sentia o espanto vindo de Damon, correndo pela ligação entre os dois, e o mais leve toque de medo. Concentrando-se, ela tentou ver a aura dele.

Uma corda trançada de luz parecia sair do peito na direção dele, a aura de Elena dourada e a aura azul e preta de Damon se entrelaçando.

— Agora vocês estão *conectados* — disse Mylea categoricamente. — Se Damon matar, Elena morrerá. Se Damon se alimentar de um humano sem o conhecimento e o consentimento consciente desse humano... Nada de usar o Poder ou a ilusão, mas um acordo de verdade... Elena sofrerá. Na eventualidade de Elena morrer, o vínculo... a maldição... será transmitido a um familiar dela. Se o vínculo de algum modo for rompido, Damon voltará à nossa atenção e será eliminado imediatamente.

Os olhos de Damon se arregalaram. Através do laço entre os dois, Elena sentiu uma pulsação de horror.

— Vou passar fome — disse ele.

Mylea sorriu.

— Não passará fome. Talvez seu irmão lhe ensine métodos mais humanos de alimentação. Ou talvez você encontre humanos dispostos, se conseguir conquistar honestamente sua confiança.

O vínculo agora vibrava com uma curiosa mescla de repulsa e alívio, mas o rosto de Damon era o mais fechado que Elena já vira. Ela esfregou o peito por reflexo, afastando as emoções intensas.

— O vínculo perderá intensidade com o tempo — disse Mylea quase solidariamente. — Vocês sentem mais fortemente as emoções do outro porque são muito novas. — Ela olhou entre os dois. — Ele os ligará para sempre e no fim pode ser mortal para um ou para os dois.

— Eu entendo — disse Elena, e então, ignorando Mylea, voltou-se para Damon. — Eu confio em você — disse Elena para ele. — Você fará o que for preciso para me salvar. Assim como eu fiz por você.

Damon a encarou por um bom tempo, os olhos negros insondáveis, e Elena sentiu a ligação entre eles encher-se de um afeto pesaroso.

— Eu o farei, princesa — prometeu ele.

Seus lábios se curvaram num sorriso que Elena nunca tinha visto no rosto de Damon: não era o sorriso irônico e amargo, nem o sorriso breve e luminoso, mas algo mais caloroso e mais gentil. E então a ligação entre os dois ficou repleta de amor.

42

Meredith corria pelo campus, os pés batendo num ritmo constante, a respiração saindo em arfadas ásperas e dolorosas. Suas pernas doíam. Ela estava correndo havia muito tempo, dando repetidas voltas pelas trilhas do campus. O suor cortante escorria para seus olhos, fazendo-os piscar e lacrimejar.

Quanto mais intensamente corria, mais tempo conseguia deixar de pensar em qualquer coisa exceto o bater dos tênis no chão ou o som da própria respiração.

O dia começava a resvalar no anoitecer quando fez a curva que passava pelo prédio de história e subiu a ladeira na direção do salão de jantar. Quando chegou ao alto, Alaric esperava por ela.

— Oi — disse Meredith, parando ao chegar ao lado dele. — Está esperando por mim? — Ela ergueu um pé para alongar o quadríceps; não queria sentir cãibra.

— Eu queria ter certeza de que você estava bem.

— Estou ótima — disse Meredith vagarosamente. Ela deixou que o pé baixasse, cruzou as mãos às costas e se curvou para a frente; a cabeça quase tocou os joelhos. Sentia sua coluna se alongando e também começava sentir dor por ter corrido por tanto tempo.

— Meredith? — Alaric se ajoelhou ao lado dela para poder olhar bem em seu rosto. Meredith se concentrou nas sardas douradas que se espalhavam por seu nariz e no alto das bochechas, porque não queria olhar em seus olhos castanhos e preocupados. A cor parecia mel em sua pele bronzeada.

— Meredith? — repetiu Alaric. — Pode se desenroscar e conversar comigo por um minuto, por favor?

Meredith esticou o corpo, mas não olhou nos olhos de Alaric. Em vez disso, girou de um lado a outro, jogando o ombro para a frente alternadamente.

— Tenho de alongar ou os músculos ficarão doloridos — murmurou ela.

Alaric olhou para ela, esperando calmamente.

Depois de um tempo, Meredith começou a se sentir infantil por não olhar Alaric nos olhos, então endireitou-se e o fitou. Ele ainda esperava pacientemente, a expressão branda de empatia.

— Eu sei — disse ela. — Sei tudo o que você vai dizer.

— Sabe? — perguntou Alaric. Ele estendeu a mão e colocou para trás uma longa mecha de cabelo que tinha escapado do rabo-de-cavalo de Meredith, a mão roçando seu rosto. — Porque eu não tenho a mais remota ideia do que dizer. Não consigo conceber como deve ser conhecer seu irmão e depois ter de matá-lo.

— É. — Meredith suspirou e enxugou o suor do rosto. — Também não sei o que sentir. É quase como se Cristian nunca tivesse sido real para mim. Ele era só uma *história*, algo que os Guardiões podiam mudar num instante.

Ela desenhou uma linha com o bico do tênis na terra ao lado da trilha.

— Na realidade — disse ela —, eu nunca o conheci. Ele falou de... ah, de ir à praia e essas coisas, e como era com nosso pai. Eu pude imaginar esse mundo, o mundo onde éramos uma equipe. — Ela apertou a base das mãos nos olhos. — Mas era tudo mentira, para ele e para mim.

Alaric passou o braço por seus ombros e puxou Meredith para mais perto dele.

— Não é justo — disse ele com seriedade. — Klaus destruiu a vida de muita gente. No fim, você teve uma grande participação em sua derrota, impedindo essa destruição, e devia ter orgulho disso. E aquela outra vida, onde ele cresceu feliz, com uma irmã, não foi uma mentira. Havia um mundo onde Cristian a amava e você o amava. Isso ainda é verdade. Você e seus amigos fizeram isso acontecer.

Enterrando o rosto no pescoço de Alaric, Meredith falou numa voz abafada.

— Meus pais jamais vão superar isso, perdê-lo novamente.

— Talvez seja melhor que eles tenham conhecido Cristian por esse tempo todo, que o tivessem visto crescer em vez de perdê-lo quando tinha 3 anos, como aconteceu no mundo de que você se lembra — sugeriu Alaric gentilmente.

— Talvez. — Meredith virou a cabeça no ombro de Alaric até estar apoiada em seu ombro, olhando o campus. — Sabe o que Cristian me disse no final? Eu estava prestes a cravar a estaca e ele disse com uma voz baixa, meio reservada: "Papai teria muito orgulho de você". E sabe de uma coisa? Ele tinha razão. Talvez parte de Cristian quisesse que eu o matasse, que eu fosse forte.

Alaric o abraçou com mais força.

— Você *é* forte, Meredith. É a pessoa mais corajosa que conheci na vida.

— Você também é corajoso — disse Meredith, relaxando em seu abraço. Ela pensou nos feitiços e encantamentos de Alaric, tentando criar Poder para protegê-los durante toda a batalha, erguendo-se contra um exército de vampiros sem nada além de uma estaca e um livro de feitiços. — Eu te amo demais — disse ela. — Quero você comigo, sempre.

Os lábios de Alaric roçaram em sua nuca.

— Eu também — murmurou ele. — É uma honra lutar a seu lado, Meredith Sulez. E você nunca se esqueça disso.

43

Acima das cabeças de Elena e Damon, as estrelas cintilavam em longas faixas pela noite escura. O ar estava claro e gelado com os aromas do outono e o céu parecia tão profundo que Elena tinha vontade de cair nele, nadando para sempre entre as estrelas, cada vez mais fundo.

— Então — disse Damon secamente —, você conseguiu não me matar. Acho que devo estar agradecido, não?

O vínculo entre os dois zumbia com uma ironia, e mais do que um leve toque de nervosismo. Era estranho conseguir ler as emoções de Damon daquele jeito, vendo mais do que ele deixava transparecer no rosto.

— Seria bom ter gratidão — disse ela cautelosamente —, mas não é necessário. Só procure retribuir o favor, está bem?

Ela sentiu que ele se assustou um pouco ao lado dela, um choque zunindo por seu vínculo, depois ele disse, despreocupadamente:

— Ah, eu tinha quase esquecido. Então você confia que eu não a prejudicarei?

Elena parou de andar e colocou a mão no braço de Damon, puxando-o para que parasse ao lado dela.

— Sim. — Ela olhou fixamente em seus olhos, para que ele visse o amor que ela lhe transmitia. — Confio. Você é muitas coisas, Damon Salvatore, mas sempre foi um cavalheiro.

Os olhos de Damon se arregalaram, e ele abriu aquele lindo sorriso doce que ela vira pela primeira vez no quarto de Stefan.

— Bem — disse ele —, contrariaria todas as regras do cavalheirismo decepcionar uma dama.

Elena jogou a cabeça para trás e olhou as estrelas por alguns minutos, desfrutando da brisa fria da noite que soprava seu cabelo no rosto. Com Klaus e seus descendentes mortos, com Damon calmo e pacífico a seu lado, era bom poder usufruir da noite.

— Sua grande confiança em mim implica que você pretende fazer mais uma troca com os irmãos Salvatore? — Damon ainda olhava as estrelas. Seu tom agora era definitivamente brincalhão, um tanto rude, mas Elena ouviu certo desejo nele e sentiu sua tristeza na ligação entre os dois.

De certa maneira, seria fácil demais: passou muito tempo suspensa entre os irmãos, amando Stefan, querendo Damon. A essa altura, era quase confortável amar os dois. Mas tinha crescido pelo menos um pouco, pensou, e talvez fosse hora de fechar aquelas portas para sempre, escolher seu verdadeiro caminho.

— Você sempre será parte de mim, Damon. — Ela colocou a mão em seu peito, onde podia sentir o leve fluxo e refluxo do vínculo entre os dois. — Mas quero minha eternidade com Stefan.

— Eu sei. — Damon se virou para ela e passou a mão muito levemente em seu cabelo, descendo até os ombros. — Acho que talvez seja hora de eu ir embora. O mundo lá fora é grande e ainda há alguns lugares que não conheço. Talvez haja outro lugar para mim.

Inesperadamente, Elena se viu chorando, lágrimas volumosas, grandes e infantis escorrendo quentes pelo rosto e caindo de seu queixo.

— Você não precisa ir — disse ela, soluçando. — Não quero você vá embora.

— Ei — disse Damon, surpreso, e se aproximou mais, passando a mão gentilmente em suas costas. — Não vou ficar longe para sempre. Acho que esta *coisa* um tanto alarmante entre nós — ele tocou de leve seu peito — significa que nunca estarei muito longe.

— Ah, *Damon*. — Elena soluçou.

Damon olhou para ela com seriedade por um bom tempo.

— É o certo a fazer, e você sabe. Não que eu já tenha estado particularmente interessado em fazer o que é certo. Estou com uma sensação de ansiedade de que estou prestes a aprender.

Ele se curvou e roçou um leve beijo em sua boca. Os lábios dele eram macios e frios e, para Elena, tinham gosto de lembranças. Afastando-se, ele ficou com ela sob as estrelas por mais algum tempo, a pele clara e perfeita reluzindo, os olhos cintilando, o cabelo aveludado e negro como a noite que os cercava.

— Adeus, Elena. Não se esqueça de mim.

44

Concentrado, Stefan dava um nó cuidadoso na gravata. Sabia que estava elegante com seu melhor terno, um bom par para a linda e dourada Elena. Tinha feito uma reserva no melhor restaurante da cidade para o jantar de boas-vindas depois da visita dela a Fell's Church, onde foi ver a tia Judith e Margaret. Klaus estava morto; Damon estava a salvo. Pela primeira vez, era hora de Elena ser uma universitária, divertir-se sem que a maldição pairasse sobre ela.

Então: comida francesa. Rosas na mesa. Uma noite para esquecer o passado dos dois e desfrutar o presente juntos, como qualquer casal apaixonado. Ele desceu os dois lances de escada entre os quartos, sentindo-se leve de felicidade.

A porta de Elena estava entreaberta. Ele bateu de leve, depois a empurrou, esperando ver Meredith e Bonnie atarefadas em volta de Elena, ajudando-a a se arrumar para a grande noite dos dois.

Em vez disso, o quarto estava iluminado por velas, centenas de chamas minúsculas refletidas nas janelas e nos espelhos, criando um jogo de luzes deslumbrante e cintilante. Meredith e Bonnie não estavam à vista e até as coisas das duas pareciam ter desaparecido. O ar era repleto de aromas doces, e Stefan viu flores espalhadas entre as velas: orquídeas e gardênias, flores de laranjeira e áster. Na linguagem das flores, todos símbolos do amor em suas variadas formas.

No meio do quarto, Elena, com um vestido de verão branco e simples com detalhes de renda, esperava por ele. Stefan acreditava nunca tê-la visto tão bonita. Sua pele sedosa, tocada pelo mais leve tom de rosa, os olhos azuis, o cabelo dourado, tudo refletia a luz das velas, cintilando como se ela fosse um anjo. O mais belo de tudo, porém, não eram suas feições, mas o olhar de amor puro e franco em seu rosto. Quando encontraram os de Stefan, os olhos dela estavam repletos de uma intensa alegria.

— Stefan — disse Elena em voz baixa. — Finalmente sei como será nosso futuro.

Avançando no quarto, Stefan se colocou bem à frente dela. Não importava a maneira como Elena enxergava o futuro dos dois, ele estaria ao lado dela, sem nenhuma dúvida. Havia muito tempo que aprendera que sua felicidade, sua vida, estava intimamente ligada à vida daquela humana, exatamente daquela garota, entre todas as garotas do mundo. Ele iria aonde quer que ela quisesse que ele fosse.

Elena pegou sua mão e apertou.

— Eu te amo, Stefan. Isto é o que mais importa. Preciso ter certeza de que você saiba disso, porque nem sempre o tratei tão bem quanto deveria.

A voz de Stefan ficou presa na garganta, mas ele sorriu para ela.

— Eu também te amo — ele conseguiu dizer. — Sempre, sempre, sempre.

— A primeira vez que te vi... Você se lembra? Na frente da secretaria da escola... Você passou por mim sem nem olhar. Naquela hora, decidi que teria você, que você ia se apaixonar por mim. Nenhum garoto me tratava daquele jeito. — Elena abriu um sorriso irônico e autodepreciativo. — Mas então você me salvou de Tyler e você era tão triste, nobre e *bom*. Queria proteger você, como você me protegia. E quando nos beijamos, o mundo inteiro se desintegrou.

Stefan soltou um ruído suave, recordando-se, e sua mão se virou na de Elena, entrelaçando os dedos aos dela.

— Você me salvou tantas vezes e de tantas maneiras, Stefan — continuou Elena — e eu salvei você. Nós tramamos e planejamos juntos, lutamos e derrotamos todos os nossos inimigos. Não há ninguém que me ame como você e eu jamais poderia amar ninguém tanto quanto amo você. Agora sei o que quero. Quero ficar com você para sempre.

Ela soltou a mão de Stefan e pegou na mesa a suas costas algo que ele não havia notado. Era um cálice de prata, intrincadamente trabalhado com fios de ouro e incrustado de pedras preciosas, um objeto valioso e belo. O cálice estava cheio do que parecia uma água pura e cristalina. Só que a água emitia uma cintilação. Ele ergueu a cabeça para Elena numa compreensão súbita e ela assentiu.

— A água da Fonte da Juventude e da Vida Eterna — disse ela solenemente. — Eu sempre soube que chegaria o dia em que eu a beberia. Não quero viver nem morrer sem você. Tem o suficiente para os outros, se um dia eles quiserem. Talvez não queiram. Não sei se eu ia querer a eternidade, se não tivesse a eternidade com você. Eu não posso... — Sua voz falhou. — Não posso imaginar deixar você. Mas tive de esperar até estar preparada, até ser a pessoa que queria ser pelo resto da eternidade. E agora eu sei quem sou. — Elena ergueu o cálice para Stefan. — Se... Se você me quiser, Stefan, se você me quiser para sempre, quero passar a eternidade com você.

O coração de Stefan transbordava de alegria e ele sentiu uma lágrima quente escorrer pelo rosto. Passou tanto tempo nas trevas sozinho, tanto tempo como um monstro. E então esta criatura de vida e luz o encontrou e ele nunca mais ficou só.

— Sim — disse ele alegremente —, Elena, só o que quero pela eternidade é você.

Elena ergueu o cálice e deu um longo gole, depois voltou o rosto feliz e risonho para receber o beijo de Stefan. Sua alegria ressoava por ele enquanto os lábios se uniam, e ele enviou a própria alegria para ela. *Para sempre*, os dois sentiam, *para sempre*.

Stefan se agarrou a ela, quase esgotado. Depois de mais de quinhentos anos perdido e vagando pelo mundo, finalmente ele se sentia em casa para sempre.

45

Querido Diário
Para sempre.
A perspectiva deveria ser assustadora, suponho: meu tempo na Terra foi relativamente curto. Muita coisa aconteceu, mais do que a maioria das pessoas experimentará a vida toda, mas eu ainda tenho muito o que aprender e o que fazer.

Mas tenho certeza em relação a Stefan e tenho certeza em relação à eternidade. Só o que posso sentir é uma alegria dominadora e desenfreada.

Nem se trata simplesmente de Stefan e eu, e a perspectiva da eternidade para aprender todas as coisinhas que não sabemos um do outro, nem mesmo isto: qual era a cor dos olhos da mãe de Stefan? Que gosto terão os lábios dele em uma manhã luminosa de primavera daqui a dois séculos? Aonde ele iria, se pudesse ir a qualquer lugar? E podemos ir a toda parte. Teremos tempo.

Grande parte de minha felicidade se deve a isto, mas não só.

Finalmente sei quem sou. É uma ironia de muitas maneiras que eu seja uma Guardiã, quando as odiei e temi com tanta intensidade. Mas uma Guardiã Terrena é diferente, Andrés mencionou isso: posso ser compassiva, amorosa e humana, e posso usar meus Poderes de Guardiã para proteger minha casa, proteger as pessoas de quem eu gosto, para evitar que o mal destrua os inocentes.

Há também meu vínculo com Damon. Finalmente sei como posso gostar de Damon e amar Stefan ao mesmo tempo. Há uma ligação entre mim e Damon que durará para *sempre, que impedirá que ele seja consumido pelas trevas que sempre o ameaçaram. Não importa onde ele estiver, tenho uma parte dele e ele tem um pedaço de mim.*

E por tudo isso Stefan estará a meu lado.

E conosco estarão todos os meus amados amigos, cada um deles tão poderoso e bom, cada um a sua própria maneira. E eu os amo demais.

Estou tremendo, mas de expectativa. Não tenho mais medo. Estou ansiosa para ver o que o futuro nos reserva, a todos nós.